K 문학의 탄생

K 문학의 탄생

1판 1쇄 인쇄 2023. 8. 10.
1판 1쇄 발행 2023. 8. 26.

엮은이 조의연 · 이상빈

발행인 고세규
편집 태호 디자인 조은아 마케팅 정희윤 홍보 최정은
발행처 김영사
등록 1979년 5월 17일 (제406-2003-036호)
주소 경기도 파주시 문발로 197(문발동) 우편번호 10881
전화 마케팅부 031)955-3100, 편집부 031)955-3200 | 팩스 031)955-3111

값은 뒤표지에 있습니다.

ISBN 978-89-349-4317-4 03800

홈페이지 www.gimmyoung.com 블로그 blog.naver.com/gybook
인스타그램 instagram.com/gimmyoung 이메일 bestbook@gimmyoung.com

좋은 독자가 좋은 책을 만듭니다.
김영사는 독자 여러분의 의견에 항상 귀 기울이고 있습니다.

K 문학의 탄생

한국문학을 K 문학으로 만든 번역 이야기

조의연 · 이상빈 엮음

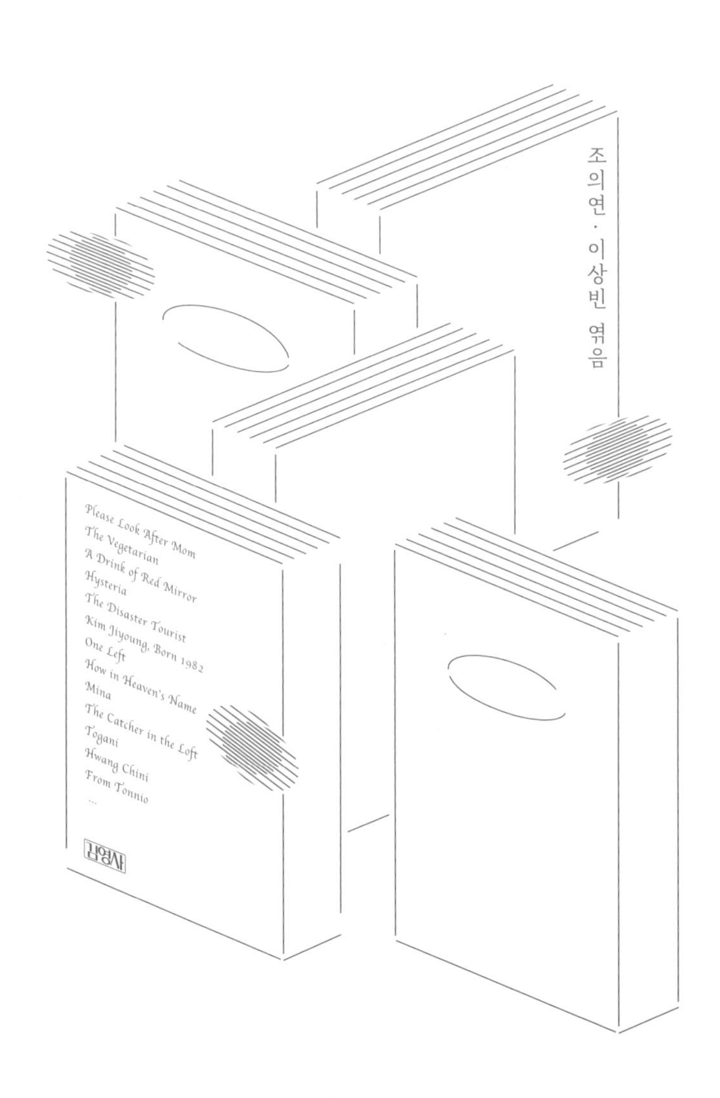

한국문학 번역가이며 연구자인

송요인(1932~1989) 교수님께 이 책을 바칩니다.

차례

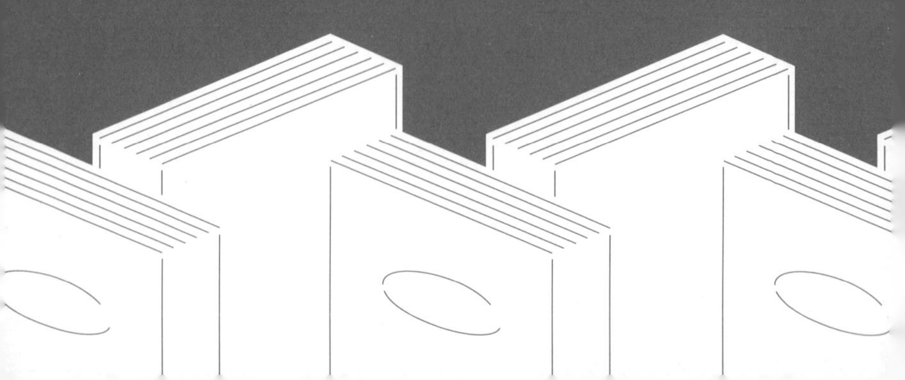

프롤로그

조의연

동국대 영어영문학부 교수. 미국 인디애나대(블르밍톤)와 일리노이대(어바나-샴페인)에서 언어학 석사 학위와 박사 학위를 취득했다. 전공은 화용론이며, 한국 담화-인지 언어학회 회장을 역임했다. 추론 화용론에 기반해 언어 및 번역 현상을 연구해왔다. 공동 저서로《번역학, 무엇을 연구하는가》와《번역문체론》이 있다.

K 문학, 즉 번역된 한국문학의 국내외 위상이 높아지고 있다. 한강의《채식주의자》(데보라 스미스 역)가 2016년 세계 3대 문학상 중 하나라 불리는 맨 부커상을 수상한 것을 기점으로, 해외 문학상을 수상하거나 최종 후보에 오른 한국문학 번역 작품들이 눈에 띄게 늘어나고 있다. 천명관의《고래》(김지영 역), 이영주의《차가운 사탕들》(김재균 역), 조남주의《82년생 김지영》(제이미 장 역), 정보라의《저주토끼》(안톤 허 역) 등이 그것이다. 또한 이러한 해외의 관심이 외려 역수입되어 국내 출판시장에 반향을 일으키곤 하는데, 국내 독자에게 관심받지 못했거나 오래전에 차트에서 밀려난 책이 대형 서점 베스트셀러 차트에 오르

는 현상 등이 이를 방증한다.

이상빈 교수와 나는, 이젠 우연이라고 말할 수 없는 이러한 결과를 심도 있게 조명해보는 책이 필요하다는 데 의견을 같이하며 이 책을 준비했다. 그리고 준비하는 과정에서 많은 독자가 한국문학이 어떻게 번역되고 있으며, 그 과정에서 번역가들이 겪는 이야기에 관심이 많다는 것을 알게 되었다. 한국에서도 번역가의 역할과 위상이 주변부에서 중심부로 이동함에 따라 번역 현장의 목소리를 듣고 싶어 하는 독자들의 관심 또한 높아진 것이다. 이 흐름에 맞추어 우리는 번역가의 목소리를 최대한 담아보기로 했다.

우리는 이 책을 총 4부로 구성했다. 1부에서는 하나의 번역 작품이 탄생하기까지 번역가가 겪는 깊은 고민과 지난한 과정을 담았고, 2부에서는 오역 논란에서 벗어나 창조적 번역이란 무엇인가에 대해 다루었으며, 3부에서는 작가와 번역가 그리고 연구자가 당면한 과제를 심도 있게 살폈다. 그리고 마지막 4부에서는 한류 열풍 속 K 문학의 위상과 실체를 드러내고자 했다.

문학 번역 과정과 사회적 의미

번역가가 들려주는 현장의 생생한 이야기는 조남주의 소설 《82년생 김지영》을 번역한 제이미 장의 글과 김혜순의 시집 《한 잔의 붉은 거울》을 공동 번역한 로렌 알빈·배수현의 글에서 펼쳐진다. 제이미 장은 원작을 처음, 두 번째, 그리고 세 번째 읽었을 때 느낌이 서로 어떻게 달랐는지 설명하며, 가부장적 사회에서 억압받고 고통받는 주인공 김지영의 목소리를 원형적으로 드러내기 위해 고뇌하는 인지적 과정을 보여준다. 로렌 알빈과 배수현은 시 번역에서 수반되는 탐구와 거듭되는 수정을 구체적 예시와 함께 다루며, 번역가의 배경에서부터 작가와 작품 주제를 파악해 나가는 과정이 문학 번역에서 왜 필요한가를 상세히 기술한다.

한국 소설 번역의 거장인 브루스 풀턴은 역사적 고통과 사회적 갈등 그리고 치유의 관점에서 한국 현대소설을 바라본다. 그가 주찬 풀턴과 함께 번역한 조정래의 《오 하느님》, 김사과의 《미나》, 천운영의 《생강》, 김숨의 《한 명》, 공지영의 《도가니》, 정용준의 《프롬 토니오》, 홍석중의 《황진이》와 같은 작품이 왜 중요한가를 설명하며, 문학 작품을 번역한다는 것은 세상을 바꿀 수 있는 공감과 통찰력을 확대해가는 것이라고 역설한다.

창조적 번역

번역가에게 창조적 글쓰기는 금기 영역으로 여겨져 왔다. 번역은 원문을 그대로 옮기는 기계적 작업이고, 이러한 관념적 틀을 벗어나는 글쓰기는 일종의 배신 행위로 해석되었다. 하지만 한 언어에서 다른 언어로의 완벽한 치환이나 대치는 불가능하다. 특히 문학 번역에서 메시지 단위의 일대일 대응이 어려운 것은 문화나 언어의 본질적 차이뿐만 아니라 원작자의 독특한 문체 때문이기도 하다. 이러한 이유들로 창조성을 빼고 문학 번역을 논할 수 없다.

정은귀는 번역에서 창조성과 충실성은 서로 배타적 관계에 있는 것이 아니라 상보적 관계에 있음을 보여준다. 번역가는 반복적인 원작 읽기를 통해 원전 텍스트의 맥락을 정확하게 해석하려는 충실성을 가지며, 동시에 작품을 재해석하고 이를 독자의 눈높이에 맞추어 재구성하는 창조성도 지닌다는 것이다.

리지 블러는 번역본이 비록 원본으로부터 파생된 것이지만, 번역본이 원본에 대해 종속적 관계에 있지 않으며, 번역이 원작의 '두 번째 삶'을 만드는 '재활용 행위'라고 해석한다. 나아가 그는 재활용 행위로서의 번역을, 새로운 상품을 무한히 창출하도록 압박하는 자본주의에 대한 '저항 행위'로 본다.

전 미세리는 현재 신경망 기반의 기계 번역이 문학 작품에서 흔히 등장하는 은유와 암시는 물론, 문장 단위 너머 존재하는 의미관계도 제대로 번역해내지 못함을 구체적으로 지적한다. 무엇보다도 기계 번역은 번역가가 경험하는 창조적 의식 과정을 거칠 수 없으며, 이것이 기계 번역과 인간 번역의 본질적 차이를 드러낸다고 강조한다.

번역가, 작가, 그리고 연구자의 과제

한국문학 번역의 또 다른 산 증인이라고 할 수 있는 안선재는 지난 120년간의 한국문학 번역사를 간결하면서도 매우 흥미롭게 들려준다. 그는 세계 독자에게 호소력 있는 한국문학이 되기 위해서 작가들은 "즐길 거리가 되고 상상력 풍부하며 때로 머리카락이 쭈뼛 설만큼 그로테스크한" 이야기를 담은 작품을 써야 한다고 이야기한다.

전승희는 번역의 창조성을 강조하면서도 책임 있는 번역가의 자세 또한 중요하다고 주장한다. 좋은 번역을 만들어내기 위해 번역가 자신의 부족한 부분을 보완해줄 수 있는 조력자들과 협업해야 한다는 것이다. 이러한 자세를 그는 번역가의 '겸손함'이라고 부른다.

이상빈은 한국문학 번역에 대한 담론 및 연구가 현재까지 활발히 진행되지 않은 점을 안타까워하며, 과도한 오역 논쟁 및 수상작 중심으로 편중된 연구, 다른 학문과의 교류 부재, 작가·번역가·독자에 초점을 맞춘 연구 부족 등을 지적하며, 한국문학 번역 연구가 나아가야 할 방향을 제시한다.

한류로서의 K 문학과 지원 기관

K 문학은 한류의 하나로서 조명되기도 한다. 제이크 레빈은 지난 20여 년간 한국문학번역원의 막대한 지원으로 브랜드화된 K 문학이 K 문화 콘텐츠의 하나로 축소되는 것에 우려를 표한다. 그러면서 그는 K 문학 번역가는 K 콘텐츠를 생산하는 임금 노동자이지만, 동시에 번역가로서 창의성을 지닌 예술가라는 사실을 강조한다.

이형진은 한국문학 번역의 생산과 소비를 문화자본이 생산되고 소비되는 시장주의 관점에서 밀도 높게 논의한다. K 문학이 세계 시장에서 더 많이 읽히기 위해서는 그간의 '국수주의적인 번역'을 지양하고 K 팝의 문화 마케팅 전략을 참조할 것을 제안한다.

신지선은 한국문학번역원이 K 문학을 브랜드화하고 '한국문학의 해외 진출'이라는 목표를 실행하기 위해 지난 20여 년에 걸쳐 진행한 사업들을 '평가 시스템'과 '지원 도서 선정 방식'을 중심으로 재조명한다.

문학 번역, 번역가, 그리고 K 문학

문학 번역가는 원작을 수차례에 걸쳐 치밀하게 읽어가며 작가와 등장인물들의 목소리를 재해석하고, 대상 독자의 인지적 의미망에 비추어 자기만의 고유한 번역 텍스트를 생산한다. 이 책은 문학 번역이 원작에 충실하면서도 창조적 과정을 거친 번역 행위의 결과임을 보여준다. 한국문학 번역 비평은 그간 원본중심주의에 치우쳐 번역가의 창조성을 간과해왔다. 이제라도 한국문학 번역 담론은 원작이 새로운 삶을 살 수 있게 만드는 번역가의 창조적 과정을 드러내는 방향으로 확대되어야 한다.

유튜브, 틱톡 등의 개인 영상 플랫폼과 넷플릭스, 디즈니 플러스와 같은 OTT 서비스가 범람하는 요즘 세상에서, 문학 번역은 들이는 정성과 노력에 비해 돈이 안 되는 고된 노동이다. 어디 그뿐인가? 그 결과물이 아무리 훌륭하더라도 번역가는 원작자의 그늘에 가려져 빛을 보기 쉽지 않으며, 간혹 오역이라도 있으면 번역가는 이에 대해 책임져야 한다. 이러한 현실에도 번역가는 자기의 부족한 부분을 보완하는 노력을 마다하지 않는다. 그래서 한 원로 번역가는 번역은 "겸손한 봉사"라고 했고, 또 다른 번역가는 "모든 번역이 의미가 있다"라고 말하며 번역가의 사명을 다시 한번 일깨운 건지도 모른다. 우리가 기억해야 할 것은, 이러한 한국문학 번역가들의 숨은 노고로 지금의 'K 문학'*이 탄생했다는 사실이다.

---

* 이 명칭은 초기에 정부 기관의 주도로 사용되었다. 이 책의 제목에 쓰인 'K 문학'은 '번역된 한국문학'의 대체어로 쓰였다. 언어 사용자의 목적과 맥락에 따라 이 용어의 의미 차이는 발생할 수

한국문학 번역이 지금 'K 문학'이라는 브랜드로 성장해 나가고 있다. 한국문학이 지금보다 더 흥미로운 초국가적 이야기를 생산하고 번역가의 목소리가 지금처럼 확대되어 나아가는 한, 이러한 성장은 지속될 것이다. 결국 머지않은 미래에 'K 문학'이 아닌 '한국문학'으로서 영미, 유럽, 일본 문학처럼 세계문학 안에 입지를 공고히 할 수 있을 것이다.

있다. 우리는 이 용어를 시기적으로 1997년 IMF 외환위기 사태 이후 발생한 한국문학 번역 작품들을 지칭하는 표현으로 사용했다.

일러두기

1. 영어로 기고된 글의 경우, 영어 원본과 한국어 번역본을 함께 수록했다. 번역가 이상원 교수가 번역했으며, 출판사의 편집을 거쳤음을 밝힌다.
2. 독자의 편의를 위해 영어로 기고된 글은 번역된 글 뒤에 배치했다. 보충 설명을 한 각주는 원본과 번역본에서 모두 살리되(역주 제외), 출처 표기를 한 미주는 번역본에만 넣고 원문에서는 생략했다.

1. 역작의 탄생

김지영의 일생과 나의 일생

제이미 장

번역가, 한국문학번역원 번역아카데미 강사, 이화여대 통번역대학원 강사. 터프츠대 영문학 학사, 하버드대 동아시아 지역학 석사를 거쳐 서울대 비교문학 박사과정을 밟고 있다. 2008년 김애란의 《침이 고인다》를 시작으로, 김혜진의 《딸에 대하여》, 조남주의 《사하맨션》《82년생 김지영》, 박수용의 《시베리아의 위대한 영혼》 등을 번역했다. 슬하에 갈색 푸들 한 마리를 두고 있으며, 아내와 강원도에 산다.

번역은 누군가 만들어놓은 세상으로 들어가 인물들이 나를 통해 말하도록 하는 느낌을 준다. 인물들의 생각과 감정은 한국어로 내 머릿속에 들어오고, 최대한 편견 없이 처리되고 경험된 후 영어로 나온다. 완전히 이해할 수 없거나 분명히 볼 수 없는 것이 있다면 몇 번이고 텍스트를 읽으며 고민한다.

번역을 시작한 초기 몇 년 동안 학자금 대출을 갚느라 닥치는 대로 일을 맡으면서, 불쾌한 주인공들의 이야기도 종종 만나곤 했다. 이런 인물들이 나를 통해 말하도록 하는 건 '역겨웠다'. 번역가로서 나는 최선을 다해 그들의 입장이 되어주었다. 그 입장이 더럽고 추잡스러워도 어쩔 수 없었다. 괴로웠지만 나는 판단을 내리는 존재가 아니었다.

이제 학자금 대출이 정리되어 일을 고를 수 있게 되었다. 그러자 작중인물의 입장에 서는 것을 어렵게 만드는 새로운 이유가 등장했다. 너무도 내 이야기 같다는 것. 등장인물이 따귀를 맞거나 배우자의 죽음을 맞는 등 고난을 겪을 때, 나도 여느 독자처럼 간접 경험을 한다. 다만 그 강도가 훨씬 높고 상세하다. 인물과 이야기를 경험하면서 인물의 감정을 고스란히 느끼고 공감하려 하는데, 이는 대부분 그리 어렵지 않다. 하지만 최근 나는 내가 안다고 생각했던 인물들 때문에 혼란에 빠졌다. 내가 완벽하게 이해한다고 확신했던 억압된 소수자의 고난이 한층 복잡 미묘하게 다가왔기 때문이다. 나는 무언가 핵심적인 것을 빼먹고 번역한 듯한 불편함을 느꼈다. 김지영도 그런 인물 중 하나였다.

처음 《82년생 김지영》 번역을 의뢰받았을 때, 나는 식은 죽 먹기일 거라 생각했다. 나와 김지영은 둘 다 여자고, 한국에서 태어났으며, 나이가 같았다. 나는 김지영과 같은 때 학교에 다녔다. 이보다 쉬운 번역은 없을 듯했다.

첫 번째로 읽었을 때 《82년생 김지영》은 소소한 여성혐오와 폭력을 일상적으로 견디는 모든 여성에 대한, 그리고 이런 폭력이 출산 후 우울증과 정신병을 낳은 극단적 사례에 대한 인류학적 보고서 같았다. 두 번째로 읽었을 때는 근면 성실하지만 수동적인 한 개인 김지영이 말하지 못한 생각과 표현하지 못한 분노로 삶을 이어가다가 정신병자가 되는 이야기로 보였다. 번역을 시작하기 전 마지막 세 번째로 읽었을 때는 1인칭 남자 정신과 전문의가 제3자인 환자에 대해 기록하는 보고서로 여겨졌다. 여자에게 유리한 상황이 결코 전개되지 않는 여성혐오 사회에 존재한다는 그 이유 하나로 정신병을 앓게 된 환자의 진술은, 의사 자신의 여성혐오를 통해 검열당하고 편집되어 있었다.

고백하건대, 세 차례 책을 읽고 겹겹의 이야기를 다 파악한 후에도 나는 어째서 김지영이 정신병을 앓게 되었는지 이해하기 힘들었다. 김지영은 조남주 작가의 통계 조사를 통해 만들어진 우화적·원형적 인물일까? 모든 독자가 여성 인권에 대한 자신의 생각을 투사할 수 있도록 제시된 한국인·여성·이성애자·밀레니엄 세대라는 빈 석판일까?

그저 우화적인 가상 존재로 만들어졌다 해도 김지영 이야기에는 특정 사회경제적 범주에 해당하는 세부 사항이 너무도 많았다. 이렇게 범주화할 경우 모든 여자를 포괄하기는 불가능해 보였다(이 책이 폭넓은 인기를 얻은 후 남성뿐 아니라 여성의 비판도 쏟아졌다). 김지영을 한국에서 일어나는 여성 억압의 대표 격으로 보는 경우, 그보다 사회경제적 조건이 낮은 여자들은 김지영의 고통을 그저 투정으로 축소해 무시하게 될 것이고, 반대 상황의 여자들은 김지영의 인생 통제력 부재를 비난하고 나설 것이 뻔했다. 양쪽 모두 김지영이 '나약'하다고 몰아세울 판이었다.

조남주의 소설집 《우리가 쓴 것》에 실린 〈오기〉에서, 페미니즘 소설가 강초아는 자기 책의 성공이 명성과 살해 위협을 동시에 가져다주었다고 말한다. 힘겨운 상황에서 고등학교 시절의 문학 담당 교사이자 고마운 은사였던 김혜원 선생님이 연락해온다. 대학에서 초청 강연을 해달라는 부탁이었고 과거의 인연 때문에 어쩔 수 없이 수락한다. 강연 후 강초아와 김 선생님은 술을 마시면서 속 깊은 대화를 나누고, 이를 계기로 작가는 자기 가족의 기억을 떠올린다. 강초아는 그 이야기를 소설로 쓰는데, 출판 후 김 선생님의 전화를 받는다.

> 특강 이후 한 번도 서로 연락한 적 없던 김혜원 선생님에게 한밤중 전화가 왔다.
>
> "어떻게 남의 얘기를 고스란히 훔쳐다가 쓸 수가 있어? 나한테 가장 아픈 기억인데, 정말 힘들게 털어놓은 건데, 어떻게 그럴 수가 있니?"
>
> "네?"
>
> "이번 《릿터》에 실린 소설, 그거 내 얘기잖아!"
>
> "아…, 아닌데요."
>
> "똑같던데? 완전히 똑같던데?"
>
> 선생님은 내가 당신 아버지의 무능한 부분과 폭력적인 부분을 분리해 '아버지'와 '오빠'라는 두 개의 캐릭터를 만들었다고 주장했다. 어머니가 입원한 병실에서 아버지에게 맞았던 자신의 이야기를 아버지 사망 후 오빠에게 맞은 것으로 살짝 바꾸었고, 오빠가 가방 검사를 하며 지갑에 돈이 얼마나 있는지 확인하는 에피소드는 당신 아버지의 행동과 똑같고, 주인공이 폭력을 당하면 순간 그대로 얼어붙는 것도 선생님과 같다

고 했다.

"선생님, 세상에는 아버지나 남자 형제의 폭력을 경험한 여자들이 너무 많아요. 절대 있어서는 안 되는 일이지만, 사실은 꽤 흔한 일이잖아요."

"흔한 일? 참 쉽게 말하네. '작가님, 작가님' 떠받들어주니까 바닥에서 악다구니하는 여자들이 우습지? 대충 끌어다가 보편이니 평범이니 하면서 납작하게 뭉개도 될 것 같지? 네가, 그리고 네 소설을 읽은 사람이 세상 여자들의 삶이 모두 다르다는 걸, 제각각의 고통을 버티고 있다는 걸 상상이나 할 수 있을까?"

"왜 못 할 거라고 생각하세요? 그거, 선생님만 할 줄 아는 거 아니에요."

자신의 얘기를 들려주는 여자들이 많았다. 도서관 강연이 끝난 후에, 인터뷰를 시작하기 전에, 서점 사인 행사의 그 짧은 순간에도 답변이나 조언을 원해서가 아니라 쏟아져 나와 어쩔 수 없다는 듯 말했다. "여기 엄지 끝은 공장에서 일할 때 잘린 거야" "친정엄마한테 아이를 맡겼는데 잘하고 있는 건지 모르겠어요" "나 베트남에서 와서 말 잘 몰라" "저는 미투 고발자예요" … 우리는 서로에게 고맙다고 말했다. 책 써주셔서 고마워요. 읽어주셔서 고맙습니다. 말해주셔서 고마워요. 와주셔서 고맙습니다.

끝내 그 소설이 내 이야기였다는 말은 하지 못했다. 나도 말을 하고, 글을 쓰고, 생각과 감정을 드러낼 자격이 있는 사람이라고 항변하는 것 같아 싫었다. 대체 그 자격은 무슨 기준으로 누가 왜 정하는 건데. 나 자신에게도, 선생님에게도, 그 누구에게도 그런 조건을 들이대고 싶지 않았다. 그냥, 너무 지쳤다. 나는 전화를 끊어버렸다. _72~74쪽

보편적인 것과 개인적인 것 사이의 긴장은 개인 경험 간의 차별성을 날카롭게 부각한다. 가정 폭력은 사회문제지만, 술에 취한 아버지의 주먹은 개인적 악몽이다. 트라우마 경험이 한 개인의 정체성을 형성할 때, 그 고통이 '보편적 현상'이라는 표현을 받아들이기는 쉽지 않다. 누가 더 고통받았나? 누가 더 대표로 나설 만한 자격이 되는가? 한국에서 여자로 사는 것의 고난을 상징하는 존재는 누구여야 하는가? 이런 질문은 여자들에게 갈등의 원인이 되고 서로 적대하게 만든다. 많은 이가 김지영을 보편적 여성으로 밀어내면서 자신의 고통은 그와 다르다고 보았다. 그리고 어쩌면 그 과정에서 개인 김지영, 남자 정신과 의사의 1인칭 서사에 갇힌 그 존재는 잊혔다.

내게 가장 큰 도전은 정신과 의사의 검열을 뚫고 김지영의 목소리를 듣는 것이었다. 무척이나 까다로운 일이었

다. 마치 불투명 유리문을 통해 김지영을 바라보는 듯했다. 번역가로서 나는 정신과 의사라는 필터를 통해 김지영을 바라보아야 마땅했다. 그것이 이야기의 서사에, 의사의 객관적이고 의료적이며 자기만족적인 관점에 충실한 것이었기 때문이다. 하지만 독자이자 한 인간으로서 나는 김지영의 목소리가 좀 더 컸으면 싶었고, 그래서 정신과 의사의 편집 너머에서 울리는 목소리를 듣기 위해 유리문에 한 걸음 더 다가갔다.

두 사람이 서로를 바라볼 때 우리가 보는 것은 자기 환상의 투사뿐이다. 내가 한 사람으로서 다른 사람과 관계 맺을 때는 그래도 아무 문제 없다. 가장 가깝고 친밀한 사이라 해도 서로의 '진짜' 모습까지 들어가지는 말고 멈춰 서라는 불문율이 있지 않은가. 하지만 번역가로서 나는 가상의 인물을 가능한 한 완벽하게 보려고 노력해야 할 의무가 있다고 믿는다. 그리하여 나는 자신을 너무 많이 투사하지 않고 이 원형적 여성을 더 진짜로 만들 방법을 모색했다.

그리하여 수학적, 더 정확히는 연대기적 방식을 시도했다. 김지영의 삶을 연도별로 정리했다. 같은 해에 출생한 내게는 어렵지 않은 작업이었다. 그리고 김지영과 나의 일생을 나란히 두고 어디서 무엇을 하며 살아왔는지 비교해보았다.

김지영과 나의 연대기

◦ 김지영

1982 4월 1일 서울에서 출생함
공무원과 주부의 차녀

1991 학교 급식 순서로 선생님에게 항의함

1994 자기 방을 갖게 됨

1996 학교에서 바바리맨과 마주침

1998 버스에서 성범죄를 당함
아버지가 실직함

2001 대학에 입학함

2005 광고회사에 취직함
남자 고객에게 성범죄를 당함

2014 정대현과 결혼함
광고회사에서 퇴직함

2015 딸 지원을 출산함
옛 직장에서 불법 촬영 사건이 일어남

2017 정신병 증세가 나타남

◦ 나

1982 12월 13일 서울에서 출생함
대학생들의 외동딸

1989 해외로 이주함

1994 한국으로 이주함

1996 처음으로 미국에 가봄

1998 기숙학교로 떠남

1999 해외로 이주함

2002 대학에 입학함

2006 한국으로 이주하고 결혼함

2007 번역을 시작함

2009 해외 대학원에 들어감

2011 한국으로 이주함

2013 덴마크로 이주함

2015 한국으로 이주함

곧바로 내 관심을 끈 것은 김지영이 평생 서울을 떠나 살아본 적이 없다는 사실이었다. 서울에서 태어나 교육받은 후, 서울에 있는 대학에 갔고, 남편과 구한 첫 집도 서울이다. 나와 달리 김지영이라는 물리적 존재는 지리적으로 단일한 소재지에 굳건히 묶여 있었고, 이 때문에 공동체의 중요성도 큰 것 같았다. 김지영의 취미 모임은 대학 때의 등산 모임만 언급되어 있지만, 가족은 평생 중요한 존재였다.

그리고 아마 더욱 중요한 요소로 드러나는 것은 김지영이 대학 졸업 후 바로 취직했고, 9년 후 결혼할 때까지 같은 광고회사에서 줄곧 일했다는 점이다. 늘 프리랜서로 일해온 내게는 놀라운 일이다. 같은 장소에서 같은 사람들과 함께 일하며 보내기에 9년은 무척이나 긴 세월이다. 나는 같은 직장에서 9년을 보내기는커녕 한 나라에서 9년을 살아본 적조차 없다. 야근과 주말 근무가 잦았던 점을 고려할 때, 김지영은 그 회사에서 9년 동안 매년 50주를 주당 평균 50시간씩 일했다고 봐야 할 것 같다. 좋은 대학에 들어가기 위해 3년의 고된 고교 시절을 보내고, 다시 대학에서 좋은 직장에 들어가기 위해 4년을 힘들게 보낸 뒤, 직장인으로 9년 동안 경력을 쌓았는데, 아이를 낳았다는 이유로 모든 것을 포기해야 했다. 김지영과 나는 둘 다 열심히 노력해 2014년의 위치에 도달했지만, 엄마가 되었다는 데 대한 벌로 김지영은 경력을 버려야 했다.

나는 스스로에게 물어보았다. 번역이 사무실에 출근해서 해야 하는 일이었다면 어땠을까? 태어난 아이를 키우기 위해 일을 그만두어야만 했다면 어땠을까? 그 아이와 나는 어떤 관계를 맺게 되었을까? 공동체와는 어땠을까? 늘 차별적으로 대해온 사회, 자신을 벌레처럼 여기는 그곳에서 생산성 높은 구성원이 되기 위해 개인이 치러야 할 대가는 무엇일까?

9년 세월의 또 다른 요소는 더욱 경악을 금치 못하게 한다. 김지영이 다니던 회사에서 터진 여자 화장실 불법 촬영 사건이다. 10년 넘게 함께 일해온 남자 직원들은 불법 촬영 카메라의 존재를 알면서도 여자 직원들에게 알려주지 않는다. 9년 동안 매주 5일을 함께 일하고 먹고 마시고 야근을 이어왔음에도, 여자 직원들의 은밀한 모습이 촬영되고 있다는 점을 말해주지 않는다. 동료에 대한 그토록 크고 모욕적인 배신이 또 있겠는가?

이렇게 김지영의 연대기를 훑고 나자, 불투명 유리문을 열고 김지영과 직접 만나는 실제 경험이 어떨지 궁금해졌다. 나는 김지영을 수동적인 구식 여자로 보게 될까? 김지영은 나를 낯선 '외국인'으로 바라볼까? 서로의 고통을 비교하고 견주는 오랜 역사가 지나고 난 후, 여자들이 가

부장제로 왜곡된 관점에서 벗어나 상대 여자를 만나는 일이 과연 가능할까? 아니면 각자의 권리를 찾기 위해 싸움을 벌이게 될까?

조남주 작가의 위대함은 모든 것을 정면으로 바라보며 두려움 없이 파고든다는 사실에 있다. 《82년생 김지영》 출간 이후 작가는 시대의 기록을 남기기 위해 책을 쓴다고 여러 차례 말했다. 1982년에 출생한 평균적인 한국 여자가 어떻게 살아갔는지, 개인의 현실이 얼마나 신속하게 상상하기 어려운 악몽으로 바뀔 수 있는지 후세에 알리기 위해서라고.

몇십 년이 흐른 후 조남주 작가가 어떻게 받아들여질지 모르겠지만, 현재 그의 책을 번역하는 건 아직 제대로 정리되지 못한 집단적 트라우마를 찾아 최근의 한국이라는 전장을 안티고네 뒤에서 누비는 것과 같았다. 내가 매료된 지점은 작가가 사소한 공격이든, 폭력적 억압이든, 나아가 수동적 공격이든, 문제를 외면하지 않는다는 것이었다. 고통스러운 길을 걸어가 다다른 그 끝에 아름다움이나 희망 따위는 없으리라는 단호함이었다. 억누르고 멈춰서고 이주해버리는 것을 해결책이라 여겼던 내게 조남주 작품의 번역은 커다란 깨달음과 충격을 주었다.

〈오기〉의 마지막은 강초아가 김 선생님에게 편지를 쓰는 장면이다.

나는 '김혜원 선생님께'로 시작하는 메일을 쓴다. 죄송하다고, 그렇게 전화를 끊은 나 자신이 부끄럽다고. 소설의 내용은 대부분 내 경험이었고 우리가 비슷한 경험을 가진 것은 사실이지만, 그렇다고 우리가 같은 사람은 아닐 거라고, 우리가 같은 사람은 아니지만 선생님과 밤새 나눴던 대화가 내 기억들을 불러온 것은 맞다고 쓴다. 그러므로 선생님의 항의는 타당했다고 쓴다. 막막하고 피곤하던 고3의 시간들과 무능한 스스로에 대한 모멸감과 나까지 대학에 보낼 여유는 없다며 수능 날 아침 미역국을 끓여주던 엄마를 버텨낼 수 있었던 것은 《새의 선물》과 선생님 덕분이었다고 쓴다. 선생님이 있어서 지금 내가 이렇게 살아 있다고 쓴다. 그때는 내 고통이 너무 커서 이런 고민조차 사치였던 또래들을 생각하지 못한 것이 사실이고, 그것이 부끄럽다고 쓴다. 그러나 나는 내 경험과 사유의 영역 밖에도 치열한 삶들이 있음을 안다고, 내 소설의 독자들도 언제나 내가 쓴 것 이상을 읽어주고 있다고 쓴다. 그러므로 이제 이 부끄러움도 그만하고 싶다고, 부끄러워 숙이고 숨고 점점 작게 말려 들어가는 것도 그만하고 싶다고, 그만하고 싶은 이 마음이 다시 부끄럽다고 쓴다. 대체 내가 왜 이렇게까지 부끄러워야 하느냐고 쓴다. 선생님이 원망스럽다고 쓴다. 미안하고 고맙다고 쓴다. 선생님이 보고 싶다고 쓴다. 언젠가 다시 만나자고 쓴다. 하지만 보고 싶지 않다고 쓴다. 다시는 만나지 말자고 쓴다. 그래도 보고 싶을 거라고 쓴다. 결국 만나게 될 거라고 쓴다. _79~80쪽

Kim Jiyoung's Life and My Life

- Jamie Chang -

For me, translating feels as if I am entering a world someone else created and letting the characters speak through me. The characters' thoughts and feelings enter my head in Korean, gets processed and experienced as fully and without bias as possible, and comes out in English. If there's something I can't fully understand or see clearly, I study the text over and over until I get it.

In the early years of my translating career when I was taking all and any work that came my way to pay off my monumental student loans, I sometimes came across unsavory protagonists validated by the narrative. "Revolting" is how I would describe what it felt like to have these characters speak through me. As a translator, I feel I must walk in the shoes of my characters to the best of my ability, even when the shoes are filthy and they take me to some disgusting places. It is not my place to judge, but it's unpleasant.

Now that I've paid off my student loans and can afford to choose my projects, stepping into someone else's shoes can be tough for a whole new reason: the story hits too close to home. A character who is undergoing hardship, whether it's a slap across the face or the death of a spouse, I feel it secondhand as any reader would, but in much greater detail. Going through the experience with the character and the story, I try to make sense of the emotion and empathize with the character, which is not that difficult with most stories that hit too close to home. But lately, I find myself increasingly confused by characters I thought I knew. The plight of oppressed minorities I believed beyond doubt that I understood completely turned out to be much more nuanced, and left me feeling uneasy, as if I missed and left out something crucial in my translation. Kim Jiyoung was one of those characters.

When I was asked to translate *Kim Jiyoung, Born 1982*, I thought, what could be easier? We're both women, we're both Korean, we're the same age. I went to school with the Kim Ji-young's. This is going to be a piece of cake.

When I read *Kim Jiyoung, Born 1982* for the first time, it read like an anthropological study of every woman enduring everyday misogynistic micro-aggressions that led to an extreme case of post-partum depression and psychosis. When I read it for the second time, it read like the narrative of a hardworking but passive individual called Kim Jiyoung whose lifetime of unvoiced opinions and unexpressed anger culminates in a mental breakdown. When I read it for the third and final time before I started translating, I saw it as a *third* person patient report embedded in a *first* person narrative of a male psychiatrist whose misogynistic projections are censoring and coloring the accounts of a woman suffering from psychosis as a result of simply *existing* in a misogynistic society, where the odds are never in her favor.

I confess, after reading the book three times and peeling back all the layers, I was still puzzled as to why Kim Jiyoung had developed a psychosis. Was the character Kim Jiyoung meant to be read strictly as an allegory and prototype constructed by Cho Nam-joo's careful statistical research? A blank slate representing the Korean female heterosexual millennial onto which all readers may project their frustrations regarding women's rights?

Even if Kim Jiyoung was meant to be just a stand-in, there were enough details in her story that put her in a certain socioeconomic category (Seeing as the category did not include all women, the widespread popularity of the book generated criticism voiced by women as well as men). Seeing Kim Jiyoung held up as the poster woman for female oppression in Korea, I could almost hear the less privileged women minimizing and dismissing Kim Jiyoung's suffering as whining, and the more empowered women blaming Kim Jiyoung for not taking control of her life. I could imagine both sides accusing her of being “weak.”

In a Cho Namjoo story published in June 2021 called “Misprint,” “오기” in Korean, a feminist novelist Kang Choa discusses the massive success of her book, which brought her fame and death threats alike. When an old high school literature teacher Ms. Kim contacts Choa out of the blue with a lecture invitation at a university, she reluctantly accepts out of gratitude for Ms. Kim’s kind gesture in high school. Kang Choa and Ms. Kim catch up after the lecture. Over drinks, they share a deep, meaningful conversation that brings back memories of family history for the writer. She writes the story, and when it is published, she gets a call from Ms. Kim:

> 특강 이후 한 번도 서로 연락한 적 없던 김혜원 선생님에게 한밤중 전화가 왔다.
>
> “어떻게 남의 얘기를 고스란히 훔쳐다가 쓸 수가 있어? 나한테 가장 아픈 기억인데, 정말 힘들게 털어놓은 건데, 어떻게 그럴 수가 있니?”
>
> “네?”
>
> “이번 《릿터》에 실린 소설, 그거 내 얘기잖아!”
>
> “아…, 아닌데요.”
>
> “똑같던데? 완전히 똑같던데?”

선생님은 내가 당신 아버지의 무능한 부분과 폭력적인 부분을 분리해 '아버지'와 '오빠'라는 두 개의 캐릭터를 만들었다고 주장했다. 어머니가 입원한 병실에서 아버지에게 맞았던 자신의 이야기를 아버지 사망 후 오빠에게 맞은 것으로 살짝 바꾸었고, 오빠가 가방 검사를 하며 지갑에 돈이 얼마나 있는지 확인하는 에피소드는 당신 아버지의 행동과 똑같고, 주인공이 폭력을 당하면 순간 그대로 얼어붙는 것도 선생님과 같다고 했다.

"선생님, 세상에는 아버지나 남자 형제의 폭력을 경험한 여자들이 너무 많아요. 절대 있어서는 안 되는 일이지만, 사실은 꽤 흔한 일이잖아요."

"흔한 일? 참 쉽게 말하네. '작가님, 작가님' 떠받들어주니까 바닥에서 악다구니하는 여자들이 우습지? 대충 끌어다가 보편이니 평범이니 하면서 납작하게 뭉개도 될 것 같지? 네가, 그리고 네 소설을 읽은 사람이 세상 여자들의 삶이 모두 다르다는 걸, 제각각의 고통을 버티고 있다는 걸 상상이나 할 수 있을까?"

"왜 못 할 거라고 생각하세요? 그거, 선생님만 할 줄 아는 거 아니에요."

자신의 얘기를 들려주는 여자들이 많았다. 도서관 강연이 끝난 후에, 인터뷰를 시작하기 전에, 서점 사인 행사의 그 짧은 순간에도 답변이나 조언을 원해서가 아니라 쏟아져 나와 어쩔 수 없다는 듯 말했다. "여기 엄지 끝은 공장에서 일할 때 잘린 거야" "친정엄마한테 아이를 맡겼는데 잘하고 있는 건지 모르겠어요" "나 베트남에서 와서 말 잘 몰라" "저는 미투 고발자예요" … 우리는 서로에게 고맙다고 말했다. 책 써주셔서 고마워요. 읽어주셔서 고맙습니다. 말해주셔서 고마워요. 와주셔서 고맙습니다.

끝내 그 소설이 내 이야기였다는 말은 하지 못했다. 나도 말을 하고, 글을 쓰고, 생각과 감정을 드러낼 자격이 있는 사람이라고 항변하는 것 같아 싫었다. 대체 그 자격은 무슨 기준으로 누가 왜 정하는 건데. 나 자신에게도, 선생님에게도, 그 누구에게도 그런 조건을 들이대고 싶지 않았다. 그냥, 너무 지쳤다. 나는 전화를 끊어버렸다. _72~74쪽

The tension between the universal and the individual brings the differences in individual experiences into sharp focus. Domestic abuse is a social problem, but a violent drunk of a father is a personal nightmare. When a traumatic experience shapes one's identity, it isn't easy to hear that one's suffering is "a common occurrence." Who has suffered more? Who is more deserving of a platform? Who should be the poster woman for the plight of Korean womanhood? These questions become a source of contention among women and turn them against each other.

Many pushed back against Kim Jiyoung as the universal every woman, each measuring their own suffering against hers. And maybe in that process, the individual Kim Jiyoung trapped in the male psychiatrist's first person narrative, was forgotten.

The greatest challenge for me was trying to hear Kim Jiyoung's voice through the layer of the psychiatrist's censorship. This turned out to be an exquisite bane because it was as if I was looking at Kim Jiyoung through a frosted glass door. As a translator I had to try to see Kim Jiyoung through the psychiatrist's filter in order to be faithful to the narrator of the story, and his objective, clinical, self-congratulatory perspective. But as a reader and person I wanted Kim Jiyoung to speak a little louder and take a step closer to the glass door so I could hear her over the psychiatrist's deafening editing.

When two people look at each other, all we see is

projections of our own fantasies. That's truly fine by me as a person forming relationships with other people. There's a sort of unspoken agreement between me and those nearest and dearest to me that, for our collective sanity, we will stop trying to get to "the real" in each other, if that even exists. But as a translator, I still believe that it's my duty to try to see the fictional character as fully as possible. So I searched for a way to make this every woman prototype more real for me without projecting myself onto her too much.

And this led me to math, or more specifically, time. I went through her biography year by year. This was easy to do because we were both born in the same year. I was able to place our timelines side by side and compare what we had been doing and where.

Timelines of Kim Jiyoung and Me

◦ Kim Jiyoung		◦ Kim Jiyoung's Translator	
1982	Born April 1 in Seoul Second daughter of a civil servant and a housewife	1982	Born December 13 in Seoul Only daughter of college students
		1989	Moves abroad

1991	Stands up to teacher about school lunch		
1994	Gets her own room	1994	Moves back to Korea
1996	Flasher exposes himself in the schoolyard	1996	First visit to the U.S.
1998	Harassed by man on bus Father is laid off	1998	Moves away to boarding school
		1999	Moves abroad
2001	Enters university		
		2002	Enters university
2005	Starts job at advertising firm Harassed by male clients		
		2006	Moves to Korea Gets married
		2007	Starts translating
		2009	Graduate school abroad
		2011	Moves to Korea
		2013	Moves to Denmark
2014	Marries Daehyun Jung Quits job at advertising firm		
2015	Gives birth to Jiwon, daughter Spycam incident at old job	2015	Moves to Korea
2017	Develops psychosis symptoms		

What immediately caught my attention was the fact that Kim Jiyoung never lived outside Seoul in her life. Born and raised in Seoul, she went to university in Seoul and bought her first home with her husband in Seoul as well. Unlike me, her physical being had strong ties to one geographical location, which probably also meant that her community was important to her as well. There is no mention of other interest groups Kim Jiyoung is involved in besides the hiking club in college, but her family is an important presence in her life.

The second and perhaps more crucial observation was that Kim Jiyoung was hired straight out of college and never stopped working at the same advertising firm until she married *nine* years later. This was astounding to me because I've worked freelance all my life, and nine years is a very long time to be working with the same people in the same place. I don't think I've ever lived in the same country for nine years in a row, let alone work at the same company. Assuming there were lots of late nights and weekends as she worked at an advertising firm, let's say she worked an average of 50 hours per week roughly 50 weeks per year for nine years. Three years of hard work in high school to get into a good university, where she had another four years of hard work to get into a good company, where she put in nine years to build a career, and she had to give it up because she had a child. Kim Jiyoung and I both worked so hard to get where we were in 2014, but as punishment for having a child, Kim Jiyoung was forced to give up her career.

I asked myself, what if translating were an office job? What if I had to throw my career away to raise the child I just had? What kind of relationship would I have with that child? And what about her community? What does it take for a person to keep being a very productive member of a society that continues to discriminate against her? Treats her like a vermin?

The other element of the nine years was even more baffling: a bathroom spycam incident breaks out at Kim Jiyoung's firm. The male coworkers of over ten years do not warn their female coworker about the spycam. Five days a week for nine years they worked, ate, drank, pulled all-nighters together, and the men did not tell the female coworkers that images of her private parts were out there. How does one process such a profound, insulting betrayal of camaraderie?

After this dive into Kim Jiyoung's timeline, I wondered, what would be the real-life equivalent of opening that frosted glass door and meeting Kim Jiyoung in person? Would I find her passive and old-fashioned? Would she find me strange and "not Korean"? After such a long history of having our sufferings pitted against each other, is it even possible for women to meet other women without patriarchal bias distorting their perspectives? Or fight for each other's rights?

Cho's greatest strength lies in the fact that she looks at things squarely in the face and examines them so fearlessly. In interviews following the publication of *Kim Jiyoung, Born 1982*, Cho has often said that she wrote these books as a means of preserving a record of the times. To let posterity know how the average Korean woman born in 1982 lived, how quickly a person's reality could turn inconceivably awful.

I don't know how Cho will be received by posterity decades from now, but translating Cho in the present is like trailing behind Antigone through the battlefield of recent Korean past in search of collective traumas still waiting for proper burials. Whether it's micro-aggressions or violent oppression, or even passive aggressions, what I find amazing about Cho is her refusal to look away from the problem. Or deny that there's any beauty or hope left, despite the tortuous path leading to them. As a big fan of repression, quitting, and emigrating, it's immensely illuminating and harrowing to be translating Cho Namjoo.

At the end of "Misprint," Kang Choa writes a letter to Ms. Kim:

나는 '김혜원 선생님께'로 시작하는 메일을 쓴다. 죄송하다고, 그렇게 전화를 끊은 나 자신이 부끄럽다고. 소설의 내용은 대부분 내 경험이었고 우리가 비슷한 경험을 가진 것은 사실이지만, 그렇다고 우리가 같은 사람은 아닐 거라고, 우리가 같은 사람은 아니지만 선생님과 밤새 나눴던 대화가 내 기억들을 불러온 것은 맞다고 쓴다. 그러므로 선생님의 항의는 타당했다고 쓴다. 막막하고 피곤하던 고3의 시간들과 무능한 스스로에 대한 모멸감과 나까지 대학에 보낼 여유는 없다며 수능 날 아침 미역국을 끓여주던 엄마를 버텨낼 수 있었던 것은 《새의 선물》과 선생님 덕분이었다고 쓴다. 선생님이 있어서 지금 내가 이렇게 살아 있다고 쓴다. 그때는 내 고통이 너무 커서 이런 고민조차 사치였던 또래들을 생각하지 못한 것이 사실이고, 그것이 부끄럽다고 쓴다. 그러나 나는 내 경험과 사유의 영역 밖에도 치열한 삶들이 있음을 안다고, 내 소설의 독자들도 언제나 내가 쓴 것 이상을 읽어주고 있다고 쓴다. 그러므로 이제 이 부끄러움도 그만하고 싶다고, 부끄러워 숙이고 숨고 점점 작게 말려 들어가는 것도 그만하고 싶다고, 그만하고 싶은 이 마음이 다시 부끄럽다고 쓴다. 대체 내가 왜 이렇게까지 부끄러워야 하느냐고 쓴다. 선생님이 원망스럽다고 쓴다. 미안하고 고맙다고 쓴다. 선생님이 보고 싶다고 쓴다. 언젠가 다시 만나자고 쓴다. 하지만 보고 싶지 않다고 쓴다. 다시는 만나지 말자고 쓴다. 그래도 보고 싶을 거라고 쓴다. 결국 만나게 될 거라고 쓴다. _79~80쪽

우리 나름의 김혜순

로렌 알빈

번역가, 영 해리스 칼리지 웨인 롤린스 천문투영관 책임자. 애리조나주립대에서 MFA를 받았다. 김혜순의 시집 《한 잔의 붉은 거울》 공동 번역에 참여했으며, 나희덕의 시집 《그 말이 잎을 물들였다》를 번역했다.

배수현

시인, 번역가. 애리조나주립대에서 MFA를 받았고, 동 대학에서 비교문화 및 언어프로그램 박사과정을 밟고 있다. 시집 《Truce Country》를 썼고, 김혜순의 시집 《한 잔의 붉은 거울》 공동 번역에 참여했으며, 하재연의 시집 《라디오 데이즈》, 최정례의 시집 《빛그물》을 번역했다.

김혜순 시집 《한 잔의 붉은 거울》을 영어로 번역하는 작업은 2015년 가을 학기 애리조나주립대학교의 번역 세미나 교과목 프로젝트로 시작되었다. 시작할 때의 인원은 여덟 명으로, 대학생인 레베카 티그, 다코타 헤일, 케빈 설터, 시에라 하멜, 니콜 린델과 대학원생인 로렌 알빈과 배수현, 그리고 담당 교수인 신지원 교수님이었다. 각자의 능력과 관심을 바탕으로 시집에 실린 시들을 나누었고, 각자 번역한 후 수업 시간에 결과물을 토론했다. 신 교수님은 시집 《불쌍한 사랑 기계》가 한국에서 출판된 1997년에 김혜순 시인과 만났고, 두 사람은 스테판 말라르메(Stéphane Mallarmée)를 좋아한다는 공통점으로 친해진 친구 사이라고 했다. 반면 학생들은 김혜순 시인을 처음 접하는 처지였다.

학생들의 한국어 능력과 시에 관한 관심 수준은 다양했다. 그래서 같은 시를 번역해도 결과물이 무척 달랐다. 대학생 중에서는 한국어 고급 수준인 사람이 둘 뿐이고, 나머지는 초급과 중급 사이에 걸쳐 있었으며, 한 명은 고급 일본어 실력에 기반해 한국어를 이해하는 경우였다. 어린 시절 일부를 서울에서 보냈던 수현과 2년간의 한국어 학습을 거쳤던 로렌만이 시적 감성과 오늘날 미국 시의 경향 등을 고려해서 작업할 수 있었다. 한국 문화, 역사, 문학에 관해 이해가 필요한 부분은 신 교수님이 해결해주었다. 김혜순 작품 곳곳에 등장하는 특별한 비유, 민속 정보, 비속어 등에 대해서도 늘 신 교수님의 도움을 받았다.

학기가 시작한 뒤 몇 주 동안에는 김혜순 시인과 그의 시 철학을 공부했다. 김소월, 김지하, 이상 등의 작품을 포함해 한국 근현대 시인들의 성향도 함께 배웠다. 번역을 통해 만나게 되는 한국 시인은 대부분 남자였다. 우리는 김혜순 시인의 여성적 그로테스크를 이해하기 위해 한국 시에서 여성의 목소리가 어떻게 도입·활용되었고, 삶에 대한 자연스러운 표현으로 어떻게 자리 잡게 되었는지를 살펴야 했다. 한국 시가 무속적인 이야기 형태에 뿌리를 두고 있으며, 해방과 전쟁 이후 남성 시인들이 바로 그 여성적 목소리를 차용했다는 점도 중요했다.

김혜순은 버려진 공주 바리데기 신화에서 여자가 사라지지 않는다는 점에 주목한다. 무속적 산문시 형태로 보존된 이 신화에서 딸이라는 이유로 버려진 공주는 최초의 무당이 되어 죽은 영혼을 새로운 세계로 인도하는 역할을 맡는다. 김혜순은 바리데기가 아들 출산 후 이야기에서 사라져 버리는 다른 여자들, 예를 들어 단군의 어머니 웅녀와 다르다는 점을 지적한다. 우리는 김혜순이 다음에서 설명하는 것처럼 한국 시가 '두 층위'를 지닌다는 점도 알아야 했다.

> 한국 시는 늘 두 층위로 존재해왔다. 하나는 귀족 남자들이 음절 수를 맞추어 짓는 정형시였고, 다른 하나는 여자들의 노래였다. 귀족의 시는 한문으로 쓰였고, 시를 잘 쓰는 남자는 왕궁이 주관하는 과거 시험을 통해 관료 지위를 얻었다. 반면 여자들은 일상적 삶, 사랑, 시댁 어른들 밑에서 참아내야 하는 슬픔, 빈곤, 노동, 그리고 억압에서 기인한 환상을 중심으로 시를 썼다. 이들 시는 노래로 불리고 구전되었다.[1]

《여성이 글을 쓴다는 것은》이라는 시론집에서 김혜순은 무당과 여성 시인의 관계를 길게 설명한다. 중요한 점은 무속 제례에서 여자가 주도적 역할을 한다는 것이다. 이 책의 일부 글을 최돈미 시인이 번역해 《Princess Abandoned(버려진 공주)》라는 제목의 소책자로 출간했다. 이 소책자 서문에서 최돈미는 "한국문학 전통에서 무속적 이야기는 여자와 평민에게 할당된 낮은 지위에 늘 머물렀다. 무당은 외부인으로서 가장 낮은 위치였다"[2]라며 무당과 여성 시인의 전통을 언급한다. 김혜순 시의 그로테스크한 목소리는 무당과 여자의 목소리인데, 이는 전통을 파괴하는 동시에 유지시킨다. 바리데기의 죽음 지평을 거울처럼 반영하는 여자의 경험은 김혜순 시를 읽어가는 독자들이 안내받는 세상, 늘 존재했지만 저급하거나 평범하다고 폄하되던 장소다. 시와 대립된다고 보일 수도 있는 바로 그곳에서 여자의 시가 탄생한다.

우리는 일본 식민 치하 남성 시인들이 나라의 상실을 슬퍼하면서 전근대적 여자의 목소리를 도입했던 한국 근대 시의 경향에 대해서도 배웠다. 한용운의 〈님의 침묵〉이 그 예다. 이런 경향이 전쟁 후까지 이어져 김소월 같은 작가들이 버림받은 여자의 모습으로 한반도 분단을 은유했다는 점을 확인했다. 전근대에서 식민지 시대와 해방을 거쳐 '휴전 국가'가 되기까지의 한국 역사가 함축하는 거대한 의미도 이해해야 했으며, 한국문학 전통에 대한 김혜순의 의견과 철학, 특히 '시 하기'와 단순한 '시 쓰기' 사이의 구별을 파악해야 했다. 시인은, '시 하기'는 시를 쓰기보다는 시를 '살고' 시의 안팎에서 '수행'하는 여자들을 표현하기 위해 만든 말[3]이라고 설명한다. 이러한 맥락 이해는 언어 능력과 동등한 수준으로 우리에게 필요한 것이었다.

《A Drink of Red Mirror》는 김혜순의 여덟 번째 시집 《한 잔의 붉은 거울》을 완역한 것으로, 2019년 액션북스(Action Books)에서 출간되었다. 신지원 교수님이 책에서 언급했듯, 《A Drink of Red Mirror》는 액션북스가 최돈미 번역으로 먼저 출간했던 김혜순의 시집 두 권 《Poor Love Machine(불쌍한 사랑 기계)》과 《All the Garbage of the World Unite!(전 세계의 쓰레기여 단결하라)》(《당신의 첫》의 영어판) 사이를 연결하는 다리 역할을 했다.

수수께끼처럼 보일지 모르나 제목 '한 잔의 붉은 거울'에는 시집의 주요 주제와 이미지가 거의 다 포함되어 있다. 붉은색은 시집 전체에서 계속 등장하는데, 붉은 장미 꽃다발, 붉은 포도주 한 잔, 심장, 팥과 같은 물리적 이미지이기도 하고, 피, 출혈, 얼굴 붉힘, 성적 흥분, 월경, 출산 때 배출되는 액체 등을 함축하기도 한다. 시집 속 '붉은색'은 단순한 색깔을 넘어서 여자가 소녀 시기부터 어머니를 거쳐 죽음에 이르기까지 겪는 많은 경험을 시인이 본능적으로 묘사하는 방법이다. '거울' 역시 여성적 현상으로 변모된다. 거울은 비친 세상이나 사람을 반대 방향으로 보여준다. 김혜순 시 속 여자들은 마치 거울처럼 자기 안에 여러 그로테스크한 세상을 지니고 있다. 〈얼굴〉에서는 '당신' 안에 '당신'이 있고, '나' 안에 '나'가 있다. 자궁처럼 거울은 스스로 창조한 것을 자기 안에 품을 수 있다. 김혜순 시의 화자들은 자기 몸을 대안적 풍경으로 재개념화하는데, 그 풍경은 녹음 스튜디오, 부엌, 냉장고, 호텔 방, 지하철역, 붉은 대양, 구멍, 꿈 등 일상적인 형태다. 이 화자들의 몸은 현실을 반대로 보여주는, 그리하여 익숙한 것이 갑자기 새롭게 되는 낯설게 하기 효과를 만든다. 독자들은 김혜숙의 그로테스크를 통해 자신의 세계를 다시금 바라보아야만 한다.

시집에서 분명히 드러나는 또 다른 특징은 여자 주인공이 나오는 신화나 민담에 대한 다시 말하기다. 그리하여 낙랑공주, 유화부인, 에우리디케, 매혹적인 여성의 모습을 한 백 년 묵은 여우 구미호가 등장한다. 〈캄보디아〉와 〈그녀의 음악〉에 나오는 시바의 아내, 성경의 요나 이야기를 다시 상상해 고래 배 속에서 출산하는 여자를 보여주는 〈그녀, 요나〉, 언제든 녹아서 사라질 수 있는 상상 속 여자를 그린 〈얼음의 알몸〉도 여기 포함될 수 있다. 〈말씀〉과 〈얼음의 알몸〉 같은 몇몇 시는 성경 구절을 인용한다는 점에서도 중요하다. 인체의 특정 부분에 초점을 맞춘 시들인 〈얼굴〉 〈입술〉 〈칼의 입술〉 〈心臟〉은 짧은 연작을 이룬다. 귀는 한 편의 시가 되지 못했지만, 귀의 이미지는 시집의 거의 모든 시에 등장하고, 귀가 아닌 소리, 반향, 메아리, 리듬, 침묵으로 나오기도 한다. 동물 이름이 붙은 시도 있는데, 시의 화자는 제목이 된 동물의 습성을 여자의 독특한 행동으로 차용한다. 그리하여 〈거미〉는 뜨개질하는 늙은 여자, 〈암탉〉은 피가 흐를 정도로 자판을 세게 두드리는 여자, 〈박쥐〉는 두 손목을 연인의 천장에 매달고 피를 말리고 있는 여자가 된다. 마지막으로 계엄 치하에 살았던 경험을 말하는 시들이 있다. 꿰뚫을 듯한 강한 빛을 자술서 쓰게 하는 심문으로 암시하는 시들로, 〈내 꿈속의 문화 혁명〉이 가장 직접적인 사례다.

처음에는 우리의 노력이 출판으로 이어질 수 있을지 불확실했다. 시 한 편을 숙제로 받았다가 토론을 위해 다시 강의실로 가져올 때면 연습이나 실험처럼 느껴지기도 했다. 우리는 서로 조심스럽게 비평해가며 작업을 진행했다. 시작 단계에서는 대학 교과목의 요구 수준을 맞추는 것과 강의실 규칙 따위는 내버리고 창작 자체를 추구하는 것 사이 어딘가에 있는 듯했다. 그러다가 번역가로서의 창작 충동을 점점 더 많이 느끼면서 우리는 자기 초고에 대한 남들의 의견을 밀어내기 시작했고, 때론 격한 논쟁까지 벌였다. 그저 조금 애쓰는 수준이던 일이 어느새 갑자기 개인적으로 크게 애착을 갖는 일이 되어버렸다.

학기 중에 한국문학번역원, 그리고 액션북스 공동 편집장이자 시인인 조엘 맥스위니(Joyelle McSweeney)와 함께 하는 워크숍이 열렸다. 맥스위니와 한국문학번역원 측은 우리의 초고를 꼼꼼히 살폈고, 사소하거나 중대한 수정을 통해 어떻게 번역을 개선할 수 있을지 세 시간 동안 토론했다. 여백에 온갖 메모와 표시가 된 번역 초고를 모든 학생이 돌려받았다. 한국문학번역원 사람들은 한국어를 계속 학습하는 것이 얼마나 중요한지 강조했다. 학기가 끝났을 때 시집의 번역 완성본이 나왔다. 물론 수준이 고르지는 않았다. 로렌과 수현, 신 교수님이 함께 번역을 다듬어 일관된 문체로 바꾸는 작업을 했다. 이 원고를 맥스위니가 요하네스 요란손(Johannes Göransson)과 함께 편집해 2019년에 세상에 나오게 되었다.

각자 개성적 취향과 목소리를 지닌 여러 명이 만들어낸 원고가 결국 일을 더 힘들게 만들었을까? 그런 면도 있겠지만 덕분에 우리는 한 행 한 행, 한 단어 한 단어와 씨름하며 각 번역가의 선택이 정말로 최선이었는지, 아니면 교체되어야 하는지, 교체된다면 누구의 선택을 따라야 하는지 살필 수 있었다. 신 교수님이 말했듯, 우리는 각자 나름의 김혜순을 창조한 것이었다. 일관된 공동 번역으로 다듬어가는 과정에서 우리는 혼자라면 상상하지 못했을 김혜순의 여러 가능성을 보았고, 그 대안들을 조화시키기 위해 마음을 열고 고민했다. 원작이 모호한 지점에서 문제를 해결하는 정답은 없었지만, 영어 특히 대명사에서는 모호함을 남겨놓을 수 없는 노릇이었다. 우리는 맹렬하면서도 우호적으로 토론했다. 신 교수님의 연구실에서, 해피아워의 맥주를 마시면서, 문자를 주고받으면서.

우리가 토론을 통해 해결했던 문제들 일부를 살펴보자. 우선 시집 제목을 대체 어떻게 번역해야 할 것인가가 문제였다. 대부분의 작업 기간 동안 우리는 시집을 'A Cup of Red Mirror'라고 불렀다. 한국어 '잔'은 글라스일 수도 컵일 수도 있는데, 여기서는 와인 글라스가 분명했다. 그렇다면 'cup'은 맞지 않았다. 영어권 사람들은 컵에서 포도주를 연상하지는 않을 것이니 말이다. 하지만 그렇다고 'glass'로 하자니 이건 너무 모호했다. 결국 액션북스의 편집을 거쳐 'Drink'라는 단어로 바뀌었다. 한국에서 '마신다'는 것은 컵이나 글라스를 모두 은유적으로 표현할 수 있었기 때문이다.

구두점 없이도 문장 의미가 전달되는 한국어의 특성 때문에, 시에 구두점이 자주 생략되는 상황을 해결하는 것도 문제였다. 수현은 원문의 구두점을 있는 그대로 보존해야 한다는 입장이 강했다. 구두점이 시의 시각적 형태를 좌우하고, 시는 시각적 측면을 지닌다는 이유 때문이었다. 공동 작업자로서 우리는 수현의 주장이 중요하다는 점을 깨닫기 시작했다. 원문에 없던 구두점이 들어가면 번역가는 시 본래의 어조와 화자의 특성을 바꾸게 된다. 원작이 제기하지 않는 의사결정을 번역가가 내리게 되는 위험 지대로 들어갈 수도 있다. 예를 들어, 마침표를 넣으면 행의 흐름이 끊어진다. 원문에서는 그렇게 끊으라는 표지가 없는 상황이다. 그러면 번역가가 시에 대한 자기 의견을 바탕으로 어디에 그 거짓 끊음을 끼워 넣을지 결정해야 한다. 원문 자체는 그런 멈춤을 원치 않는다는 것을 알면서 말이다. 원문에 없는 구두점을 삽입하면서 생기는 또 다른 문제는 원작자가 의도적으로 추가하고 강조한 다른 구두점이 부각되지 못하게 된다는 것이다. 수현은 여러 시에서 자기 의견을 관철했고 다른 경우에는 타협해야 했다. 구두점 없이는 너무도 혼란스러운 산문시가 특히 그러했는데, 〈판화에 갇힌 에우리디케〉의 경우 빠르게 이어지는 마지막 부분에서 혼란을 줄이기 위해 느낌표가 추가되었다.

이해가 가지 않는 부분에서는 시인 김혜순에게 연락해 질문을 던졌다. 〈판화에 갇힌 에우리디케〉에 나오는 '본드 주머니'가 무엇인지 묻자, 아이들이 산에 올라가 본드를 흡입할 때 쓰는 비닐봉지라는 대답이 나왔다. 한 행 안에 이를 간단명료하게 전달할 방법이 없어 우리는 결국 'glue-huffing bag'으로 옮기기로 했다. 이것이 원문과 비슷하게 모호하다고 판단했다. 또 특정 이미지의 본래 모티브를 이해하지 못하는 부분에 대해서도 작가의 도움을 받았다. 예를 들어, 작가는 〈입술〉의 '몸속의 산맥들이 줄줄이 넘어지게 된다'가 처음으로 입맞춤하게 된 젊은 사람이 느끼는 감정이고, 〈기상특보〉의 '팥팥팥'과 '팥, 팥, 팥'은 입 맞추는 소리를 뜻한다고 알려주었다.

2016년 여름 서울에 갔던 수현은 김혜순 시인과 만나 우리가 고민하던 부분에 대해 더 많은 답변을 얻어왔다. 예를 들어, 〈얼음의 알몸〉과 〈오래된 냉장고〉에 등장하는 얼음 아씨(얼음 공주)는 시인이 티베트 여행을 가서 공기가 희박하고 삶도 희박하고 위태로우며 모든 것이 위태로운 모습을 본 뒤 떠올린 것이라 했다. 그러니 얼음 아씨는 지금 존재하긴 하지만 곧 녹아버릴 수 있는 위험한 상태인 누군가다. 〈내 꿈속의 문화 혁명〉과 관련해 김혜순 시인은 光子(광자)가 빛 입자인 동시에 한국의 옛날식 여자 이름이기도 하다고 설명했다. 시의 배경이 된 1980년대, 체포된 사람이 강제로 자술서를 써야 하는 상황에서 아래로 내리꽂히는 불빛이 얼마나 공포스러울지 생각했다고 했다. 'Ms. Photon'은 시인이 제안한 번역이었고, 최종 편집을 거치면서도 유지되었다. 김혜순 시인은 자신의 모든 시집 중에 이 책이 가장 읽기 쉽고 많은 감정을 표현한다면서 번역 또한 이해하기 쉬워야 한다고 했다. 마지막으로 리듬도 작가가 크게 신경 쓴 부분이었다. 영어 시는 의미를 보존하는 것보다 시답게 읽히는 것이 훨씬 더 중요하다는 것이다.

한국문학과 역사를 잘 모르는 독자들을 위해 주석이 필요했다. 우리 작업은 애초부터 그런 독자를 염두에 둔 것이기도 했다. 주석은 미주로 해야 할까, 각주로 해야 할까? 번역가, 편집자, 예상 독자 모두를 만족시킬 방법이 무엇일까? 우리 결정은 미주였다. 시와 처음 만나는 독자의 경험이 같은 페이지 아래쪽의 정보에 방해받는 일 없이 온전하기를 바랐기 때문이다. 하지만 영어권 독자들이 김혜순 시인의 한국을 더 깊이 파악하는 데 필요한 도구는 제공해야 했다. 특히 우리가 심각하게 고민한 지점은 〈얼음의 알몸〉 첫 두 행이 욥기 38장 22절, 〈깊은 곳〉의 마지막 행이 시편 130장 1절에서 왔다는 것이 원본에서 각주로 처리된 부분이었다. 장고 끝에 우리는 이 역시 미주로 처리했다. 인물에 대한 역사적·민속적 설명을 위해 추가한 미주들도 있는데, 붓대에 목화씨를 숨겨 한국에 처음 들여온 문익점, 태양빛으로 임신한 하백신의 딸 유화부인, 고구려 왕자와 결혼했다는 이유로 아버지인 낙랑국 왕에게 죽임을 당한 낙랑공주 등이 그렇다. 한국어 자료에 접근하지 못하는 영어권 독자들이 파악하기 어려운 비유라고 판단했던 것이다. 또한 우리는 이상 시인이 〈Mixer & Juicer〉에 직접적인 영향을 미쳤다는 점을 밝힘으로써 관심 있는 영어권 독자들이 한국 시에 대해 더 알아보도록 했다.

돌이켜보면 한국사 연표라든지, 한국문학 전통에 대한 간략한 설명 등 맥락 정보를 더 넣을 수 있었겠다 싶다. 하지만 시에서 '특별한 한국다움을 접하기 어려웠다'고 하면서 '한국문학은 원작보다 더 한국답게 번역해야 하는 것일까?'라는 다소 껄끄러운 질문을 던진 서평[4]을 본 후, 우리는 시가 시 자체로 다가가도록 한 결정, 한국문학이 어떠해야 한다는 우리 판단을 집어넣어 김혜순의 현실을 타자화하지 않고 그 독특성이 그대로 드러나도록 한다는 애초의 판단이 옳았다는 것을 알았다. 물러서 있기로 한 우리 선택은 번역에 대한 나름의 철학, 특히 시인으로서의 정체성에 토대를 둔 철학을 반영했다. 위의 서평에 대한 답변으로 수현은 시와 번역가가 독자와 맺는 복잡한 관계를 언급했다. 번역할 때 수현이 고려하는 세 가지 핵심은 시인으로서의 감수성, 시의 느낌에 대한 충실성, 그리고 독자다.

> 나는 독자를 생각하지 않고 작업하고 싶다. 나만을 위해 작업하고 싶다. 그렇지만 내가 뜻한 바를 독자가 이해해줄 것인지 묻지 않을 수 없다. 내 무의식 속에는 원형적인 독자가 살고 있는 것 같다. 나는 그 독자에게 설명해야 한다는 의무를 느낀다. 다만 미국 백인 문화의 주류에 속하지 않는 것에 대해서만 그렇다. 이런 원형적 독자가 마음에 들지는 않는다. 미국 백인 문화가 규범으로 인정받아야 한다고 믿지 않기 때문이다. 그럼에도 나는 계속 묻게 된다. 한국 신화에 대한 비유를 알아차리지 못하는 원형적 독자(이 독자는 늘 남성이다)가 싫어할까? 특정 효과를 위해 쉼표를 문법적으로 틀리게 사용한 것을 두고 그 독자는 내가 영어에 서툴다고 생각할까? … 나와 비슷한 사람까지 포함해 누구든 독

자가 될 수 있다. 하지만 나는 편집자와 비평가를 고려한다. 그리하여 그 독자는 나와 같지 않은 누군가로 남게 된다.[5]

시집 마지막에 우리가 미주를 추가한 것은 그 '독자'에게 항복한 셈이지만, 책 말미에 모아두는 방식을 택함으로써 시와 처음 마주하는 경험과는 분리했다.

타협하면서 번역 작업에 몰두했던 탓에 우리 시에 김혜순의 자취가 무의식적으로 나타나기도 했다. 로렌의 시는 번역 중인 시의 리듬에서 영향을 받았다. 한 행을 두고 오래 씨름할 때는 직장에서 걸을 때나 계단을 내려갈 때도 머릿속에 그 시행이 자리 잡고 있었다고 한다. 걷는 속도에 맞춰 시행이 흘러갔고 어디서든 그 리듬이 들렸다. 번역 작업을 하는 동안 로렌이 쓴 시를 보면 번역 시의 흐름, 끊김, 비트를 들을 수 있다. 한국어 문장 구문을 그대로 반영한 영어를 쓰고 있기도 했다. 한국어의 수식 형태 '던'과 'ㄴ/는' 같은 형태로 명사가 수식되었다. 가령 'the pit of the peach is throbbing'(복숭아의 구덩이가 욱신거린다) 대신 'swollen peach whose pit throbs with the season'(계절에 따라 구덩이가 욱신거리는 복숭아)라는 부자연스러운 표현, 영어 화자인 독자가 살짝 낯설다고 느낄 만한 표현이 만들어졌다. 또한 '는 것'이라는 형태의 영향을 받아 'That tart thing we planted'(우리가 심은 그 시큼한 것)이라는 표현을 넣으면서, 'thing'의 모호성을 활용하는 영어답지 않은 방식을 취하기도 했다. 수현은 주제에서 더 많은 영향을 받았는데, 예를 들어 번역하면서 그가 쓴 시 한 편은 도시 안의 도시, 사람들 안의 사람들이라는 반복적 이미지를 떠올리게 한다. 김혜순의 〈얼굴〉에 '당신 안의 당신' '나 안의 나', 심지어 '암소 안의 암소'가 등장하는 것처럼 말이다. 수현은 김혜순식의 표현에 완전히 익숙해진 바람에 로렌이 지적하기 전까지 이런 유사성을 깨닫지조차 못했다.

우리 번역은 무수한 수정 과정을 거친 만큼 그 모두를 보여주기란 불가능하다. 오갔던 이메일 일부를 보여주겠다. 시집의 표제 시인 〈한 잔의 붉은 거울〉의 첫 연은 이렇다.

네 꿈을 꾸고 나면 오한이 난다
열이 오른다 창들은 불을 다 끄고
아무도 움직이지 않는 밤거리
간판들만 불 켠 글씨들 반짝이지만
네 안엔 나 깃들일 곳 어디에도 없구나

2015년 10월 16일, 수현이 과제로 제출한 번역 초안은 다음과 같다.

After I dream of you, I get chills,
a fever. The night street with the lights out
in all the windows, nobody moving.
Only the store signs twinkle their lit letters but
inside you there's no shelter for me.

강의실에서의 피드백을 반영한 2차 번역은 2015년 10월 27일의 것이다.

After I dream of you I get chills
a fever the night street with the lights out
in all the windows nobody moving
Only the store signs twinkle their lit letters but
inside you there's no shelter for me

2차 번역을 보면 구두점이 사라졌다. 구두점에 관해 토론이 있었던 것이다. 구두점은 시의 의미를 따라가기 쉽게 해주지만, 수현은 원문의 구두점 부재를 그대로 따라가기로 결정했다. 문장의 첫 글자는 행 서두에 오면 대문자로 처리하지만, 행 중간이라면 소문자로 두었다.

2015년 10월 29일에 3차 번역이 나왔다.

After I dream of you I get chills

and a fever the night street with the lights out

in all the windows nobody moving

Only the store signs twinkle their lit letters but

inside you there's no shelter for me

앞선 번역과 비교했을 때 바뀐 것은 2행 처음에 'and'가 들어갔다는 점이다. 사소한 차이로 보일 수 있지만 시의 리듬을 '약-강'에서 '약-약-강'으로 바꾸는 것이기 때문에 신중한 선택이었다.

마지막으로 2019년, 출간된 시집에 실린 번역은 다음과 같다.

After I dream of you I get chills

a fever the night street with the lights out

in all the windows nobody moving

Only the store signs glimmer their lit letters but

inside you there's no shelter for me

'twinkle'이 'glimmer'로 바뀌었다. 두 단어는 동의어지만 'glimmer'가 분명 더 적합하다. 마치 〈That Red Cloud(저 붉은 구름)〉의 번역 초안에서 'scarlet'이던 것이 더 단순한 'red'로 바뀐 것이 옳았던 것처럼 말이다. 논리적인 이유를 대라고 하면, 'twinkle'이 더 긍정적이고 유치한 느낌인 반면 'glimmer'는 보다 진지하다고, 그리고 'scarlet'은 너무 의식적으로 화려한 반면 'red'는 한국어 '붉은'의 단순한 뜻에 더 잘 맞는다고 할 것이다. 하지만 우리는 의사결정에서 그런 구체적 이유를 대지 않았다. 시인으로서의 경험 덕분에 그런 생각이 내면화된 상태였고, 소리와 함축적 의미를 그저 직감적으로 판단할 수 있었다.

우리는 시인 겸 번역가가 시 번역에 가장 적합하다고 믿는다. 시 번역은 기계적으로 이루어질 수 없다. 시의 감정, 어조, 이미지, 소리, 미세한 함축을 직접적으로 옮길 방법이 없는 것이다. 우리는 시 쓰기에 사용하는 방법을 그대로 시 번역에 적용했다. 모든 시를 양쪽 언어로 크게 소리 내어 읽었다. 자유시라 해도 그 안에는 일정한 소리의 조합 혹은 언어의 중요한 흐름이 존재한다. 단어나 문법을 결정할 때는 대안들을 큰 소리로 읽으며 소리가 제대로 나는지 살폈다. 최우선 목표는 원문 시에 충실한 시를 창조하는 것이었다. 김혜순도 이 점을 언급한 바 있다. 그는 《The Southeast Review》와 인터뷰하면서 시 번역의 핵심 요소를 다음과 같이 밝혔다.

1. 시를 시이게끔 해주는 요소를 시 텍스트에서 발견하는 능력(더불어 시가 기존의 시를 벗어나는 것을 포착하는 능력)
2. 시를 번역하고 있다는 자세보다는 번역가인 자신이 낯선 매혹을 쓰고 있다고 생각하는 것
3. 번역 대상인 언어보다 번역가 자신의 언어 지평을 넓혀간다고 생각하는 것, 번역가의 모국어 잠재력을 확장하고 있다고 믿는 것
4. 가능하다면 번역 대상인 시를 감옥에서 탈출시켜주는 것(자신의 번역이 아니면 이 시가 감옥에서 영영 나올 수 없다는 사명감을 갖는 것)
5. 그리고 무한한 자유[6]

김혜순의 《한 잔의 붉은 거울》은 우리가 처음 해본 번역이었다. 한국어와 한국 문화에 해박하고 한국문학도 좋아하는 사람을 만날 때면, 우리는 어째서 그 사람이 번역할 생각을 안 하는지 궁금해진다. 어쩌면 우리가 본래 시인이었기에 번역가가 될 수 있었는지도 모르겠다. 시인이 되려면 과감함과 타고난 자신감이, 때로는 이성을 넘어서고 때로는 바보스러울 지경까지 필요하다. 또한 예술, 언어, 창조, 관점에 대한 애정이 필요하다. 번역가가 되려 해도 이 모두가 똑같이 필요하다. 《Modern

Poetry of Pakistan(파키스탄 현대 시)》의 서문 'Stirring Up a Vespiary'(말벌집 들쑤시기)에서 와카스 크와자(Waqas Khwaja)는 "문학 번역은 흔히들 불가능하다고 한다. 하지만 번역은 '불가능'하다는 이유로 포기되지 않는다. 그 많은 시인과 번역가가 번역 작업에 매혹되었던 이유는 어쩌면 그 불가능성 때문인지도 모른다"[7]라고 했다. 번역가가 되려면 불가능한 일에 매달릴 만큼 바보스러워야 한다.

첫 시도를 통해 우리는 그 불가능에 맞서는 방법을 많이 배웠다. 리듬이 의미를 뒷받침한다는 걸 배웠다. 우리 직감을 믿어야 한다는 걸 배웠다. 언어를 뉘앙스까지 아는 게 중요하다는 것, 시인의 단어는 신화적·역사적·문학적 과거, 현재, 미래를 바탕으로 나온다는 걸 배웠다. 치열한 협력 작업을 통해 잘 듣는 법도 배웠다. 한 사람의 번역관은 강의실에 있는 다른 번역가들의 생각과 상호 작용했고 최선의 방법에 대한 판단도 계속 바뀌었다. 우리가 내놓은 김혜순 작품의 최종 번역은 우리가 각자 창조해낸 수많은 김혜순에서 최고의 부분들을 모은 것이다. 결국 우리는 한국어 원문과 영어 번역문 사이 어딘가에 위치하는 번역 언어를 만들었다. 어쩌면 그 언어가 김혜순이 말한 "낯선 매혹 쓰기", 즉 불가능한 것을 가능케 하는 지점인지도 모른다.

Our Own Kim Hyesoon

- Lauren Albin and Sue Hyon Bae -

The English translation of Kim Hyesoon's *A Drink of Red Mirror* [한 잔의 붉은 거울] began as a class project in a translation seminar in the fall of 2015 at Arizona State University. There were eight of us at the start: five undergraduate students, Rebecca Teague, Dakota Hale, Kevin Salter, Sierra Hamel, Nicole Lindell; two graduate students, SueHyon and Lauren; and Professor Jiwon Shin. We were assigned poems to translate from the original text for homework based on our abilities and interests, and we would discuss the results during class. Whereas Dr. Shin was friends with Kim Hyesoon, whom she had met in the year of *Poor Love Machine* [불쌍한 사랑 기계]'s original Korean publication (1997) and bonded with over a mutual liking for Mallarmé, we were encountering the poet for the first time.

We had varying abilities in Korean and interest in poetry, and even if we were all translating the same poem, all the translations looked different. Of the undergraduates in the course, only two had an advanced knowledge of the Korean language; the rest ranged from beginning to intermediate speakers with one student's knowledge of Korean underpinned by an advanced understanding of Japanese. Of the graduate students, Sue spent part of her childhood in Seoul, while Lauren had about two years of formal and informal language learning under her belt. Lauren and Sue, both enrolled in Arizona State University's Master of Fine Arts program of creative writing in poetry, brought a deep understanding of poetry, poetic feeling, and current trends in American poetry to the table. Any understanding we lacked in the way of Korean culture, history, or literature was answered by Dr. Shin, who was a constant source of enlightenment when it came to the specific allusions to Korean poets, folk references, and slang found everywhere in Kim Hyesoon's work.

The initial weeks of the seminar were spent introducing us to Kim Hyesoon and her poetic philosophy, which we learned alongside trends in modern and contemporary Korean poetry including the work of poets like Kim Sowŏl, Kim Chiha, and Yi Sang. Most of the Korean poets we encountered in translation were men. But to understand Kim Hyesoon's use of the feminine grotesque, we had to trace a lineage of how the feminine voice had been applied, adopted, or was a natural expression of living by Korean poets in a broader sense. Important to that was also our understanding of the roots of Korean poetry in shamanist narrative song and the adoption of the feminine voice by male poets post-Liberation and post-war.

Kim Hyesoon speaks of the myth of the abandoned princess [바리데기] as the one myth in which women do not disappear from the story. This story is preserved in shamanist narrative song and is about a daughter who is abandoned for being born a girl and becomes the first shaman, whose duty is to guide dead souls to a new realm. Kim points out how the abandoned princess stands in contrast to women found in other folk narratives who disappear from the story after giving birth to a son, pointing to Ungnyŏ, the mother of Tangun, as an example. We had to understand Korean poetry as poetry in "two tiers," as Kim Hyesoon puts it:

> Korean poetry has always existed in two tiers. One was metered poetry with matching numbers of syllables written by aristocratic men, and the other kind was women's songs. The poems by aristocrats were written in classical Chinese, and the men who excelled in writing poetry in the civil servant examination administered by the palace were granted the position of scholar officials. However, women composed poems based on their daily existence, love, grief endured under their in-laws, poverty, labor, along

> with fantasies that arose due to oppression. These poems were sung and orally transmitted …

In the collection of her essays *To Write as a Woman: Lover, Patient, Poet, and You* [여성이 글을 쓴다는 것은: 연인, 환자, 시인, 그리고 너], Kim speaks at length on the relationship between the shaman and the woman poet. Important to this is the lead role women assume in shamanic ritual. A selection of essays from this text were translated by poet Don Mee Choi and published in chapbook form by Tinfish under the English title *Princess Abandoned* [바리공주]. In her introduction to the text, Choi complicates the legacy of the shaman as well as the woman poet by adding, "Shaman narratives have always held a lowly position in Korean literary tradition, allocated to women and commoners, while shamans are outsiders, the lowest of the low." The grotesque voice of Kim Hyesoon's poetry is the voice of shaman and woman; it breaks from tradition while keeping tradition. The experience of woman, which mirrors the abandoned princess's landscape of death, is the world the reader is guided towards as they read Kim's poetry, a place that has always existed but has been disregarded as "low" or "common." It might be viewed as the antithesis of poetry, but this landscape is where women's poetry begins.

Additionally, we learned of trends in modern Korean poetry where elements of premodern women's voice were adopted by male poets writing under Japanese colonization to mourn the loss of nation, such as Han Yong'un's *Love's Silence* [님의 침묵]. We followed this trend through post-war poetry where poets like Kim Sowŏl took on the persona of a bereft woman as a metaphor for the division of Korea. And while it was necessary for us to understand the immense implications of Korean history from premodern to colonial to postcolonial and "truce country," we also had to process Kim Hyesoon's opinions and philosophies on the Korean literary tradition, particularly the distinction she draws between doing poetry and merely writing poetry: "'Doing' poetry is a term I [Kim Hyesoon] have coined to express that women 'live' and 'do' poetry rather than write poetry, 'performing' inside and outside of poetry." Such nuance of understanding stood in equal measure to language ability.

A Drink of Red Mirror is a complete translation of Kim Hyesoon's eighth book of poems. While our English translation was published by Action Books in 2019, *A Drink of Red Mirror* was originally published in Seoul by Munhak kwa chisŏng sa [문학과지성사] in 2004. As mentioned by Dr. Jiwon Shin in her note on the text, *A Drink of Red Mirror* bridged a gap that, prior to its publication, existed in the English record of Kim Hyesoon's work with Action Books' release of *Poor Love Machine* in 2016 (original Korean publication in 1997 by Munhak kwa chisŏng sa) and *All the Garbage of the World Unite!* [전 세계의 쓰레기여 단결하라] in 2011 (original Korean publication in 2008 by Munhak kwa chisŏng sa), both translated by Don Mee Choi.

The title of the collection, *A Drink of Red Mirror*, though it may read like a riddle, gathers together almost all the major themes and images of the text in one phrase. The color red is a constant modifier throughout the collection, often describing a tangible image like a bouquet of red roses, a glass of red wine, a heart, or red beans with the added connotation of blood, hemorrhage, blushing, arousal, menstruation, or the fluids released during childbirth. "Red" in this collection is more than a color, it becomes a way for Kim to viscerally describe the many experiences of women from adolescence to motherhood to death. "Mirror" is also transformed into a feminine phenomenon. The mirror holds inside of itself a backwards copy of the world or person it reflects. The women in Kim poems, like mirrors, hold inside of themselves many grotesque worlds. In "Face [얼굴]" a "you" inside the "you" and an "I" inside the "I" exist. Like a womb, the mirror is capable of carrying its own creation inside of itself. Often the speakers in Kim's poems reconceptualize their body as an alternative landscape that takes on an everyday form like a recording studio, a kitchen, a refrigerator, a hotel room, a subway station, a red ocean, a hole, or a dream. It's as if the bodies of the speakers are mirrors that reflect a backwards picture of reality creating an ostranenie effect in which the familiar becomes suddenly unfamiliar and the reader must reconsider their own world in light of Kim's grotesques.

Other patterns evident in *A Drink of Red Mirror* include the retelling of myths or folk narratives featuring woman protagonists, such as Princess Nanglang [낙랑공주], Lady Yuhwa [유화부인], Euridice, and the One-Hundred-Year-Old-Fox, which is reminiscent of the gumiho [구미호] or nine-tailed fox demon that takes on a seductive woman's form. To this list can be added Shiva's wife in "Cambodia [캄보디아]" and "Her Music [그녀의 음악]", "She, Jonah [그녀, 요나]", a reimagining of the biblical story of Jonah in which a woman gives birth in the belly of a whale, as well as "Lady Ice [얼음아씨]", a mythical figure of Kim's own making who is a woman existing in a fragile state at risk of melting completely away. Importantly, some of the poems go so far as to adopt the tone of biblical scripture, like "Words [말씀]" and "A Naked Body of Ice [얼음의 알몸]". There's a short series of poems that fragments the body to focus on specific parts, such as "Face", "Lips [입술]", "Knife Lips [칼의 입술]" and "Heart [心臟]" While the ear doesn't get a poem of its own, the image of the ear makes an appearance in almost all the poems in this collection, and when it's not the ear it's sound, reverberation, echo, rhythm or silence. Some poems are named after animals, and the speaker of these poems seem to adopt the habits of the titular animals in uniquely feminine ways, like "Spider [거미]" who is an old woman knitting, "Hen [암탉]" who is a woman pecking at the typewriter hard enough to make herself bleed, and "Bat [박쥐]" who is a woman who has hung her hands from her lover's ceiling where they constantly drain blood. Lastly, there are the poems that seem to reference the consequences of existing under martial law in which allusions to light as a penetrative force mirror the methods used by interrogators to extract confessions, seen most directly in Kim's "Cultural Revolution in My Dream [내 꿈속의 문화 혁명]."

At the start, it was unclear whether or not our efforts would culminate in any kind of publication. It felt like practice or experiment when we took a poem home, then brought it back for discussion. We would gently yield to each other's criticisms and keep moving. Initially, it was as if we inhabited a space between satisfying the requirements of a college level course and embarking on a wild creative pursuit that made us leave the laws of the classroom behind. As we began to trust our creative impulses as translators more and more, we began to push back when it came to others' opinions about our drafts, sometimes to the point of argument. What started out as a low-stakes effort had suddenly become very personal.

During that semester, we were visited by the Literature Translation Institute of Korea (LTI Korea) and Joyelle McSweeney, poet and co-editor of Action Books international press, who workshopped with us. McSweeney and the LTI representatives pored over an early draft of our completed manuscript and spent about three hours with all of us discussing minor or significant changes that helped to enhance our translation. Each of us had been handed back copies of the poems we translated with scribbles and markings in the margins. The representatives from KLTI expressed how important it was to continue learning Korean. When the semester was over, we technically had a complete translation, though an uneven one. The two of us with Prof. Shin continued work on the project as a trio, polishing the poems and turning them into a stylistically coherent book. Joyelle, along with Johannes Göransson, edited and published the collection through Action Books in 2019.

Did we make things harder for ourselves because we were working with materials created by so many people, each with their idiosyncratic tastes and voices? Probably yes, but it also made us wrangle with the work line by line, word for word, trying to see whether an individual translator's choice really was the best fit, or if it should be replaced, and if so, whose choice? As Prof. Shin has said elsewhere, we each created our own Kim Hyesoon. In pulling together a coherent collaborative translation, we saw possible Kim Hyesoons that we couldn't have imagined for ourselves, stretched our minds to accommodate and reconcile the related versions. There was no default way we could settle a problem in which the original text was ambiguous, but there was no way to leave in that ambiguity in English, such as pronouns. We argued a lot, intense and friendly, in Prof. Shin's crowded office, over beers during happy hour, in texts.

A small selection of the issues we discussed and resolved one way or another: What on earth should the title of the collection be? For most of its working existence, the book was called *A Cup of Red Mirror*; the Korean 잔 can be glass or cup and clearly refers to a wine glass. *Cup* didn't feel quite right, since in English people don't refer to wine in cups, but *glass* wouldn't make it obvious that this was a drinking glass. When under edit by Action Books, the title was changed to Drink, since in Korean drinking is metaphorically referred to as cups or glasses.

What should we do about the fact that Korean poetry frequently eschews punctuation, since Korean grammar allows for Korean sentences to largely make sense without it? Sue strongly believes the original punctuation, or lack thereof, should be preserved, since punctuation affects the visual appearance of the poem, and the poem has a visual dimension. As a collective, we each began to see the significance of Sue's argument. Adding punctuation that wasn't in the original version of the poem put the translator in a position to alter the original tone of the poem and the personality of that poem's speaker. It also led the translator into the dangerous territory of making a decision that was in no way prompted by the original piece. For instance, a period might lead to a break in the flow of a line when there really was no indication of such a pause in the original. Then the translator must decide where to insert this false pause based on their own opinion of the text, all while knowing that the text itself never wanted to take a pause in the first place. The other complication of inserting punctuation not found in the original is how it draws away from punctuation that is intentionally added and emphasized by the author.

Sue was able to keep to this vision in many poems and had to compromise in others, such as prose poems that were deemed just too confusing without periods, or the exclamation marks that were added in quick sucession at the end of "Euridice Trapped in Print [판화에 갇힌 에우리디케]".

What about parts we didn't understand? Fortunately, we could contact Kim Hyesoon and ask questions. In one example, we asked what 본드 주머니 in "Eurydice Trapped in Print" was. The explanation was that this is a plastic bag used by kids huffing glue on mountains. There was no way to convey this succinctly in a single line, so we ended up with "glue-huffing bag," which is still confusing, but not more confusing than the original. We also consulted her when we had trouble understanding the original motive of a particular image. For instance, the poet describes the "ranges of mountains within the body crumb[ling] one by one" in "Lips" as the feeling a young person gets during their first kiss, and the sound of "ppp [팔팔팔]" and "p,p,p [팔, 팔, 팔]" in "Weather Update [기상 특보]" is meant to be the sound of kissing.

During a visit to Seoul in the summer of 2016, Sue was also able to arrange a meeting with Kim Hyesoon and brought back even more answers about the text we had been pouring over. For instance, Lady Ice, who is specifically alluded to in "Naked Body of Ice" and "Old Refrigerator [오래된 냉장고]," was described as having come about after a trip the poet took to Tibet where the air was thin, lives were thin and precarious, everything was precarious. So, the ice woman is someone who may exist now but in dangerous condition, about to melt away. On "Cultural Revolution in My Dream", Kim explained that the character 光子[광자/kwangja, photon] was simultaneously the word for photon but also sounds like an old-fashioned woman's name. Here she was thinking about how light was scary during the setting of this poem, the 1980s, when a person might be arrested and have the light put on them as they are forced to write all kinds of confessions. Ms. Photon was her suggested translation and the one that stuck through final edits. Kim Hyesoon said that this book, out of all her books, was the easiest for readers to read and carried the most emotion, so it was important for the translation to be accessible. Lastly, rhythm was her biggest concern; it was more important for the poems in English to sound like poetry than to preserve the strict meaning.

There were some references that readers not familiar with Korean literature and history might not know — as our work aimed at such people, and if so, did we want footnotes or endnotes? How could we create something that satisfied all translators, editors, and the hypothetical audience? In our decision to add endnotes, we hoped that a reader's first experience of the poem would be immersive, uninterrupted by the insertion of outside information at the bottom of the page. However, we also felt the dangers of not equipping English speaking readers with a means of delving into Kim Hyesoon's Korea further. The endnotes that indicate the first two lines of "Naked Body of Ice" are taken from Job 38.22 and that the final line of "Deep Place [깊은 곳]" comes from Psalms 130:1 ("Out of the depths I have cried to you") were footnotes found in the original text and really forced us to confront the question of how to handle notation. The other endnotes, which provide historical and folk accounts of figures like Mun Ikchŏm, who smuggled the first cotton seeds into Korea by hiding them in the cap of his writing brush, Lady Yuhwa, daughter of the Habaek river god who was impregnated by light, and Princess Nanglang, princess of the Kingdom of Nanglang who was murdered by her father for marring a prince of Kogugryŏ, were added by us. We reasoned that while English speaking readers could look up such allusions, it might be difficult for them to find concrete information without access to Korean language resources. Additionally, we also wanted to point out Yi Sang as a direct influence on the poem "Mixer & Juicer" and hoped that English speaking readers interested in learning more about Korean poetry would take up the task of searching him out.

In hindsight, perhaps we could have included more contextual information, like a timeline of Korean history or a brief explanation of the Korean literary tradition alongside the text. But after reading a particularly unnerving review in which the reviewer felt the poems' "specific Koreanness difficult to locate," and went on to ask "Might Korean literature in translation need to be made more Korean than its original?" — we knew we made the right decision to let the poems speak for themselves, with our original impulse being not to "other" Kim Hyesoon's reality but to celebrate her distinctiveness by not infusing it with our own ideas of what Korean literature should be. Our choice to hold back reflects our own philosophies of translation, shaped by our identities, especially as poets.

In a response to the above review, Sue spoke about the complicated relationship of poet and translator to the reader. Her three main concerns as she translates are her sensibility as a poet, her faithfulness to the feeling of the poem, and the reader:

> I want to work without thinking of any reader. I want

> to work for myself. Yet I can't help but ask, Would the reader understand what I mean? There seems to be an archetype of the Reader that lives in my subconscious mind. I feel compelled to explain things to the Reader, but only things that don't belong to the mainstream white American culture. I don't like that the Reader is like this, because I don't believe that white American culture should be held up as the norm — yet I can't help asking, Would the Reader be turned off because he doesn't know this reference to Korean mythology (the Reader is always a he)? Would the Reader think my English is poor because I've chosen to use comma splices for a certain effect? … Anybody could end up being the actual reader, maybe someone like me. But I think about the editors, the reviewers, and so the Reader remains someone unlike me.

So the endnotes we added at the end of the text are a capitulation to the "Reader", but compiled at the end of the book and separate from one's initial experience of the poetry.

We compromised, and we steeped ourselves in the work so much that hints of Kim Hyesoon appeared subconsciously in our own poetry. Lauren's poetry was affected by the rhythm of the poems we were translating.

We were working so much on single lines that she would get certain lines stuck in her head as she walked up and down the stairs at work. The line that got stuck was dependent on the speed her feet were walking. She was hearing those rhythms everywhere. In the poetry she wrote during the time we were translating, you can hear the inflections, pauses, and beats of our translated work. She also found herself using a syntactical construction in English that mirrored the way Korean sentences are built. The nouns were described in a way that reflected Korean modifying patterns like 던 and ㄴ/는. Instead of saying "the pit of the peach is throbbing [복숭아의 구덩이가 욱신거린다]" she would instead say the "swollen peach whose pit throbs with the season [계절에 따라 구덩이가 욱신거리는 복숭아]", an unnatural grammatical rendering which might cause an English-speaking reader to feel that their own language is slightly unfamiliar. Also, inspired by the 는 것 pattern, she started to insert phrases like "That tart thing we planted [우리가 심은 그 시큼한 것]…", allowing herself to capitalize on the ambiguity of "thing [것]" in a way that English doesn't typically make room for. Sue was influenced more by the themes, and around the same time wrote poems exploring recursion, such as a sestina that imagines a city within a city and people within people, just as Kim Hyesoon's "Face" describes a "you inside you," an

"I inside me," and even a "cow inside a cow." These Kim Hyesoon patterns were so thoroughly absorbed that Sue didn't recognize the similarity until Lauren pointed it out.

The sheer amount of revisions and drafts of our translation is overwhelming and frankly impossible to excavate fully. Here are some samples plucked from old emails, the first stanza of the titular poem "A Drink of Red Mirror," or, as we called it then, "A Cup of Red Mirror." The very first draft was Sue's homework assignment, and is followed by revised versions by Sue, taking into account class feedback. The first draft, dated October 16, 2015:

After I dream of you, I ge't chills,
a fever. The night street with the lights out
in all the windows, nobody moving.
Only the store signs twinkle their lit letters
but inside you there's no shelter for me.

[네 꿈을 꾸고 나면 오한이 난다
열이 오른다 창들은 불을 다 끄고
아무도 움직이지 않는 밤거리
간판들만 불 켠 글씨들 반짝이지만
네 안엔 나 깃들일 곳 어디에도 없구나]

The second draft, October 27, 2015:

> After I dream of you I get chills
> a fever the night street with the lights out
> in all the windows nobody moving
> Only the store signs twinkle their lit letters but
> inside you there's no shelter for me

Notice the second draft has gotten rid of the punctuation; there had clearly been a discussion between the drafts on punctuation, and though the first draft had punctuation simply to make the meaning of the poem easier to follow, the second draft reflects Sue's decision to mimic the lack of punctuation in the original text. The first letter of each sentence is capitalized if it comes at the start of a line, but not if it is in the middle. The third draft, October 29, 2015:

> After I dream of you I get chills
> and a fever the night street with the lights out
> in all the windows nobody moving
> Only the store signs twinkle their lit letters but
> inside you there's no shelter for me

The only change from the second to third draft is that "and" has been inserted at the start of the second line. It may look insignificant, but it took serious thought, since it changes the rhythm and encourages more focus on anapests than iambs. In the fourth draft, December 14, 2015, the first stanza is unchanged. Finally, the version printed in the book *A Drink of Red Mirror*, 2019:

> After I dream of you I get chills
> a fever the night street with the lights out
> in all the windows nobody moving
> Only the store signs glimmer their lit letters but
> inside you there's no shelter for me

The only change is that "twinkle" has been changed to "glimmer." They are synonyms, but "glimmer" is clearly more suitable, just as the decision to edit "scarlet" from the earliest draft of "That Red Cloud [저 붉은 구름]" to the simple "red" was the right decision. If we must give a logical explanation for these changes, we would say that "twinkle" has a positive and childish connotation, whereas "glimmer" is more serious, and that "scarlet" is too self-consciously fancy, whereas "red" fits the simple Korean 붉은. But we likely did not make these decisions for such specific reasons — our experience as poets made us internalize these thoughts, so that we have a gut feeling for connotations and sounds.

Speaking of ourselves as poets, we believe that poet-translators are the best kind of translators for poetry. The work of translation for poetry can never be mechanical—there is no straightforward way to translate poetry's feeling, tone, imagery, sound, and shivering connotations. We applied the same practices to translation that we use in our own writing. We read aloud everything in both languages. Even if a poem is written in free verse, there are still certain sound combinations, or the flow of language, that matter. When deciding on word or grammar choice, we read aloud the choices—*does this sound right*? The goal, above all, is to create a poem that is faithful to the original poem. Kim Hyesoon speaks on this as well. In an interview with *The Southeast Review*, she says the most critical aspects of poetry translation are:

1. The ability to recognize elements in the text of the poem that make it a poem (also the ability to recognize the poem escaping the basis of the poem).
2. To think that you yourself are writing an unfamiliar fantasy rather than translating a poem.
3. To think that you are broadening the horizons of the translator's own language rather than the language being translated, and the belief that you are expanding the potential of your mother tongue.

4. If possible, the goal of translation is to free the poem (to have a sense of duty that if not for your translation the poem will be forever trapped in prison).
5. Also, freedom without bounds.

Our collaborative translation of Kim Hyesoon's *A Drink of Red Mirror* was our first translation. When we meet others who have an advanced knowledge of Korean language and culture and like reading Korean literature, we wonder why they don't decide to translate. Perhaps because we were poets first, we were also able to become translators. To be a poet requires boldness and innate confidence, sometimes beyond reason and sometimes to the point of folly. It also requires love of art, language, creation, and perspective. These are also what it takes to be a translator. In his introduction to *Modern Poetry of Pakistan*, "Stirring up a Vespiary," Dr. Waqas Khwaja states, "it is widely recognized that literary translation is impossible … But translations are not abandoned because they are 'impossible' to do. In fact, this may precisely be the reason why the exercise fascinates so many poets and translators." To be a translator is to be foolish enough to take on the impossible.

From our first attempt, we learned a lot about how to

confront the impossible. We learned that rhythm underpins meaning. We learned to`trust our gut feelings. We learned that knowing the language to the point of nuance was important, and that each word of the poet's work grows out of the roots of a nation's mythological, historical, and literary past, present and future. In intensive collaboration, we also learned the art of listening. Our theories of translation were tested against the ideas of other translators in the room, so our ideas on how to do it best were in constant flux. The final version of Kim Hyesoon's work that we put forth was a sum of the greatest parts of the many Kim Hyesoons we had each created on our own. At the end, we developed a language of translation that exists somewhere between the original Korean and the translated English. Perhaps this language is what Kim Hyesoon means when she says "writing an unfamiliar fantasy" — a place where the impossible can be made possible.

모든 번역은 중요하다

브루스 풀턴

번역가, 캐나다 브리티시컬럼비아대 아시아학과 한국문학 및 통번역학과 교수. 서울대 국어국문학과에서 박사학위를 받았다. 배우자 주찬 풀턴과 함께 한국문학 작품을 다수 번역해서 영미권에 소개해왔다. 권영민과 함께 《What Is Korean Literature?》를 썼고, 《The Penguin Book of Korean Short Stories》를 엮어 출판했다. 최근 번역작으로는 천운영의 《생강》, 김숨의 《한 명》, 공지영의 《도가니》 등이 있다. 만해문예대상을 수상했다.

20년쯤 전 "Translation Matters"라는 제목으로 열린 컬럼비아대학교의 학회[1]에 참석한 적이 있다. '번역에 존재하는 문제'라고도, '번역이 중요하다'라고도 해석될 수 있는 이중적인 제목이었다. 그로부터 20년이 흐르는 동안 한영 문학 번역의 문제들은 현대 한국문학의 영어 번역이 지닌 중요성에 커다란 영향을 끼쳐왔다. 특히 우려되는 점은 우선 한국문학, 특히 소설의 영어 번역·출판이 점점 더 상업성을 띠게 되었다는 것이다. 일부 경우에는 소수의 저작권 에이전트, 일군의 '전업 번역가들', 한국문학의 영어판이 (그 정체가 번역이든 편역이든 간에) 국제적으로 인정받아야 한다는 강박에 사로잡힌 자금 지원 주체가 합쳐져 돈벌이 사업처럼 되어버리기도 했다. 두 번째로는 국가적 브랜드를 높이려는 한국 정부의 노력하에 'K 문학'*이 점점 강조되고 있다는 것이다.[2] 이러한 K 문학이 일시적인 유행인지, 아니면 문학 창작의 지속적 형태가 될지는 아직 알 수 없다.

이 글에서 나는 앞서 언급한 두 가지 번역 문제가 문학

* 이와 대조적으로 구글 검색창에 J Literature를 쳐보면, 도서 추천 및 서평 사이트인 Goodreads의 J Lit페이지만 나타난다. 이는 일본 정부의 브랜딩 전략이 아니고 그저 Goodreads 사이트에서 만들어진 것이다. C Literature를 쳤을 때는 중국 문학이 검색되지 않는다.

과 번역 양쪽에 위협을 가하는 상황에서도 한영 문학 번역이 여전히 중요하다는 점에 초점을 맞추려 한다. 역사적 기억, 진실과 화해, 치유와 종결이라는 여러 주제를 적절한 서사로 풀어낸 최근의 한국 소설 일곱 편을 하나씩 살펴보며 그 중요성을 강조해보겠다.

조정래, 《오 하느님》[3]

1930년대 말, 제대 후 면서기로 채용해준다는 일본 식민 관료의 약속 때문에, 혹은 가족을 만주로 이주시켜버린다는 협박 때문에 일본 군대에 들어가게 된 한국 청년들의 실화를 바탕으로 한 작품이다. 일본군이 된 청년들은 만주국으로, 다음에는 몽골로 보내졌다가 몽골-소련 연합군의 포로가 된다. 그리고 소련의 붉은 군대에 합류할 것인지 일본으로 돌아갈 것인지 선택해야 하는 갈림길에 선다. 일본을 택한다면 할복하지 않고 포로로 잡힌 것에 대한 처벌을 피할 수 없었다. 소련군을 택한 이들은 서방으로 보내져 1942년 독일 대공세에 맞선 모스크바 방어 작전에 투입된다. 독일군 포로가 된 후 1년 반을 독일 포로수용소에서 보내다가 1944년 초, 독일 사령부가 연합국의 대규모 대서양 상륙작전에 대비한다는 결정을 내리면서 다시 전장에 투입된다. 이러한 우연적 과정을 통해 1944년 6월 6일, 오마하 비치에 상륙한 미국인들이 잡은 포로 중에,

독일 군복 차림이지만 동양인 외모에 아무도 못 알아듣는 언어로 말하는 이들이 끼어 있었던 이유가 설명된다. 하지만 미국 포로수용소에 끌려갔던 이 한국인 청년들이 소련 측의 미국인 전쟁포로와 맞교환되어 소련으로 송환되는 길에 소련군에 몰살당한 이유는 설명되지 않는다.

이러한 한국 소설을 읽어서 얻는 혜택 중 하나는 이 나라가 단 한 세기 동안 겪어낸 격동의 현대사를 바라볼 수 있는 창문이 열린다는 데 있다. 일본의 무력한 식민지였던 한국이 폐쇄적 스탈린주의 국가(북한)와 세계 최고의 기술 발전을 이룬 국가(남한)로 나뉘어 재탄생된 역사다. 현대 한국 소설을 통해 우리는 한반도 안팎으로의 거대한 인구 이동에 대해, 이데올로기 갈등·내전·숨겨진 역사가 남긴 트라우마에 대해, 계층과 성별 갈등에 대해, 서구에서 수 세기에 걸쳐 이루어낸 근대화를 수십 년 만에 압축적으로 겪은 나라의 역사에 대해 읽을 수 있다. 《오 하느님》은 이런 극적인 역사 속에서 고향을 떠나 이방을 떠돌아야 했던 존재들의 삶을 압축적으로 드러낸다.

한국문학을 읽고 가르치고 번역하며 40년을 보냈지만, 《오 하느님》처럼 강렬한 작품을 만나는 것은 흔치 않은 일이었다. 처음에는 미국 평화봉사단의 일원으로(1978~1979년), 연세대에서 한국어를 공부하는 학생으로(1983년 여름 학기), 서울대에서 한국 현대문학 전공으로 박사과정을 다니면서(1990년대), 그리고 한국문학의 번역가이자 교수로 일하면서, 나는 내 조국 미국의 현대사가 한국의 현대사에 심대한 영향을 미쳐왔음을 뼈저리게 인식하고 있었다. 그리하여 주찬 풀턴(Ju-Chan Fulton)과 함께 《오 하느님》을 번역한 일은 여러 목표를 달성하게 했다. 첫째, 한국의 가장 중요한 생존 작가 중 한 명이 영어권에서 갖는 존재감을 높였다. 대하소설 세 편이 번역되었음에도, 각각 열 권이 넘는 분량의 부담 때문에 조정래는 여전히 영어권에서 덜 알려진 작가였다.* 둘째, 최근 몇십 년 동안 급성장한 나라로만 알려져 있던 한국의 현대사를 독자들이 조금 더 이해하도록 했다. 셋째, 미국의 해외 주둔이 논란을 불러일으키는 시기에 이 소설은 강대국의 지정학적 이해관계에 휩쓸려버린 이들의 감춰진 이야기를 기억하게 해주었다. "기록에 대한 그의 열정은 공식적인 역사에서 탈락되고 배제된 민초의 삶을 복원하고 숱한 고난의 격랑 속에서도 결코 실종되지 않는 민족 공

---

* 작가의 가시성은 번역에서 중요한 문제다. 《How in Heaven's Name》(《오 하느님》의 영어판) 낭독회를 네 차례 개최하면서 만난 청중은, 대하소설 세 편이 인구 5천만인 나라에서 천 6백만 부나 팔린 작가가 영어 번역으로는 거의 알려지지 못했다는 점에 놀라움을 표했다. 이런 반응은 조정래의 세 권짜리 소설 《정글만리》를 번역해 《The Human Jungle》(Seattle: Chin Music Press, 2016)로 출간하게 된 계기 중 하나였다.

동체의 강인한 근성과 함께하고자 하는 데서 비롯된 것이다"라는 문학평론가 복도훈의 해설도 이와 맥을 함께한다.[4] 마지막으로 이 소설은 더욱 불운했던 한국 디아스포라의 역사를 조명한다. 1937년 10월, 17만 명이 넘는 고려인, 즉 한국계 러시아인들이 극동을 떠나 중앙아시아로 갑자기 이주당했던 역사가 그것이다.[5]

김사과, 《미나》[6]

작가 김사과가 23세 때 처음 출간한 장편소설 《미나》는 대도시 서울의 병리적 환경에 놓인 중상류층 밀레니엄 세대의 삶을 탁월하게 그린 작품이다. 한국계 학생이 미국 버지니아 공대에서 벌인 2007년의 총기 난사 사건을 계기로 《미나》를 집필했다는 김사과는, 범인 학생의 정신 질환과 한국 밀레니엄 세대의 사회적 불안감을 떠올리며 고통스러웠다고 한다. 또한 한국의 한 소녀가 친구를 죽인 사건 보도도 참고했다고 말한다.

《미나》는 인생을 결정하는 경쟁적인 대학 입시를 준비하며 고등학교의 엄격한 규율, 사설 학원, 개인 과외교사, 독서실을 견뎌내는 10대 학생들에게 초점을 맞춘다. 학교 밖 삶을 갈망하지만 욕구를 분출할 방법이 막힌 상황에서 많은 이가 정신적 어려움을 겪는다. 머릿속은 욱여넣은 '지식'으로 가득 차 있지만, 정작 자기 말과 생각을 표현할 능력은 잃어버린 상태다. 교육 제도가 설계해놓은, 너무도 역기능적인 삶을 피해 해외로 유학을 떠나는 한국 10대들의 수는 기록적으로 늘어나고 있다. 도망과 회피는 실패로 이어지기 일쑤고, 이는 자살을 부르기도 한다.

《미나》의 주요 인물인 미나, 민호, 수정은 어른들이 강요하는 체제가 쓰레기라고 생각하는 상류층 청소년이다. 이들은 요구되는 질서와 도덕규범, 가치를 거부한다. 그리고 수렁과 환상, 희망과 거짓이 똑같은 비율로 들어 있는 삶과 나름의 타협을 이루고자 시도한다. 하지만 인생의 고난을 겪어본 적도 없고 삶의 열정을 느끼지도 못하는 탓에 어려움을 겪는다. 이들은 10대의 삶을 이어가는 방법이 세 가지라는 것을 일찍이 터득한다. 첫째, 열심히 공부하는 것, 둘째, 아첨하며 사는 것, 셋째, 앞의 두 가지에 실패하는 경우 자살하는 것이다. 미나와 수정은 공부에 집중하며 체제를 헤쳐 나가고 동급생들을 패배자라며 무시한다. 하지만 친구 지혜가 성적이 떨어졌다는 이유로 독서실 5층 옥상에서 뛰어내리자, 미나는 더 이상 세상에 대해 거만하고 무심한 태도를 갖지 못하게 된다. 수정은 공감하는 사람으로 변해버린 미나에게 분노와 질시를 느낀다. 사고가 단순하고 경험이 제한된 평균적인 학생이던 미나는 친구의 자살로 난생처음 트라우마에 시달리고 주변 세상과 사람들에게 관심을 보인다. 수정에게는 절친한

미나의 이런 변화를 감당하는 것이 까다로운 수학 문제보다 더 어렵다. 남들을 무시하며 거기서 통제감과 우월감을 얻는 방식으로 살아가던 수정에게 미나의 성장은 혼란을, 이어 불안과 분노를 가져온다. 수정은 길고양이를 죽이고, 결국은 이해할 수 없는 타인이 되어버린 친구 미나에게도 살의를 드러낸다.

한국은 OECD 회원국 중 자살률 1위를 기록하고 있다. 40분에 한 명씩 스스로 생을 마감한다. 연령대를 기준으로 나눠볼 때 자살 위험이 가장 높은 것은 10대, 극도로 경쟁적인 교육 체계에서 성적이 나쁘면 비난을 피할 수 없는 그 아이들이다. 한국의 출생률은 계속 하락하는 상태고, 이혼율은 최근 몇십 년 동안 급증하는 추세다. 밀레니엄 세대가 현재 한국의 삶을 부르는 말인 "헬조선"에는 그들이 당면한 암울한 미래, 그리고 일과 여가의 극심한 불균형 상태가 반영되어 있다.

30대 중반이 된 김사과는 이미 한국에서 가장 탁월하고 촉망받는 작가로 영향력을 발휘하고 있다. 숨 막히는 경쟁, 성공을 향한 압박, 멋진 외모를 갖춰야 한다는 요구 등 대도시 서울의 삶을 특징짓는 병폐들을 이토록 잘 잡아내는 한국 작가는 달리 없다. 김사과는 이런 압박이 낳는 트라우마를 그려내는 극소수의 작가 중 한 명이고, 이 트라우마가 정신 이상과 살인 폭력으로 귀결되는 상황을 여러 작품에 담았다. 이런 상황이 한국 10대들에게 미치는 악영향을 치료해줄 현대 한국문학 작품은 오로지 《미나》뿐일 것이다.

천운영, 《생강》[7]

1980년대, 전두환 치하 한국 군사 독재 정권의 고문 기술자였던 이근안에서 영감을 얻은 《생강》은 정치적 음모를 피해 도망치는 한 남자의 이야기, 그리고 도망자 아버지를 숨겨줘야 하는 딸의 성장 이야기를 절반씩 담은 작품이다. 천운영 작가는 자신의 단편과 장편에서 경계를 탐색하고 싶다고 말한 바 있는데, 《생강》에서 그 경계는 선과 악 사이에 그어진다. 이근안이 석방 후 목사가 되었다는 뉴스 보도를 접한 작가는, 첫 장부터 고문 기술자 '안'의 손에서 무너지는 희생자, 당일 신문에 실린 사진으로 안을 알아본 두 청년과 이들을 피해 기차에서 뛰어내리는 안 등을 보여주며 숨 가쁘게 전개해 나간다. 이후 소설은 고문 기술자와 순진한 딸의 서사를 교차시키며 진행된다. 아버지가 애국 경찰관이라 믿어온 딸 '선'은 자기 방 다락에 아버지를 감춰줘야 하는 처지가 된다. 숨는 사람(안)과 깨닫는 사람(선)의 이야기는 대위법처럼 진행된다. 선은 대학 친구와 사랑에 빠져 자기 신체의 '축제'를 발견하고, 아버지가 망가뜨린 희생자를 만나 냉혹한 진실을 깨닫는다. 애국 영웅이라 생각했던 아버지는 가학-피학증 성향이 있었고, 이제는 다락방에서 딸에게 생존을 의지하는 신세다.

두 인물의 서사는 짧은 대화, (매 장이 여러 부분으로 나뉘는) 시리즈 구성, 관계의 모호함(부녀 관계, 선이 고교 동창 친구와 맺는 관계, 안이 상사 박과 맺는 관계 등), 안이 처한 불안한 상황(다락방에 숨은 것이 발각될 수도, 범죄 행위에 대한 공소시효가 만료되지 않을 수도 있다) 등으로 긴박감을 유지한다. 소설의 마지막은 몇 년 후의 이야기인데, 안의 최종 항복과 자수가 아닌 선의 독자적인 삶에 초점을 맞춘다. 선은 안의 딸임이 밝혀진 후 학교에서 소외당하고 결국 학교를 자퇴하고 미용사가 되는데, 이는 청년 안이 선의 엄마가 될 여인을 만나러 미용실에 찾아왔던 과거와 맞물리며 가족 관계를 상징적으로 완성시킨다. 서스펜스로 시작되었던 소설이 모녀의 굳건한 관계로 마무리되는 것은 여성들 간의 관계를 그려내는 천운영 작가 특유의 재능에 부합한다.

박근혜 전 대통령의 탄핵과 투옥이 보여주듯, 한국은 갈등의 현대사와 화해하기 위해, 그리고 1960년대부터 1980년대 말까지 군사 독재 시기에 반공 이데올로기의 핵심 요소였던 초법적 고문이 남긴 트라우마를 치유하기 위해 지금도 애쓰고 있다. 30여 년의 군사 독재가 낳은 인적 피해를 더 잘 이해하고 싶은 이들에게 《생강》의 영어판 《The Catcher in the Loft》는 중요한 책이다. 35년 동안의 일제 식민지 시절, 1945년 해방 이후의 인구 이동, 한반도의 영토적·심리적 분단, 한국 전쟁, 민간인 학살과 초법적 처형이 낳은 트라우마까지 고려한다면, 역사학자 브루스 커밍스(Bruce Cumings)가 던진 수사적 질문, "나라 전체가 외상 후 스트레스 장애(PTSD)에 시달리는 일이 가능한가?"[8]가 이해될 것이다. 《생강》에서 작가는 선이 아버지의 피해자와 만나 나누는 대화를 통해 이런 트라우마를 솜씨 좋게 그려낸다.[9] 이 대화는 횡설수설(글자 그대로 보자면 '수평적인 말과 수직적인 말'이다)의 사례라 할 만하다. 선은 대학 자퇴 후 미용사가 되는 과정과 어린 시절 겪은 사건을 이야기하고, 피해자 남자는 자기가 아는 어민 가족이 고깃배를 타고 북한 영해로 들어갔던 일, 그 가족과 알고 지냈다는 이유로 잡혀 들어가 선의 아버지에게 고문당한 일을 이야기한다. 연결되지 않는 이 대화는 트라우마의 껄끄러운 속성, 박완서가 《부처님 근처》에서 인간의 내면에 소화되지 않고 영원히 남는 무언가로 날카롭게 포착해낸 바로 그것을 보여주는 듯하다.[10]

김숨, 《한 명》[11]

2차 세계대전 동안 20만 명으로 추산되는 한국 소녀들(평균 나이 16세고 심지어 12세 아이도 있었다)이 강제로 일본군의 성 노예가 되었다. 하루에 15~50명을 상대해야 했던 이들 '위안부' 중 전쟁 후까지 살아남아 한국에 돌아온 수는 겨우 2만 명 정도였다. 하지만 이들이 일본군 성 노예였던 전력을 공개하기 시작한 것은 1990년대 초, 종전 후 거의 50년이 흐른 때였고, 지금까지 등록된 수는 238명에 불과하다. 이후 매주 수요일마다 살아남은 '할머니들'(지지자들이 애정을 담아 부르는 호칭이다)은 서울 주재 일본 대사관 앞에서 침묵시위를 벌이며 일본 정부의 '위안부' 사실 인정과 공식 사과를 요구하고 있으나, 아직 성과를 얻지 못했다. 이 글을 쓰는 시점 기준으로 '위안부' 전력을 공개한 238명 중 생존자는 10명, 평균 나이는 만 95세다.

할머니들 중 마지막 한 명까지 사망하고 나면 어떻게 될지를 생각한 김숨 작가는, '위안부'였지만 과거를 아직 공개하지 않은 93세 여자를 소설 주인공으로 삼았다. 3인칭 서술에서 '그녀'로만 지칭되는 여자는 고향 마을에서 가족 생계를 위해 다슬기를 잡다가(빈곤은 식민지 한국에서 일상적인 문제였다), 일본인들에게 잡혀간 날로부터 시작된 악몽과 80년 동안 싸우며 결혼하지 않고 조용히 살고 있다. 여자의 성 노예 생활은 당시 일본 제국의 괴뢰 국가였던 만주국 '위안소'에서 끝나고, 전쟁 후 한국으로 돌아온 여자는 가까운 가족에게도 과거를 숨긴 채 치욕과 악몽에 늘 시달린다. 죽음을 앞둔 마지막 '위안부' 할머니에게 온 나라의 이목이 쏠린 상황에서 주인공은 거기에 찾아가 그

할머니와 전 세계에 아직 '한 명'이 여전히 남아 있다고, 익명으로 남는다 해도 자신 역시 피해자임을 알려야 한다고 느낀다. 그리고 익명의 '위안부' 출신을 벗어나 드디어 수십 년 동안 잊고 살아온 '풍길'이라는 이름을 기억하게 된다. 소설은 풍길이 제일 좋은 옷을 입고 자신이 '한 명'이라는 것을 밝히기 위해 죽어가는 마지막 '위안부'를 만나러 병원에 가는 것으로 끝난다.

김숨 작가는 계속 줄어드는 등록 '위안부' 수를 보면서 그 삶을 규명해야 한다고 생각했다. 구술 기록 등 여러 자료를 보던 작가는 한국인들이 '위안부'의 존재는 알지만, '위안부'가 성 노예로 지낸 시절, 그리고 이후 스스로 과거를 감추며 살아온 수십 년 세월의 고통은 제대로 이해하지 못하고 있음을 깨달았다. 《한 명》의 토대를 이루는 것은 오래 살아남은 '위안부'들이 털어놓은 실제 삶의 이야기다. 《한 명》은 한국 소설 중 '위안부'라는 주제에 온전히 집중한 최초의 장편소설이기도 하다. 김숨 작가는 '위안부' 출신임을 최초로 공개하고(1991년) 전 재산을 '위안부' 기금으로 내놓은 김학순 할머니의 뒤를 따라, 이 책의 판매 인세 일부를 같은 재단에 기부하고 있으며 출판사 역시 수익의 일부를 기부한다.

트라우마를 소설로 구성할 때의 어려움은 끔찍한 소재로부터 적절한 서사적 거리를 유지하는 것이다. 작가는 이를 위해 서사의 범위를 한 명의 경험에 국한하지 않고 트라우마로 고통받는 모두의 경험으로 넓혔다. 또한 독자들을 주인공의 '위안부' 기억에만 의존하게 하지 않고, 주인공의 현재 시점에서 외부 환경이나 움직임을 계속 보여주면서 서사적 거리를 구축한다. 재건축을 기대하며 주민들이 떠나버린 빈 동네의 쓸쓸한 뒷골목에서 주인공이 보고 듣고 만나는 것에서 떠올리는 기억을 독자에게 공유한 것이다. 작가는 '위안부' 다수의 경험담을 소설 주인공 안에 합쳐 넣었고, 주인공이 만주국 '위안소'를 회상할 때 세부 사항의 출처를 316개에 달하는 주석으로 제시했다.

《한 명》은 무조건 일본을 비난하기보다 한국 소녀들을 일본군 성 노예로 끌어가는 과정에서 한국 식민지 관리들이 공모한 행위를 조명한다는 점에서도 중요하다. 한국인의 공모에 주목한 것은 공격받는 빌미가 되기도 했으나, 치유와 종결에 선행되어야 할 행위 인식과 책임의 가능성을 제공한다.*

한국 소설가들은 대학에서 문예창작을 전공하는 경우가 많은데, 김숨 작가는 대전대 사회복지학과를 졸업했다. 단편집 일곱 권과 장편소설 열네 편을 내놓은 이 작가가 뛰어난 공감력으로 때로 초현실적이기도 한 글쓰기를 해내는 이유가 여기 있을지도 모른다. 김숨 작가는 한국 소설 문학계에 새 생명을 불어넣는, 열정적이고 상상력

풍부한 여성 작가 집단의 선두에 서 있다.

공지영, 《도가니》[12]

임시 교사가 되어 안개 자욱한 남쪽 도시 무진으로 출발하던 때의 강인호는 자애학원의 남녀 청각장애 학생들이 교장, 행정실장, 기숙사 생활지도교사에게 일상적으로 학대당하는 상황, 그리고 이 공포의 성(性) 통치에 대해 사회 상류층이 굳건히 공모하며 눈감아버린 상황과 대면하게 되리라는 것을 알지 못했다. 출근 첫날, 그는 학대당한 소년의 자살 사건을 접하고, 퇴근하려고 학교를 나서면서는 여자 화장실에서 울리는 비명 소리를 듣게 된다. 강인호는 무진인권운동센터 상근간사인 대학 선배 서유진과 함께 피해자 어린이들의 증언을 통해 학대 사실을 공개하기로 결정한다. 처음에는 긍정적인 성과를 거두는 듯했지만, 재판이 시작되자 결국 무진의 권력 구조(경찰, 지역 교

---

* 워싱턴대학 잭슨 국제대학원 하용출 교수는 '위안부'에게 공식 사과를 하지 않은 것이 일본 정부뿐이 아니라고 지적한다. 대한민국 정부 또한 그런 사과를 하지 않은 것이다(하용출, 브루스와 주찬 풀턴의 토론, 《One Left》(《한 명》의 영어판) 온라인 출판 기념회, 워싱턴대학 한국학 센터, 2020년 10월 6일). 최근에는 '나눔의 집'(1992년에 설립된 '위안부' 거주 시설) 운영진이 후원금 횡령으로 비난받기도 했다(최상훈, "Japanese Photographer Blows Whistle on Treatment of 'Comfort Women'", 《New York Times》, 2022년 8월 14일).

육청, 시청, 막강한 영향력을 행사하는 무진 영광제일교회, 사법제도)는 똘똘 뭉쳐 자애학원 교직원들의 학대 혐의가 아닌, 강인호와 서유진의 관계, 강인호와 (자살로 생을 마감한) 옛 제자의 과거 관계에 초점을 맞춘다. 결국 자애학원 교장과 행정실장은 집행유예를 받고, 강인호는 자신이 보호해주겠다고 맹세한 학생들을 무진에 남겨둔 채 아내와 딸이 있는 서울로 급작스럽게 돌아가게 된다.

2009년 11월부터 5개월 동안 인터넷 포털 사이트 '다음'에 연재되었던 《도가니》는 안개 자욱한 무진의 유흥가 뒷골목과 자애학원의 고요한 복도에서부터 지방 도시 권력의 검은 중심부, 클라이맥스를 이루는 법정과 주변 광장에 이르기까지 빠른 속도로 독자를 이끌어간다. 현대 한국 소설로는 드물게 대도시 서울이 아닌 곳을 배경으로 삼는 이 작품은 세계 최고의 기술력을 갖춘 사회에 유교적 계층 갈등의 유산이 얼마나 강력한지, 사회적 사다리 아래쪽의 이들이 얼마나 취약한지를 잘 드러낸다.

《도가니》는 미국의 추문 폭로 소설과 법정 드라마를 결합한 고전적 형태다. 광주에 있는 청각장애인 학교에서 일어난 실제 성 학대 사건에서 영감을 얻은 작가는 이슈 중심 접근을 넘어 촘촘히 짜인 지방 도시 권력 구조의 초상을 그려냈다. 소설이 영화화되면서 이 책은 다시 베스트셀러 목록에 올랐고, 대한민국 국회가 시설 아동과 장애인에 대한 성폭행 범죄 처벌을 강화하는 법률안, 일명 '도가니법'을 통과시키도록 했다. 이 소설과 작가는 미투 운동으로 한국문학계의 권력 구조를 폭로하며 여전히 주목받고 있다. 2005~2008년의 억만장자 성범죄자 제프리 엡스타인 사건을 알고 있는 미국 독자들에게도 이 소설은 호소력을 지닐 것이다.

정용준, 《프롬 토니오》[13]

1997년, 미국 화산학자 시몬 엘리엇은 마데이라 해변에 떠밀려온 흰수염고래에서 튀어나온 기이한 생명체를 구조한다. 시몬은 동료이자 연인이던 영국 해양학자 앨런이 바다에서 실종된 후 절망에 빠져 지내던 참이었다. 두 연인이 시몬의 동거인 일본 지진학자 데쓰로와 함께 진행하던 연구 프로젝트도 중단된 상태다.

며칠 후 구조된 생명체가 사람 형체를 띠더니 자신을 토니오, 2차 세계대전 당시 대양에 전투기가 추락하면서 실종된 앙투안 드 생텍쥐페리의 분신이라고 소개한다. 흰수염고래가 그를 구조해 고통이나 죽음이 없는 바닷속 세계 유토에 데려다주었다는 것이다. 그곳에 잠깐 머물렀다고 생각했지만 어느새 50년이나 흘러 있었고, 연인 콘수엘로의 부름에 응답해 흰수염고래의 도움을 받아 다시 수면으로 떠올랐다고 했다. 시몬은 토니오가 다시 물속으로 들어가 앨런의 목걸이를 가져다준 후에야 그 말을 믿게 된다. 앨런은 그곳에서 임신 중이었던 태아의 작은 영혼과 함께 행복하게 지낸다고 했다. 인간 형체로 돌아온 토니오는 급속히 늙고 허약해진다. 시몬, 데쓰로, 의사 마우루는 그를 프랑스에 있는 집으로 데려간다. 토니오는 죽기 전에 콘수엘로와 재결합한다. 시몬은 연구를 재개하고 공책에 "프롬 토니오"라고 쓰면서 글쓰기를 시작한다.

《프롬 토니오》는 초현실적 소설이자 재난 생존자가 등장하는 러브스토리다. 작가 정용준은 기자이자 탐험가, 그리고 성경을 제외하면 가장 많이 번역된 세계문학 작품인 《어린 왕자》의 작가인 앙투안 드 생텍쥐페리 실종에서 영감을 얻었다. 생텍쥐페리는 1944년 7월 31일 프랑스 공군의 정찰 비행 중 지중해에서 실종된 것으로 알려져 있다.

작가는 〈심청전〉 등 바닷속 여행을 하고 돌아오는 한국 민담 속 이야기를 차용했다. 독자들은 토니오를 통해 죽음과 고통이 동반된다 해도 삶과 사랑이 가치를 지닌다는 점을 느끼게 된다.

반년 동안 앨런을 그리워하는 시몬의 모습은 2014년 4월 세월호 침몰로 사랑하는 사람을 잃은 가족들의 비탄을 상징한다. 실종된 앨런의 목소리를 통해 작가는 한국 최악의 인재 사고 피해자들을 추모한다. 과적 여객선과 함께 가라앉은 승객과 승무원 304명 중 250명은 고등학생이었고 어린아이도 많았다. 죽은 이들의 영혼은 (많은 시신이 끝내 수습되지 못했다) 살아남은 가족들을 걱정하고 있을 것이다.

이 작품은 영혼의 초월적인 힘을 강조한다. 토니오는 앨런과 배 속의 아이를 잃은 시몬, 1995년 일본 고베 대지진으로 가족과 친구를 잃은 데쓰로 등 사랑하는 이의 급작스러운 죽음을 겪은 사람들을 위로한다. 그리고 절망에 빠지는 대신 사랑했던 이가 남긴 추억을 소중히 간직하고 추모하라고 알려준다.

홍석중, 《황진이》[14]

《황진이》는 2002년 평양 문학예술출판사에서 나왔고, 2004년 만해문학상을 수상해 한국의 주요 문학상을 받은 최초의 북한 작가 작품이다. 1500년대를 배경으로 하는 (황진이는 16세기 전반에 살았던 것으로 추정된다) 이 소설은 황진이와 조선 명문가 자제와의 유명한 관계가 아니라 평민 놈이와의 관계에 초점을 맞춘다. 황진이는 문화적으로 정형화된 인물도, 열녀도 아닌 다면적 개인으로 그려진다. 양반 아버지와 하녀 사이의 자식으로 태어나 이후 기생이 된 어머니 밑에서 자라게 되는 남다른 신분, 그리고 미모로 인해 여러 도전을 받고 헤쳐 나가는 인물이다. 지성과 예술성, 자유로운 영혼을 갖춘 젊은 여성 황진이는 견고한 신분 구조의 벽에 갇히지만, 의롭고 용감하며 당당하게 자기 삶을 개척한다. 그리고 낮은 신분의 놈이에게 마음과 영혼을 바치며 끝까지 신의를 지킨다.

16세기 조선에 황진이라는 이름의 기생이 있었는지 확인해주는 1차 자료는 존재하지 않는다. 그럼에도 희미하기 짝이 없는 한 가닥 역사와 수많은 2차 자료로부터 한국의 가장 뛰어난 소설가들이 이야기를 짜왔다. 황진이를 다룬 소설은 식민지 시대에 쓰인 이태준 작품으로부터 전후 시대의 박종화와 정한숙에 이르고, 최인호, 전경린, 김탁환 같은 현대 작가도 단편과 장편을 썼다. 황진이에 대한 영화도 예닐곱 편에 이른다.[15]

이 소설은 여러 이유로 주목할 만하다. 글쓰기에서는 작가가 할아버지 홍명희 작가의 탁월한 이야기꾼 재주를 물려받았음이 명백하다. 관찰력이 뛰어나고 대화는 생동감 넘친다. 서사는 구어적이고 자연스러우며 구수한데, 특히 성년이 된 황진이를 묘사할 때 그렇다. 남한 작가들이 황진이와 명문가 남자들과의 관계에 초점을 맞추는 것과 달리, 계급에 민감한 북한 작가 홍석중은 황진이의 마음을 얻기 위해 자신의 반체제 성향을 억누르는 평민 주인공 놈이의 모습을 설득력 있게 그려낸다.

책 한 권이 세상을 바꾼다

한국이 경제 선진국인 동시에 세계 대중문화의 원동력으

로 입지를 확고히 한 새천년에 사람들이 한국 소설을 영어로 번역하는 이유는 무엇일까? '전업 번역가'를 선언한 한영 문학 번역 세대라면 수입이 괜찮은 전문직을 희망하기 때문이라고 답할 것이다. 여러 해 동안 '한국문학의 세계 공유'라는 목표를 추진해온 한국문학번역원이라면, '외국인 독자'들에게 한국문학 '필독서'(대부분 현대 소설)를 제공하기 위함이라고 답할 것이다. 문단(한국문학의 가부장적 보수적 엘리트 권력 구조)의 국수주의 인사들이라면 한국문학의 '아름다움'을 세계에 드러내 보이기 위함이라고 답할 것이다. 큰 상을 받은 한국 소설의 영어판이 번역보다는 편역에 가깝다는 논란이 있다고는 해도 말이다.

한국문학 번역의 현황과 미래 전망(학회, 워크숍, 학술 연구에서 계속 다루어지는 주제다)에 대한 토론과 별개로 내게 인상적으로 남은 한마디는 "책 한 권이 세상을 바꿀 수 있습니다"라는 파키스탄 여성 교육 운동가 말랄라 유사프자이(Malala Yousafzai)의 말이다. 책 한 권이 세상을 바꿀 수 있다면, 그 책의 번역도 똑같이 강력한 결과를 가져올 수 있지 않겠는가? 《How in Heaven's Name》은 조국 한국을 영원히 떠난 이들, 디아스포라 문학의 굳건한 토대가 된 이들의 삶을 분명히 보여주지 않겠는가? 《Mina》는 출세 지향의 한국 교육 체계를 바꾸고 인생의 가장 취약한 시기를 지나는 청소년들이 개인으로서의 성장과 발전, 표현을 이루게끔 도울 수 있지 않겠는가? 《The Catcher in the Loft》는 점점 불안정해지는 세상에서 잠재적 권력 남용과 폭력 동원 유혹에 경종을 울리고 지속적 트라우마를 인식하게 만들지 않겠는가? 《One Left》는 역사 속에 지워진 20만 명 이상의 한국 소녀들을 되살리고 존엄한 정체성을 회복시켜줄 수 있지 않겠는가?[16] 이는 또한 여성 신체를 남성 소유물로 여기는 한국의 전통, 다른 어느 나라와 비교해도 뒤지지 않는 그 전통을 다시 바라보게 한다. 《Togani》는 사회의 구조적 변화를 이끌어내는 문학의 힘을 보여준다. 나아가 장애인을 공공장소에서 감추는 데 익숙했던 사회가 이제 그들의 자유롭고 건설적인 삶을 보장하도록 만들 수 있지 않겠는가? 《From Tonnio》는 이른 나이에 혹은 사고로 죽은 이들의 목소리를 중개해 마침표를 찍게 하고 영면에 들도록 인도하는 무속 신앙의 전통(이를 실현하는 무당은 여성이다)을 기억하고 이어가게끔 하지 않겠는가? 《Hwang Chini》는 성별 고정관념에 갇혀 문화적으로 이상화되었던 개인을 다시 인간화하도록 돕지 않겠는가?

책 한 권의 번역이 여러 방향으로 이토록 중요하다면, 우리 문학 번역가들은 더 큰 공감과 통찰력을 지니고 세상의 문제들을 향해 한 걸음 더 내디딜 수 있을 것이다.

Every Translation Matters

- Bruce Fulton -

Some twenty years ago I attended a conference at Columbia University titled "Translation Matters." That title, of course, had a dual meaning: matters involved in translation, and an assumption that literary translation is significant and necessary — it matters. In the two decades since, matters involved in Korean-to-English literary translation have profoundly affected the significance of modern Korean fiction in English translation. Perhaps most concerning, the publication of English translations of Korean fiction, especially novels, has become an increasingly commercial, and in some cases mercenary, enterprise, dominated by a handful of literary agents, a cohort of "working translators," and Korean funding entities obsessed with international recognition of Korean fiction, especially its English versions, whether they be accurately termed translations or adaptations. Second, as part of the Republic of Korea's global self-branding effort, increasing emphasis is given to "K literature" and "K fiction."* Whether the literature so identified constitutes a passing trend or an enduring body of literary creation remains to be seen.

In this essay I wish to focus on how Korean-to-English literary translation can continue to matter in an era when translation matters such as the two I have mentioned threaten the integrity of both the literature and its translation. In examining seven recent Korean novels I will emphasize the importance of translations of Korean works that combine themes of historical memory, truth and reconciliation, and healing and closure with an appropriate narrative style.

Cho Chŏngnae, *O hanŭnim* (*How in Heaven's Name*)

O hanŭnim is based on the true story of several Korean youths who in the late 1930s were lured into the Japanese Imperial Army either through promises by the Japanese colonial overlords of a government clerkship upon discharge or by means of threats to transplant their families to colonial outposts in Manchuria. Upon joining the Imperial Army, these young men were sent to Manchuria and thence to Mongolia, where in battle

* By way of contrast, a Google search for Japanese literature branded as J Literature turned up only a Goodreads "J Lit" page, the "J Lit" in this case presumably a coinage by Goodreads rather than a branding strategy by the Japanese government. A Google search for Chinese literature branded as C Literature yielded no results.

they were captured by joint Mongolian-Soviet forces. They were then faced with a dilemma: they could join the Soviet Red Army or be returned to the Japanese, at whose hands they faced certain execution for allowing themselves to be captured instead of committing ritual suicide. Those who elected to join the Red Army were then transported west, where they served in the defense of Moscow against the massive German offensive of 1942. Captured by the Germans, they spent a year and a half in German POW camps, until early 1944, when the German high command began active preparation for the large-scale Atlantic Ocean-based invasion they expected from the Allies. This chance process explains why on D-Day, June 6, 1944, among those captured by the Americans who landed at Omaha Beach, were soldiers in German Wehrmacht uniforms who had Asian features and spoke a language no one understood. What it does not explain is why these young Korean men, taken to POW camps in the U.S. and then exchanged for Soviet-held American POWS liberated from Germany, were massacred by the Soviets upon their repatriation to the USSR.

One of the benefits of reading modern Korean fiction is that it opens a window onto the tumultuous modern history of a nation that in a single century has experienced a dual reincarnation from a powerless colony of Japan to (in the case of North Korea) a reclusive Stalinist totalitarian state and (in the case of South Korea) one of the world's most technologically advanced nations. In modern Korean fiction we read of vast population movements within and beyond the Korean peninsula; the trauma of ideological conflict, civil war, and hidden history; class and gender conflict; and the compression of a country's history of modernization from centuries (as in the West) to decades (as in Korea). *O hanŭnim* is a microcosm of the uprooting and dislocation that have constituted such a striking feature of this process.

In forty years of reading, teaching, and translating modern Korean fiction, I have rarely come across a story as compelling as that recounted in *O hanŭnim*. During those four decades — more than half my life —I have been acutely aware, first as a U.S. Peace Corps volunteer in Korea (1978-79), then as a student in Korea (studying Korean language at Yonsei University in the summer of 1983 and completing a Ph.D. program in modern Korean literature at Seoul National University in the 1990s), and all along as a translator and teacher of Korean literature, that the modern history of my country has profoundly affected the modern history of Korea. To translate *O hanŭnim* with Ju-Chan Fulton thus accomplished a variety of objectives. First, it heightened visibility in English of one of Korea's most important living writers, a writer underrepresented in English because of the massive challenges posed by the translation of his three major fictional works, each comprising 10 volumes or more.* Second, it afforded readers a better understanding of the modern history of a nation that despite its accomplishments in recent decades is still relatively unknown in the West. Third, at a time when the U.S. presence abroad remains somewhat controversial, the novel serves as a reminder of the untold stories of those swept up by geopolitical forces beyond their control. In the words of Pok Tohun, a literary critic writing about *O hanŭnim*, the author's "passion for recording history is rooted in a desire to revive and bear witness to the lives and experiences of all those who have been alienated and left out but who have never given up in spite of tremendous

* Author visibility is an important translation matter in its own right. At our four readings from *How in Heaven's Name* audience members expressed disbelief that an author whose three long multi-volume novels had by then sold 16 million copies (in a nation with a population of 50 million) remained little-known in English translation. This response was a factor in our decision to translate Cho's three-volume novel *Chŏnggŭl malli* (literally "Great Wall jungle"; Seoul: Haenaem ch'ulp'ansa, 2013): *The Human Jungle* (Seattle: Chin Music Press, 2016).

hardship." Finally, the novel sheds light on one of the more unfortunate chapters of the Korean diaspora: the sudden uprooting and deportation in October 1937 by the Soviet authorities of more than 170,000 Korean-Russians, the so-called *Koryŏ saram*, from the Russian Far East to Soviet Central Asia.

Kim Sagwa, *Mina* (*Mina*)

Mina is Kim Sagwa's first novel. Published when the author was all of 23 years old, it is a remarkably assured depiction of the lives of upper-middle-class millennials in the increasingly pathological environment of the metropolis of Seoul. Kim was prompted to write *Mina* upon learning of the 2007 shooting massacre by a Korean student at Virginia Polytechnic Institute in the U.S. She admits to being tormented by thoughts of the shooter's mental illness as well as by the social malaise of Korean millennials. She also reports coming across an article in the Korean media about a girl in Korea who killed her girlfriend.

Mina focuses on Korean teens preparing for the competitive and fateful university entrance exam through a stark regimen of high school, cram school, private tutor, and self-study in a rented cubicle. They struggle for a life outside of school, but with limited outlets for their desires, many experience meltdowns. Their brains awash in "knowledge," teens have lost the ability to articulate their own words and thoughts. Their lives are programmed by an educational system so dysfunctional that young Koreans are heading overseas at record rates as international students. Deviation from the system leads to failure, which leads in turn to suicide.

The main characters — Mina and fellow students Minho and Sujŏng — are upper-class teens who consider the system imposed on them by grownups to be garbage. They refuse to follow the order, the ethics and morals, and the values they are expected to uphold. They attempt to negotiate a life that is equal parts swamp and fantasy, hope and deceit. But they are ill equipped for the task, because they themselves have never experienced life's hardships, nor have they felt any zeal for life. They learn early that there are three ways to manage their teenage life: (1) studying hard and (2) brown-nosing to get along, or (3) killing oneself if unsuccessful at (1) and (2). Mina and Sujŏng focus on studying and swim through the system, and despise their classmates as losers. But when Mina's friend Chiye throws herself from the fifth-floor rooftop of her rented study-room because of a failing grade, Mina loses her snobbish and indifferent attitude toward the world, while Sujŏng becomes indignant and jealous of Mina's transformation into a person of compassion.

Mina, an average student with simple thoughts and limited experience, for the first time suffers trauma, from her friend's suicide, and becomes concerned for others and the world around her. For Sujŏng, dealing with the transformation of Mina, her best friend, becomes the most difficult problem, more so than a rigorous math problem. Because Sujŏng's world is based on despising others for the pleasurable feelings of control and superiority this gives her, Mina's growth creates confusion in her, which leads to frustration, anger, the killing of a stray cat, and ultimately a homicidal hostility toward Mina, who in her eyes has become an incomprehensible stranger.

The Republic of Korea (South Korea) is currently number one among OECD countries in its suicide rate, with one person taking his or her life every 40 minutes or so. Among the age groups most susceptible to suicide are teens, who are often stigmatized if they earn bad grades in the severely competitive educational system. South Korea also has a negative birth rate and a divorce rate that has climbed sharply in recent decades. Millennials have coined a term for life in present-day South Korea — Hell Chosŏn (Chosŏn being the last of the Korean dynasties, which ruled from 1392 to 1910), reflecting their assumption that they face a bleak future and their resignation to the imbalance between work and leisure time.

In her mid-thirties, Kim Sagwa is already one of the most influential, distinctive, and promising writers in South Korea. No ROK writer of literary fiction has a better grasp of the malaise that has come to characterize life in the city of Seoul, a climate of intense competition, pressure to succeed, and the expectation that one must look good. She is one of the very few writers to depict the trauma resulting from these pressures, trauma that in more than one of her works results in mental breakdown and homicidal violence. And there is no better treatment in contemporary Korean fiction than *Mina* of the impact of this climate on young Koreans.

Ch'ŏn Unyŏng, *Saenggang* (*The Catcher in the Loft*)

"Inspired" by the notorious career of Yi Kŭnan, a torture operative in the regime of military dictator Chun Doo Hwan in South Korea in the 1980s, *Saenggang* is equal parts a man-on-the-run story of political intrigue and a coming-of-age novel about the daughter who must conceal her fugitive father from the authorities. Author Ch'ŏn Unyŏng has remarked that in her story collections and novels she likes to explore boundaries, and in *Saenggang* the boundaries separate good and evil. Fascinated with news reports that Yi Kŭnan became a church minister upon his release from prison, Ch'ŏn composed a novel that begins at breakneck speed, with an account of a victim perishing during the torture master (renamed An)'s watch, a hurried decision that An must take cover, and a train ride ending with An ejecting himself from a moving carriage after being identified by two young men from a photo in that day's newspaper. The novel then develops into a dual narrative related in turn by the torturer and his unsuspecting daughter, Sŏn, who has always thought of her father as a patriotic policeman but must now harbor him in a loft above her own room. There follows a counterpoint of concealment (An) and revelation (Sŏn), with the daughter discovering the "festival" of her own body during an infatuation with a university classmate, followed by the sobering knowledge, manifested firsthand in Sŏn's encounter with one of her father's shattered victims, that the man she had idolized as a patriotic hero is a sado-masochist reduced to abject dependence on her for all of his daily needs during his existence in the loft.

Both narratives are propelled by brisk dialog, a serial structure (each chapter is divided into numerous sections), ambivalent relationships (not only between daughter and father but between Sŏn and her best friend from high school and between An and his father-figure superior, Pak), and the tension surrounding An's status — will he be discovered in the loft? will the statute of limitations on his crimes take effect? When the novel ends, years later, the focus is not on An's ultimate capitulation (he eventually turns himself in to the authorities) but on Sŏn's awakening to her autonomy — she drops out of school, where she has become a pariah after it comes to light that she is An's daughter, and becomes a hair stylist, symbolically bringing closure to a family relationship initiated by young An's visit to a hair salon where he meets the young woman who will become Sŏn's mother. What begins as a novel of suspense ends with daughter and mother confirming their relationship, consistent with author Ch'ŏn's gift for portraying relationships between and among women.

With South Korea still struggling to come to terms with its conflicted modern history — witness the impeachment and imprisonment of former President Park Geun-hye — and the trauma wreaked by the extra-judicial system of torture that was an integral element of the nation's anti-communist ideology during the military dictatorships of the 1960s through the late 1980s, *The Catcher in the Loft* is necessary reading for those desiring a more complete understanding of the human costs of three decades of military dictatorship. If we add the trauma resulting from the 35 years of colonization of the Korean Peninsula by Imperial Japan, the populations movements following Liberation in 1945, the territorial and subsequent psychic division of the Peninsula, the civil war of 1950-1953, and massacres and extra-judicial executions of citizens, we have the basis for historian Bruce Cumings's rhetorical question "Is it possible for an entire nation to have post-traumatic stress disorder?" In *The Catcher in the Loft* the author skillfully portrays lingering trauma in an extended conversation between Sŏn and one of her father's victims, with whom she has developed a relationship. The exchange is an example of *hoengsŏl susŏl*, a four-syllable Sino-Korean expression usually understood as "nonsense" but that translates literally as "horizontal talk, vertical talk." While Sŏn describes how she has transitioned from dropping out of university to a career as a hair stylist as well as a disturbing childhood incident, her counterpart talks seemingly at random about a fishing family he knew whose boat drifted into North Korean territorial waters — presumably the guilt-by-association grounds for his detention and subsequent torture by Sŏn's father. Their disconnected conversation seems to reflect the intrusive nature of trauma, described so poignantly by the narrator of Pak Wansŏ's "Puch'ŏnim kunch'ŏ" as a nasty, indigestible mass remaining forever in one's innards.

Kim Soom, *Han myŏng* (*One Left*)

During World War Two an estimated 200,000 Korean girls

(their average age was 16; some were as young as 12) were forced into sexual servitude for the Japanese military forces, serving an estimated 15 to 50 men a day. Only 20,000 of these "comfort women" are thought to have survived and made it back to Korea after the war. But not until the early 1990s, almost fifty years after the war's end, did these women begin to make public their background as sex slaves for the Japanese military, and to date only 238 have done so. Every Wednesday since then, the surviving "grandmothers," as they are called with affection by those sympathetic to their cause, have demonstrated silently before the Japanese embassy in Seoul, demanding that the Japanese government acknowledge having drafted them into sexual servitude and offer a formal apology; their demands have yet to be met. As of this writing, only 10 among the 238 self-declared Korean comfort women are still alive.

Wondering what if anything will happen when the last of the publicly self-reported Korean comfort women dies, author Kim casts as the protagonist of her novel a 93-year-old woman who has *not* publicly revealed her past as a comfort woman. This woman, identified in the third-person narrative only as *she*, has managed to live quietly and unmarried, battling 80 years of nightmares starting from the day she is taken by the Japanese from her home village while gathering snails to make money for her family (poverty was a constant concern in colonial Korea). She ends up a sex slave at a "comfort station" in Manchuria, which by then has become a puppet state of the Japanese empire. Finding her way back to Korea after the war, she hides her past even from close family members, her feelings constantly colored by shame and nightmares. At the end of the novel, with all of Korea keeping a vigil over the last self-reported comfort woman as she lies on her deathbed, the protagonist feels she must meet this woman and tell her and the world that with that woman's passing there will still be "one left" — she herself — and that she too, anonymous though she might be, is also a victim. And she is not merely an anonymous former comfort woman but a woman with a name, P'unggil, a name she has practically forgotten over the decades. The novel ends with P'unggil, in her finest dress, having reclaimed her identity as "one person," on her way to the hospital to meet the dying woman.

Kim Soom, noting the ever-declining number of registered comfort women, was inspired to research their lives. The oral histories and other documentation she studied convinced her that although Korean readers know about the existence of these women they don't adequately understand the extent of their hardships both during their years of sexual servitude and over the subsequent decades of self-imposed silence about their background. It is the lives of the long-lived survivors among them that form the basis of *Han myŏng* (literally "one person"). It is the first Korean novel devoted exclusively to the subject of the "comfort women." Author Kim — motivated by the example of Kim Haksun, the first Korean woman to come forth in public as a former comfort woman (in 1991), who bequeathed her entire estate to a foundation for her comfort woman sisters — donates a portion of the royalties from the sales of this novel to the same foundation, and the publisher likewise donates a portion of its proceeds.

The challenge in writing a fictional work involving trauma is to maintain adequate narrative distance from the often horrific subject matter. The author can thereby broaden the scope of the narrative so that it embraces not simply the experience of one person (the *han myŏng* of author Kim's title) but the experiences of all who have suffered trauma. Rather than confine her readers within the protagonist's memories of the horrors of her life as a comfort woman, Kim establishes narrative distance by keeping the protagonist of the present outside and in motion, allowing us to share with her the memories that surface from what she sees and hears and whom she meets in her immediate environment, a bleak neighborhood of alleys emptied of residents who have moved out in anticipation of redevelopment. The author also conflates the experiences of actual comfort women in the person of the protagonist, citing in 316 endnotes the sources of many of the details mentioned by the protagonist as she returns in her memory to the comfort station in Manchuria.

One Left also matters in that, far from engaging in Japan bashing, it brings to light instances of complicity by Korean colonial officials in the process by which Korean girls were inducted into sexual servitude for the Japanese military. This attention to Korean complicity has drawn fire from certain quarters but ultimately offers the possibility of the acknowledgment and accountability of one's actions that are prerequisite to healing and closure.

At a time when Korean fiction writers tend to major in creative writing at the university level, Kim Soom earned a degree in Social Welfare from Taejŏn University. This may explain why this author of six story collections and ten novels is capable of investing her often surrealistic writing with remarkable empathy. She remains at the forefront of a group of imaginative, committed women writers who are breathing new life into Korean literary fiction.

Gong Jiyoung, *Togani* (*Togani*)

When Kang Inho departs for a temporary teaching job in the fog-shrouded southern city of Mujin, little does he know that he will soon confront a monolithic upper-class social stratum that has conspired to tolerate a sexual reign of terror at the Home of Benevolence, where special-needs students male and female are routinely abused by the Principal, Administrator, and a dormitory guidance counselor. During Kang's first day of teaching at the school, he learns that an abused boy has just committed suicide, and on his way out of the school at the end of the day overhears screams coming from a girls' bathroom. When Kang and his former university classmate, Sŏ Yujin, director of the Mujin Human Rights Center, decide to bring the abuse to public light through testimony from the abused children, they are met initially with an overwhelmingly positive response. But ultimately the power structure in Mujin — the police, the provincial Bureau of Education, City Hall, the influential Mujin First Church of God's Glory, the legal system — closes ranks, and when the case is brought to trial, instead of focusing on the allegations of abuse by the Home of Benevolence staff, the court subjects Kang to scrutiny for his relationship with Sŏ, the Human Rights Director, and for a brief liaison with a former student who subsequently committed suicide. In the end, the Home of Benevolence Principal and Administrator receive suspended sentences, while Kang abruptly leaves Mujin and the students he has sworn to protect, and returns to his wife and daughter in Seoul.

Originally serialized online at the Daum portal for five months beginning in November 2009, *Togani* is a briskly paced novel that takes us through the foggy back streets of the Mujin pleasure quarters as well as the silent corridors of the Home of Benevolence, to the murky centers of power in this provincial city, and to a climax in the Municipal Court and the plaza nearby. Rarely in contemporary Korean fiction do we see novels set outside the metropolis of Seoul that remind us how strong is the legacy of neo-Confucian class conflict, and how vulnerable are those low on the social ladder, in one of the most technologically advanced societies in the world.

Togani is a classic novel of manners that combines elements of American muckraking fiction with courtroom drama. Inspired by an actual case of sexual abuse of students at an institution for the speech- and hearing-impaired in the city of Kwangju, Gong has in this novel transcended her issue-driven approach to fiction to weave a portrait of the closely knit power structure in a provincial city. A film version of the novel returned the book to Korean bestseller lists and prompted the South Korean National Assembly to stiffen the penalties for crimes perpetrated against children in an institutional setting — resulting in the *togani pŏp* ("crucible laws"). The novel and its author continue to command attention in South Korea, where the MeToo movement is calling to account the Korean literature power structure; the novel will resonate deeply with American readers familiar with the 2005-2008 Jeffrey Epstein affair in Florida.

Chŏng Yongjun, *P'ŭrom T'onio* (*From Tonnio*)

It is 1997 and Simon Elliott, an American volcanologist, rescues a strange life-form spit out by a stranded blue whale on the beaches of Madeira. Simon has been in despair ever since Ellen, a British oceanographer and his lover and colleague, was lost at sea and presumably drowned. The research project the two of them shared with Tetsuro, a Japanese seismologist and Simon's housemate, has come to a halt.

Days later the being rescued by Simon adopts human form and identifies himself as Tonnio, alter-ego of Antoine de Saint-Exupéry, who disappeared during World War II when his airplane plunged into the ocean. He explains that he was saved by the blue whale and taken to an underwater utopia, a place devoid of pain and death. He stayed there for what felt like a short time but in fact was fifty years, then with the help of the blue whale returned to the surface in response to calls from Consuelo, his lover. Simon is ultimately persuaded of the truth of this account after Tonnio journeys underwater and returns with Ellen's necklace, explaining that Ellen's soul survives happily with another, little soul — the unborn child she conceived with Simon. As Tonnio regains human form he becomes old and frail and weakens drastically. Simon, Tetsuro, and Mauru, a doctor, transport him to the home he and Consuelo occupied in France. Tonnio thereby reunites with his soulmate Consuelo before he dies. Simon resumes his research and in a blank notebook begins a writing project with the words "From Tonnio."

From Tonnio is a work of speculative fiction and a love story involving the survivors of disaster. Author Chŏng Yongjun was intrigued by the disappearance of Antoine de Saint-Exupéry — journalist, pioneering aviator, and perhaps most notably, author of *Le Petit Prince*, apart from the Bible the most-translated work of world literature. Saint-Exupéry is believed to have died on a French Air Force reconnaissance mission over the Mediterranean on July 31, 1944.

The author echoes in his story several iconic Korean folktales of an underwater journey and a return to the surface, such as the story of the filial daughter Shim Ch'ŏng. Readers experience through Tonnio the value of life and love, albeit accompanied by pain and death.

Simon's six-month vigil for Ellen symbolizes the ongoing vigil of the families whose loved ones perished in the sinking of the ferry *Sewŏl* off the coast of Korea in April 2014. Channeling the voice of the lost Ellen, the author pays homage to the victims of one of Korea's most tragic human-made disasters: among the 304 passengers and crew members who perished aboard the overloaded ferry, 250 were high school students and a great many were an only child. It is believed that the distressed souls of the dead (many of the bodies remain unrecovered) worry about their surviving family members.

The novel emphasizes the transcendent power of the soul. Tonnio is able to console those who have experienced the sudden death of loved ones: Simon losing Ellen and their unborn baby, Tetsuro losing family and friends in the 1995 Kobe, Japan, earthquake. Tonnio counsels them to cherish the memories of their loved ones and pay tribute to them rather than lapse into despair.

Hong Sŏkchung, *Hwang Chini* (*Hwang Chini*)

Hwang Chini was published in 2002 (or, in North Korean chronology, the year *chuch'e* 91) in Pyongyang by the Munhak yesul ch'ulp'ansa. In 2004 it was awarded the Manhae Literature Prize, the first work by a North Korean writer to be honored with a major South Korean literary award.

The novel takes place in the 1500s (Chini is assumed to have lived in the first half of that century) and focuses not on Chini's celebrated liaisons with elite Chosŏn period worthies but rather on her relationship with Nomi, a commoner. Chini is revealed to us not as cultural stereotype or icon but as a multifaceted individual faced with the challenges posed by her beauty and her anomalous status as the offspring of an elite father and a servant woman who becomes a *kisaeng* (professional entertaining woman). She is an intelligent, artistic, free-spirited young woman who is locked behind the walls of a rigid class structure but who remains righteous, brave, and noble in finding her own path, and loyal in both heart and soul to the lowly Nomi.

There are virtually no primary sources confirming the existence of a sixteenth-century *kisaeng* of Korea's Chosŏn period named Hwang Chini. And yet from the slenderest historical fabric and numerous secondary sources a myth has been woven that has engaged several of modern Korea's most accomplished fiction writers. Fictional representations of Hwang Chini range from Yi T'aejun's novel, written during the colonial period, to postwar works by Pak Chonghwa and Chŏng Hansuk, to short fiction and novels by contemporary writers Ch'oe Inho, Chŏn Kyŏngnin, and Kim T'akhwan. There are in addition half a dozen film treatments of her life.

The novel is notable for a variety of reasons. From the writing it is evident that the author has inherited his illustrious grandfather Hong Myŏnghŭi's considerable storytelling skill: he has an eye for detail and an ear for dialogue. The narrative is colloquial and earthy, especially in its depiction of Chini's coming of age. And rather than focus on the adult Chini's liaisons with well-born men — the subject of much of the South Korean fiction about her, Hong Sŏkchung as a class-conscious North Korean writer presents us with a compelling portrait of Nomi, the male commoner protagonist, who succeeds in taming his rebellious proclivities in order to win Chini's heart.

Why in the new millennium, when South Korea has firmly established itself as one of the leading economies in the world as well as a driving force of popular culture worldwide, do people translate Korean fiction into English? For a generation of Korean-to-English literary translators who style themselves "working translators" the answer would seem to be that they wish to establish a paying profession for themselves. For a quasi-governmental Korean foundation whose goal for many years was encapsulated in the slogan "To share Korean literature with the world," the enterprise seems focused on providing "foreign readers" with "must-read" works of Korean literature (mostly modern fiction). To some of the more nationalistic members of the *mundan*—the elite, patriarchal, and conservative Korean literature power structure—the objective is visibility abroad for the "beauty" of Korean literature, even if the prize-winning English version of a Korean novel is arguably not a translation but rather an adaptation.

Absent from discussion on the current state and future prospects of Korean literature in translation—a recurring theme of conferences, workshops, and, increasingly, scholarship—is any mention of the reason captured memorably by the young activist Malala Yousafzai: "… one book … can change the world." If one book can change the world, might not a translation of that book effect a similarly powerful outcome? Might not *How in Heaven's Name* validate the lives of those who have left their native Korea forever—a population movement that has produced a formidable body of diaspora literature? Might not *Mina* ultimately help change the South Korean educational system from a *ch'ulse* ("get ahead in the world") factory to an environment where students at the most vulnerable stage of their lives are allowed to grow and develop and express themselves as individuals?

Perhaps *The Catcher in the Loft* can help alert us to potential abuses of power and the temptation to resort to violence in an increasingly unstable world, as well as reminding us of the ongoing trauma that is central to post-traumatic stress syndrome. *One Left* asks us to retrieve more than 200,000 Korean girls from historical oblivion and restore to them the dignity of their identity as individuals. It also reminds us of a tradition, no less strong in Korea than in other societies worldwide, of the male cooptation of the female body. *Togani* has already demonstrated the power of literature to effect structural change in society. Might it also help a society used to concealing the disabled from public view to enable those individuals to lead constructive, stigma-free lives? Can *From Tonnio* remind us of, and perpetuate, a tradition of native spirituality in which channeling the voices (by a practitioner, the *mudang*, who is by definition female) of those who have died a premature and/or unnatural death will allow them to find closure and a final resting place? Might *Hwang Chini* help to humanize an individual who has been both cultural icon and gender stereotype?

If one book-length translation matters in any of these ways, then perhaps we as literary translators will have taken a modest step toward investing world matters with more empathy and better insight.

2. 번역은 반역이다

시 번역과 창조성

정은귀

산문 작가, 번역가, 한국외대 영미문학문화학과 교수. 《딸기 따러 가자》《바람이 부는 시간》을 썼고, 앤 섹스턴의 《밤엔 더 용감하지》, 윌리엄 칼로스 윌리엄스의 《패터슨》《꽃의 연약함이 공간을 관통한다》, 크리스티나 로세티의 《고블린 도깨비 시장》, 루이즈 글릭의 《야생 붓꽃》《신실하고 고결한 밤》《아베르노》《맏이》 등을 한역했고, 심보선의 《슬픔이 없는 십오 초》, 이성복의 《아, 입이 없는 것들》, 강은교의 《바리 연가집》 등을 영역했다.

시 번역을 이야기할 때 자주 마주하는 반응이 있다. 시 번역이 정말 가능하냐는 질문이다. 가령, 김소월의 시 〈진달래꽃〉에서 "'가시는 걸음걸음/ 놓인 그 꽃을/ 사뿐히 즈려밟고 가시옵소서'를 어떻게 번역해요?"와 같은 질문이다. 이러한 논의는 대부분 번역된 시의 가치를 제대로 평가하려는 시도보다는, 시는 번역할 수 없다는 쪽으로 쉽게 기운다. 물론 '시'라는 장르가 갖는 고유한 힘과 리듬을 다른 언어로 옮기는 과정을 떠올리면 그리 쉽지 않음은 분명하다.

시 번역은 해석 문제와 맞닿아 있다. 앞의 예만 놓고 보더라도, "즈려밟고"에 대한 해석이 분분하다. 어떤 비평가는 "힘주어 밟고"로, 다른 비평가는 "미리 먼저 밟고"로 해석하기 때문에, 어느 쪽을 따르느냐에 따라서 결과물은 확연히 달라진다.[1] 다양한 해석 가능성을 생각하면 시 번역에서 단 하나의 이상적인 번역 형태를 찾는 것은 불가능에 가깝다. 게다가 하나의 의미로 해석할 수 있는 구절이라 하더라도, 원작이 가진 리듬을 도착어에서 그대로 살리는 것도 결코 쉬운 일이 아니다. 그래서 시 번역은 불가능하다고 말하는 것이리라.

그럼에도 시 번역은 재미있고 창의적일 수 있다. 번역된 시의 새로운 언어 형식이 그 자체로 독특한 리듬과 의미를 만들 때, 또 그 결과물이 독자에게 가닿을 때, 나름의 성공적인 번역이 된다. 가닿는다는 것, 이것은 아마도 시를 번역하는 모든 이가 지향하는 이상적인 지점일 것이다. 그 지점은 원작과는 다른 모습을 띠면서 동시에 비슷한 느낌과 사유를 불러일으킨다. 시 번역가인 내게, "시를 번역하려면 시인이 되어야겠네요"라고 하는 사람들이 바로 그러한 가능성에 기대를 걸고 있는 독자다.

시 번역의 불가능을 이야기할 때 흔히 인용되는 구절이 있다. 미국 시인 로버트 프로스트(Robert Frost)가 말했다고 전해지는 "시는 번역으로 잃어버리는 어떤 것이다"(Poetry is what is lost in translation)다.* 흥미롭게도 이 구절은 출처가 규명되지 않았고, 이와 비슷한 형태의 문장들이 아포리즘으로 퍼져 있다. 가령 "시는 번역에서 남게 되는 어떤 것이다"라는 구절도 자주 거론된다.[2] 따라서 이를 시의 번역 불가능성을 뒷받침하는 근거로 활용하는 것은 무리다. 오히려 그가 말하고자 한 바는 시가 갖는 고유한 리듬의 가치를 강조하는 뉘앙스에 가깝다. "시는 번역 불가능한 장르다"라는 단언은 아닌 것이다.

---

* 실제로 프로스트가 말한 구절은 "I like to say, guardedly, that I could define poetry this way: it is that which gets lost out of both prose and verse in translation"으로, 번역에 대한 정의보다는 시의 정의에 더 천착하는 의미를 담고 있다. Robert Frost, 《Conversations on the Craft of Poetry》.

시 번역은 항상 어렵다. 특히 우리말의 고유한 리듬을 생래적으로 감각하는 시의 독자로서 그 리듬을 영어에서 살려내는 것은 무척 힘든 일이다. 그런데 다른 언어의 옷을 입은 시에서 색다른 리듬이 만들어질 때, 즉 다시 태어난 리듬이 원작에 맞먹는 느낌을 만들어내고 나아가 더 효과적으로 독자들에게 가닿게 되었을 때, 번역된 시는 원작을 죽이는 것이 아니라 원작의 '후생'(afterlife)을 사는 창의적인 작품으로 다시 태어난다. 이 글은 번역의 고유한 가치가 시에서 얼마나 효과적으로 빛날 수 있는지를 이야기하고자 한다. 번역가의 해석과 비평이 시의 번역에서 얼마나 창조적으로 작동하는가를 단어 중심으로 살펴보고자 한다.

"아 어쩐다"의 일

영어로 된 시를 우리말로 또는 우리 시를 영어로 옮기는 작업은 "아 어쩐다"를 끝도 없이 되풀이하는 일이다. 이 난처한 과정을 되짚어보면, 어느 것 하나 쉬운 일은 없었다. 사람들은 내게 한영 번역과 영한 번역 중에 무엇이 더 쉬운지 묻곤 하는데, 답은 늘 같다. 출발어와 도착어의 위치와 상관없이 시 번역은 늘 어렵고 곤혹스럽다고, 시를 해석하고 다른 언어의 옷으로 갈아입히기 위해 고민하는 시간은 대개 비슷하다고. 어느 한쪽이 쉽고 어려운 문제가 아니다. 시 번역은 언어의 민감도나 익숙함을 넘어서 시 해석의 문제와 늘 얽혀 있기 때문에, 불가능 안에 자리하는 가능성의 영토를 찾는 작업이다. 오역을 피하면서 형식적으로도 만족스러운 층위에 도달하는 번역 가능성의 면적은 지극히 좁다. 발터 베냐민(Walter Benjamin)의 말을 빌려 표현하자면, "원문의 메아리"를 전달하는 느낌을 주는 이상적인 번역은 드물게 찾아온다.

시를 번역하는 일에서 창조성은 얼핏 생각하면 충실성에 반대되는 개념으로 오해되기 쉽다. 물론 번역은 원전 텍스트에 기대는 일이고, 그것을 최대한 충실하게 살리는 것이 번역의 태생적 운명이다. 하지만 한국문학 번역에 관한 담론에서 창조성은 원전중심주의에 가로막혀 지금까지 적극적으로 논의되지 못했다. 지금까지 진행된 번역 비평과는 다른 방식으로 새로운 길을 열어가고자 하는 이 책의 취지에 충분히 공감하기에 한 꼭지를 보태는 일이 기쁘다. 여러 계절을 고민했던 글이지만 여러 우환 속에서 글이 한참 늦어졌는데, 그래도 원고를 포기하지 않고 붙들었던 것은 한국 시의 번역과 창조성이라는 중요한 주제를 방기할 수 없었던 까닭이다. 번역가의 운명을 가장 즐겁게 받아들여 놀이로 삼을 수 있는 장르가 시이니 말이다.

시는 만드는 일이다. '만들기'(making)를 뜻하는 그리스어 'poiesis'에서 온 poetry는, 문학의 여러 장르 중에서 언어의 실험적 밀도가 가장 높다. 익숙한 언어를 낯설게 보이게 함으로써 우리가 보지 못한 현실에 눈뜨게 하고 새로운 시선을 열어주는 시는 언어의 창조성이 가장 두드러지는 장르다. 따라서 완전히 다른 언어로 충실한 일치를 지향하는 번역에서 시와 창조성은 모호하고 문제 있는 조합이 된다. 그렇다면 질문을 바꾸어보자. 창조적인 번역은 어떻게 가능한가? 시 번역에서 창조성은 충실성과 얼마나 가깝고 먼가?

시를 번역하는 일은 시인의 창조적 감각을 번역가에게 이입하는 일이다. 이 과정에서 시 번역가는 하나의 단어, 하나의 구절이 품은 수많은 선택지 중에서 어떤 선택을 해야 한다. 번역 연구자나 독자는 그 다양한 선택지 중에서 번역가가 선택한 하나를 두고, 충실한 번역인지 아니면 엇나간 번역인지를 판단한다. 심지어 어떤 번역에는 오역이라는 사형선고를 내리기도 한다. 무지막지한 심판자의 판단 앞에서 번역가는 대응할 방식도 없이 몰매를 맞기도 한다. 하지만 완전히 틀린 번역은 세상에 없다. 다양한 경우의 수가 있을 뿐이다. 충실성에 떠밀려 쉽게 고려되지 않는 창조성을 질문하면서, 나는 재미있는 상상을 한다. 번역 작업은 부서지기 쉬운 작은 배를 타고 파도가 일렁이는 대양을 건너는 일이라고. 충실성의 가치가 번역의 닻이자 덫이라면, 창조성은 그 배를 출렁이게 하는 파도의 힘이다.

이를 염두에 두고 지금부터 시 번역의 창조성을 논해 보고자 한다. 먼저 김이듬 시인이 2014년에 출간한 시집 《히스테리아》와 이를 제이크 레빈, 서소은, 최혜지가 공동 번역해서 2019년에 출간한 영역본 《Hysteria》를 살펴보자(그해 시인의 소설 《블러드 시스터즈》도 《Blood Sisters》라는 제목으로 영역·출간되었다. 2020년 초 샌프란시스코에 있는 시티라이츠 북스토어에 갔을 때, 그 두 권의 책이 나란히 진열되어 있는 것을 보고 반가웠던 기억이 난다). 이 영역본은 2020년 미국에서 전미번역상과 루시엔 스트릭 번역상을 수상했고, 이후에 한국의 번역 비평에서 여러 차례 논의된 바 있다. 이 시집의 첫 번째 시 〈사과 없어요〉의 원시와 영역 시를 함께 비교해보자.

> 아 어쩐다, 다른 게 나왔으니, 주문한 음식보다 비싼 게 나왔으니, 아 어쩐다, 짜장면 시켰는데 삼선짜장면이 나왔으니, 이봐요, 그냥 짜장면 시켰는데요, 아뇨, 손님이 삼선짜장면이라고 말했잖아요, 아 어쩐다, 주인을 불러 바꿔달라고 할까, 아 어쩐다, 그러면 이 종업원이 꾸지람 듣겠지, 어쩌면 급료에서 삼선짜장면 값만큼 깎이겠지, 급기야 쫓겨날지도 몰라, 아아 어쩐다, 미안하다고 하면 이대로 먹을 텐데, 단무지도 갖다주지

않고, 아아 사과하면 괜찮다고 할 텐데, 아아 미안하다 말해서 용서받기는커녕 몽땅 뒤집어쓴 적 있는 나로서는, 아아, 아아, 싸우기 귀찮아서 잘못했다고 말하고는 제거되고 추방된 나로서는, 아아 어쩐다, 재 입장을 모르는 바 아니고, 그래 내가 잘못 발음했을지 몰라, 아아 어쩐다, 전복도 다진 야채도 싫은데

Shit. What's this expensive dish? I didn't order this. I said jjajangmyeon, you know, simple noodles with black bean sauce? Look, here. No, Ma'am. You said seafood? Really? Should I get the owner? Make him fix? Shit. If I complain this dude will get bitched at. The price will be deducted from his wage. Or worse, he'll get the axe. I'd eat it if he apologized, but he didn't give me pickled radishes. He didn't say sorry. If only he had apologized. To me who doesn't receive forgiveness, to me who takes the blame. Me expelled, me deleted, after not putting forth the effort to argue, why is it always me who apologizes? It's not like I haven't been in his shoes, but maybe I mispronounced the dish? Shit. I'm really gonna eat it. Even though I hate abalone. Fuck sliced vegetables.

이 시에서 흥미로우면서도 난처한 부분은 "아 어쩐다"라는 구절이다. 난감한 상황에서 쉽게 하는 말이다. 시가 전개될수록 난감함이 더해져 "아아 어쩐다"로 바뀐다. 번역가로서도 정말이지 "아 어쩐다!" 하게 되는 구절이다. 이러한 전개를 어떻게 옮겨야 할까? 망설임과 주저함에서 분노로 나아가는 감정의 고조를 어떻게 버무려야 할까? "Shit"으로 옮겨진 그 구절에 관해, 번역가는 처음에 "What to do?"라고 중의적으로 표현했었다고 말한 바 있다. 2018년 8월의 "What to do?"가 2019년 3월 "Shit"으로 바뀌기까지 어떤 변화가 있었을까?

최종적으로 선택된 "Shit"은 감정의 중립성보다는 시의 화자가 느끼는 난감함에 비중을 둔다. "쫓겨날지도 몰라"와 같은 문장도 "He might be fired"로 번역할 수도 있었을 텐데, 역자는 "he'll get the axe"로 옮겼다. 어떤 비평가는 이 번역을 시의 화자가 느낀 난처함보다는 불쾌감을 과하게 강조했다고 평했다.[3] 하지만 나는 순전한 질문 방식에다 난처함의 느낌이 살지 않는 "What to do?"보다, 맥락에 따라서 난처함 또는 낭패감 또는 분노를 드러내는 "Shit"이 더 나은 선택이었다고 생각한다.

또한 이 영역 시의 묘미는 "Shit"보다도 시 전체를 잇는 흐름이다. 원작에서 일곱 번 반복되는 "아아 어쩐다"를, 역자는 "Shit"으로 표현하되 세 번만 반복한 후에 "Fuck"으로 마무리 지었다. 원시처럼 "Shit"을 일곱 번 반복했다면 너무 거친 시가 되었을 것이다. 마음속으로 느끼던 낭패감이 분노로 바뀌는 과정을 번역 자체의 톤은 강화하되 시어의 반복을 줄이면서 리듬의 불규칙한 변화로 만들어냈다. 시의 마지막 구절, "아아 어쩐다, 전복도 다진 야채도 싫은데"에서는 "Even though I hate abalone. Fuck sliced vegetables"로 리듬을 달리했다. 만약 "Fuck abalone and sliced vegetables"로 옮겼으면 그저 거칠었을 것이고, "I don't like abalone and sliced vegetables"로 옮겼으면 밋밋했을 것이다. 원작의 어구를 적절히 분절해 창의적으로 소화한 번역이다.

"아 어쩐다"는 여기서 끝나지 않는다. 〈피의 10일간〉이란 시에서 "shit"이 다시 등장하는데, 여기서는 "물건"을 뜻하는 단어에 쓰였다. 그 부분만 살펴보겠다.

> 이 날짜에 비상해지죠
> 가장 민감하게 반응하는데 필요 없는 물건도 훔치고 싶어요
>
> Today is a date that has become extraordinary.

Hypersensitive, I want to steal shit I don't need.

여성이 생리 기간에 느끼는 감정, 뭐라 설명하기 어려운 매우 이상하고 불쾌한 느낌을 표현한 구절이다. "이 날짜에 비상해지죠"를 그냥 말 그대로 "I become extraordinary at this date"라고 표현하지 않고 이 날짜가 바로 오늘이라는 것을 강조한 것은, 시의 화자가 놓인 위치를 한결 부각하기 위해서다. 또한 "물건"을 그냥 "things"라고 하지 않고 "shit"이라고 한 것은, 닥치는 대로 아무거나 훔치고 싶어지는 기분 나쁜 충동을 효과적으로 전달하기 위해서다. 이 역시 번역가가 시를 적극적으로 읽어낸 후에 다시 창조적으로 변용한 사례다.

이런 사례들은 번역이 표면적인 등가성의 원리를 넘어서는 해석 작업임을 보여준다. 번역가는 시를 가장 면밀하게 읽는 독자이자 해석자다. 번역가의 해석 작업을 거칠 때 번역은 창조적 행위가 될 수 있다는 얘기다. 같은 원리로, 단어에 대한 어감을 다르게 가진 누군가가 시의 해석을 달리해 다른 번역이 나온다면, 그 또한 틀렸다고 할 수는 없을 것이다. 그래서 시는 어떤 번역가를 만나는가에 따라 달라진다. 온전히 만족스러운 번역 작품은 많지 않지만, 그럼에도 시인의 고민과 감정을 번역가가 다시 느끼면서 감정의 고저를 적절히 조절하며 매만진 번역은 창조성을 충분히 갖게 된다. 결국 "아 어쩐다"는 매혹적인 당혹이 된다.

다수로 자리하는 가능성의 장

여기까지 논의를 이어가면서, 그동안 원작의 충실한 모방이라는 다소 소극적인 행위로 생각했던 번역을 또 하나의 창조적인 행위로 승화시켰다. 번역을 원전의 부차적인 개념으로만 생각하면, "what to do"나 "things"를 "shit"으로 옮기는 것은 허용될 수 없는 위험천만한 일이지만, 시의 창조성을 계승한 또 다른 창작으로 생각한다면, 이는 충분히 의미 있고 가치 있는 변화다. 또한 언어적 실험성이 가장 강한 시를 도착어에서 똑같은 의미의 언어와 똑같은 글의 구조로 옮기는 것은 절대 가능하지 않다. 그렇다면 원작의 충실한 모방이라는 개념도 다시 고민해봐야 한다. 무엇을 모방하려고 하고, 무엇을 다시 살려내려고 하는가? 그 과정에서 잃는 것은 무엇이고, 얻는 것은 무엇인가?

나는 한국문학번역원 번역아카데미에서 김승희의 시집 《단무지와 베이컨의 진실한 사람》으로 '번역 실습' 수업을 진행한 적이 있다. 이 수업에서 확인한 것은 번역의 다양한 경우의 수다. 실습에 참여한 네 명의 학생 모두 매번 저마다 다른 버전을 내놓는다. 번역이 똑같이 겹치는 경우는 없었다. 한 편의 시에 번역이 하나뿐이라면 그것은 시가 아니라고 한 진 보즈바이어(Jean Boase-Beier)의 말[4]이 이 수업에서 여실히 증명된 것이다. 한 가지 예를 보자. 〈사랑의 전당〉이란 시는 이렇게 시작한다.

> 사랑한다는 것은
> 엄청나게 으리으리한 것이다
> 회색 소굴 지하 셋방 고구마 포대 속 그런 데에 살아도
> 사랑한다는 것은
> 얼굴이 썩어들어가면서도 보랏빛 꽃과 푸른 덩굴을 피워 올리는
> 고구마 속처럼 으리으리한 것이다

> A) Loving
> is an incredibly magnificent thing
> Even if you live in a dusty den, a rented basement, or a sack of sweet potatoes
> Loving
> is as magnificent as the core of a sweet potato
> Though its face rots away, it gives life to violet flowers and green vines.

B) Loving is

a massive impressive thing

Loving is impressive

Even while living in a gloomy, rented basement den like a sack of yam

like the inside of a yam that grows purple blossoms and green vines

Even while the outside of its rots

"사랑한다는 것은/ 엄청나게 으리으리한 것이다"의 번역을 보자. 학생 A와 B 외에도 학생 C는 "Love/ is a magnificent act"로, 학생 D는 "Loving/ is a tremendously grand thing"으로 옮겼다. 등가성의 원리에 따르면, 학생 A의 번역이 적절한 듯하고, 학생 C의 경우 magnificent 앞에 strikingly나 incredibly와 같은 부사가 있어야 할 듯하다. 그리고 학생 B의 번역은 적절하지 않다고 판단할 수도 있겠다. 하지만 B의 경우, "massive impressive"로 이어지는 리듬 안에서 시의 원작자가 강조한, 사랑이 가진 그 거대한 힘이 생생하게 살아난다고 보았기에 나는 굳이 수정을 요청하지 않았다. 사랑의 으리으리함은, 사랑하는 행위를 가능케 하는 굉장히 감동적인 일이기 때문이다. 그리고 "회색 소굴 지하 셋방 고구마 포대 속 그런 데에 살아도"의 번역을 비교해보면, A는 회색 소굴, 지하 셋방, 고구마 포대 속을 등치하는 방식으로 연결했고, B는 고구마 포대 같은 회색의 지하 셋방 소굴로 살짝 바꾸었다. 사람이 고구마 포대 속에 살 수는 없으니 말이다. 하지만 시의 상상력을 그대로 가지고 간 A의 번역도 괜찮아 보였다. 또한 '고구마 속'에서 속을 'core'로 표현한 것도 눈여겨볼 만했다. "얼굴이 썩어들어가면서도 보랏빛 꽃과 푸른 덩굴을 피워 올리는" 그 강인한 생명력을 말하는 것이기에, 단순히 'inside'라고 하지 않고 'core'라고 한 것이다.

이처럼 시 번역은 번역가의 해석에 따라 다양하게 변주된다. 이것이 기계가 문학 번역을 대신할 수 없는 이유다. 다시 말하면, 시 번역이 얼마나 창조적인 행위가 될 수 있는지를 말해준다. 어느 하나의 답이 아니라 다양한 해석의 결과물로 번역을 바라본다면, 번역은 비평 작업이 수행되는 창조적인 행위다.

같은 맥락에서 내 번역 사례도 아울러 소개하고자 한다. 2003년에 출간된 이성복의 시집 《아, 입이 없는 것들》은 내가 공식적으로 가장 먼저 번역했던 작품이다. 이 시집의 영역본은 2017년 그린인티저(Green Integer)에서 《Ah, Mouthless Things》라는 제목으로 출간되었다.* 이 시집의 표제 시 〈아, 입이 없는 것들〉을 옮기면서 가장 고민했던 구절을 한번 보자. 원시는 이렇게 시작한다.

> 저 꽃들은 회음부로 앉아서
> 스치는 잿빛 새의 그림자에도
> 어두워진다.

꽃들이 회음부로 앉는 것은 대체 무엇이란 말인가? 꽃이 활짝 피어 있다는 말인가? 그렇다면 왜 회음부인가? 일상에서 도무지 상상할 수 없는 '꽃과 회음부'의 조합을 두고 오래 고민하다가, 결국 가장 정직한 방법으로 가기로 했다.

---

* 박사논문 준비에 한창일 때, 나는 우연히 이성복의 《아, 입이 없는 것들》을 접했는데, 문득 이 시집을 영미권 독자에게 소개하고 싶다는 생각이 들었다. 때마침 2005년 대산문화재단의 번역 지원을 받게 되면서 나는 그 작업을 시작할 수 있었다. 2년간 번역에 공을 들였고, 한국계 미국 시인 명미 김(Myung Mi Kim)의 감수를 받는 등 나름대로 최선을 다해 준비했다. 그러나 금방 출간될 것만 같던 시집이 출판사를 구하지 못해 한동안 세상의 빛을 보지 못했다. 10년의 기다림 끝에 비로소 시집 전문 출판사와 인연이 닿았다. 그 기다림의 시간은 고통의 시간이기도 했지만, 값진 배움의 시간이기도 했다. 문학 번역이 작품을 읽고 해석하고 번역하는 행위로 끝나는 것이 아니라, 출판사의 자본, 편집자가 작품을 바라보고 대하는 시선과 애정이 함께 깃든 종합 예술임을 알게 된 것이다. 그리고 마침내 시집이 나왔을 때 원전 텍스트와 번역 텍스트는 서로 다른 삶을 살아갈 운명임을 실감했다.

Those flowers, squatting down with a perineum,

grow darker in the shadow

of a passing ash-colored bird.

'회음부'는 일상뿐 아니라 시에서도 자주 쓰는 말이 아니다. 그런데 시인은 왜 그 말을 가지고 온 것일까? 그걸 그대로 옮겼을 때 도착어권 독자들이 이해할 수 있을까? 이 시를 읽고 그들이 느낄 생경함과 난처함이 전해졌다. 그렇다고 역자 마음대로 손쉽게 떠올릴 수 있는 이미지로 대체할 수도 없는 노릇이었다(나는 회음부라는 단어를 지우고 꽃이 피어나는 과정을 에둘러 표현할 만큼 자유분방한 번역가는 아니다). 나는 시인이 의도적으로 선택한 그 단어를 살리는 것이 한국 독자들이 원작을 읽고 느꼈던 그 낯선 분위기를 그대로 전달할 수 있는 유일한 방법이라고 생각했다. 결국 여러 선택지를 놓고 고민한 끝에, 원작에 충실한 방향으로 가기로 했다. 그 맥락에서 꽃이 활짝 핀 이미지보다는 엉거주춤한 자세로 회음부에 앉은 꽃의 난처함과 곤경을 부각하는 게 더 좋겠다고 판단했고, 처음 'plumping down'이라 옮긴 것을 'squatting down'으로 바꾸었다. 결과적으로 이 선택이 독자가 시를 읽는 과정에서 창조적인 개입을 할 수 있는 여지를 주었다고 생각한다. 이 또한 번역가가 완급 조절을 통해 시인의 창조적 시선을 독자의 창조적 개입으로 연결한 예가 될 것이다.

창조적 읽기와 사랑으로서의 번역

서두에 밝힌 시 번역의 불가능성으로 다시 돌아가보자. 앞에서 프로스트가 말했다고 알려진 "시는 번역으로 잃어버리는 어떤 것이다"는 많은 사람에 의해 다양하게 변주되었다고 말한 바 있는데, 여러 해 전 우리나라에서도 제법 인기를 끌었던 영화 〈사랑도 통역이 되나요?(Lost in Translation)〉의 제목도 그중 하나다. 김욱동 교수는 영화 제목이 우리말로 번역되면서 흥미롭게 변형되는 과정을 짚은 한 논문에서, 이 영화 제목을 대표적인 오역 사례로 꼽았다.[5] 그러나 만약 원문에 대한 충실성에 치중해서 '번역에서 길을 잃은'이라고 옮겼다면, 과연 이 영화는 그만큼 성공할 수 있었을까? 누가 번역을 이해하려고 극장에 가겠는가? 아마 이 제목은 번역과 사랑을 연결시킬 수 있었던 영화 제작자의 노련한 감각 끝에 나왔으리라. 실제로 미국의 시인 에이드리언 리치(Adrienne Rich)의 〈Translations(번역)〉는 번역과는 아무 상관 없는 사랑에 관한 시다. 저마다 합일을 열망하지만 서로 어긋날 수밖에 없는 그런 사랑 말이다. 사실 번역이야말로 사랑의 속성에 가장 가깝다. 다른 두 존재 사이의 깊은 심연을 전제하고 서로 그 심연을 건너려는 행위로서의 사랑 말이다. 이 점을 생각해보면, 〈사랑도 통역이 되나요?〉는 원작의 의도를 제법 잘 살려낸 번역이라 할 수 있다. 이처럼 번역가의 창조적인 읽기가 적극적으로 개입된 번역은 작품 읽기의 향방을 결정짓고 새로운 해석 문제로 나아가게 한다.

보즈바이어는 시 번역과 창조성에 관한 관점의 폭을 넓혀준다. 보즈바이어는 충실성의 관점에서 볼 때 비문학 번역은 목표 맥락에, 문학 번역은 원천 맥락에 충실할 가능성이 높기 때문에, 문학 번역은 목표 맥락에 적응하는 노력을 독자에게 맡기는 경향이 있다고 말했다.[6] 앞서 출발어 텍스트와 도착어 텍스트 간극 너머로 어떤 의미가 만들어진다고 했던 것이 바로 그러한 것을 뜻하는바, 문학 번역에서 독자의 역할은 그만큼 중요하다. 하지만 아이러니하게도 독자는 대개 자신의 모국어에 가장 친숙한 방식으로 번역되어 쉽게 이해할 수 있는 텍스트를 원한다. 시 번역이 직면하는 가장 큰 딜레마가 바로 이거다. 시는 모국어로 읽는다 해도 쉽게 이해되지 않기 때문이다.

거트루드 스타인(Gertrude Stein)의 "장미는 장미이며 장미이고 장미다"(A rose is a rose is a rose is a rose)를 예로 들어보자. 이 구절엔 어려운 단어가 하나도 없지만, 영어를 모국어로 하는 사람이라 하더라도 단번에 그 의미를 알아차리기는 어렵다. 시인은 이 구절 하나로 영시의 역사를 다시 쓰고자 했다. 너무나 오랫동안 영시에서 장미는 사랑의 등치 개념이었다. 그래서 시인은 'rose=love'로 굳어버린 관습을 해체하고자 했고, 이 시를 씀으로써 장미는 사랑이 아닌 다른 어떤 것들도 될 수 있게 되었다. 시인은 사랑이라는 하나의 의미에 갇힌 장미를 놓아준 것이다. 그런데 번역가가 이를 우리말로 옮길 때 시인의 의도를 쉽게 전달하기 위해 직접적인 표현으로 바꾸거나 의미를 덧붙인다면 어떻게 될까? 앞선 영화 제목의 사례와 달리, 시는 모호성과 다의성이 담긴 장르다. 그러므로 이 구절은 어떤 다른 해석적 개입 없이 출발어 텍스트에 가장 충실한 방법으로 옮기는 것이 낫다. '장미는 사랑이요 내가 사랑하는 사람'이지만, 동시에 장미는 꽃이고 그 꽃은 이런 장미이기도 하고 저런 장미이기도 한 것이다. 지난여름, 뉴욕 브루클린의 한 식물원에 갔을 때, 장미 화원에 들러서 수백 가지 다른 장미를 보았다. 꽃마다 다른 이름을 걸고 서 있는 장미를 보면서, '그래, 스타인이 해방시키고자 했던 것이 바로 이 다양한 이름이구나. 장미=사랑이 아니라…' 생각하며 속으로 스타인에게 고마움을 전했다.

이 구절은 문학 번역에서 원전 텍스트를 어디까지 살려야 하는지 고민하게 한다. 어떤 면에서는 독자에게 모든 것을 이해하기 쉽게 설명하고 싶은 마음을 접어야 한다는 것, 다양한 해석 가능성을 독자에게 던져주는 것이 작품에 대한 최고의 예우임을 알게 한다. 스타인이 이 구절에서 함의했던 의미의 여러 층위를 있는 그대로 보여주는 방법은, 장미를 장미이자 장미이게끔 하는 방법밖에 없는 것이다. 그 점에서 충실한 번역은 독자로 하여금 창조적인 해석의 폭을 넓혀준다. 여기서 다시 시 번역과 창조성의 문제는 '읽기'와 '해석'의 문제로 긴밀하게 연결된다.

보즈바이어의 말을 빌리자면, 읽기와 해석의 문제는 번역가의 '창조적 개입'을 뜻한다. 번역할 때 우리는 하나의 시어가 품은 여러 의미와 가능성 중에서 하나를 선택하고 결정을 내려야 한다. 이때 요청되는 것이 창조적 개입이다. "창조적 개입 없이 단지 복제나 재현만 하는 번역이나 글쓰기는 생각할 수 없다"고 단언한 보즈바이어는, 창조적 번역이 충실한 번역과 서로 배타적인 것이 아니라 반드시 결부되는 것이라는 점을 강조한다. 해석 자체가 비판적·창조적 행위이므로 문학 번역은 창조성을 본질적으로 내포한다. 번역의 창조성을 문학적 읽기의 한 양상이라고 할 때, 이는 단순히 번역가의 해석뿐만 아니라 독자의 창조적 수용까지 포함하는 말이 된다. 이로써 번역의 창조성은 역자와 독자의 창조적 읽기를 모두 아우른다. 바로 여기에 번역이 주는 최고의 재미와 위안이 있다. 그리고 이를 어떻게 보여줄 수 있을까 고민하는 번역가에게 필요한 것은 완급을 조절하는 능력이다. 도착어권 독자에 쉽게 가닿고 싶은 바람을 어느 정도 지긋하게 눌러 주면서 두 언어 사이를 매끄럽게 잇는 능력이다.

그럼에도 불구하고 '번역-하기'

지금까지 나는 여러 번역과 비평 사례를 살펴보면서 그동안 창조와는 거리가 멀다고 여겨진 번역을 새로운 시각에서 논하고자 했다. 번역을 차이와 생성으로 바라보는 시각은, 서로 다른 언어 사이에 등가적 관계가 성립하지 않는 대목에서 번역가가 지게 되는 부담을 창조적인 동력으로 바꾸어내고, 원전중심주의라는 신화를 전복할 수 있는 새로운 반향을 불러일으킨다.

그런데 '번역에서 창조성은 어떻게 담보되는가'에 관한 질문은 끝내 명쾌한 답을 얻지 못할지도 모른다. 읽기는 늘 현재적이기 때문이다. 그럼에도 이 질문을 계속 이어나가는 것은 번역이 가진 존재론적 한계를 넘어서기 위해서다. "번역되지 않은 작품은 절반쯤 쓰인 것에 불과하다"라는 조셉 에르네스트 르낭(Joseph Ernest Renan)의 말은 번역이 원작의 가치를 새롭게 보여주는 핵심 요소라는 것을 역설한다.*

번역은 을의 위치에서 수행하는 소극적인 작업인 듯 보이지만, 번역가 스스로 원작자가 되어 그의 심중에 가장 적극적으로 다가가는 작업이기도 하다. 번역가는 완벽을 모르고 다시 쓰기를 계속한다는 점에서 시시포스의 신세와 비슷하지만, 번역을 통하지 않고선 그 어떤 작품도 다른 세계에 전달하긴 어렵다는 점에서는 델포이의 신관과도 같다. 또한 완벽하게 번역하는 일이 애당초 불가능함에도 하나의 언어를 완전히 다른 언어로 바꾸어 시를 재탄생시킨다는 점에서, 심지어 원작에서 드러나지 않던 함의를 드러내기도 한다는 점에서, 원작의 생명은 번역을 통해 지속적으로 새로워진다는 베냐민의 말이 떠오르기도 한다.[7] 번역의 새로운 형식은 때로 원작에서 분명하게 드러나지 않던 함의가 번역을 통해서 명시적으로 드러나게 한다. 번역어를 통해 원문의 메아리를 일깨우는 것을 베냐민은 의미의 복원이 아니라 형식의 복원을 통해 이루어진다고 주장했는데, 이는 시 번역에서 가장 두드러진다. 요컨대 번역가는 시인과 다를 바 없이 만드는 자, '시-하기'를 수행하는 자다.

결국 시 번역의 '창조성'은 '충실성'과 서로 교차하는 지

---

* 프랑스 번역철학자 앙트완 베르만(Antoine Berman)은 번역이 원전 텍스트의 숨겨진 구조와 감춰진 얼굴을 드러낸다고 보면서 르낭의 말을 인용한다. 윤성우, 《번역철학》(HUINE, 2022) 67쪽에서 재인용.

점에 있으며, 번역가가 기울이는 해석의 과정에서 그 빛이 선연해지는 것, 베냐민이 말한 순수 언어가 도달하는 지점이 아닐까 싶다. 폴 리쾨르(Paul Ricoeur)는 그걸 "시련"에서 출발해서 언어적 "환대"로 나아가는 과정이라고 했다.[8] 그 과정은 익숙하다고 생각한 내 안에서 낯선 세계를 발견할 때 그것을 멀리하지 않고 겸손하게 환대하면서 새로움을 얻는 시간이다. 번역을 통해 다른 세계의 독자에게 가닿는 시는 바로 그 새로움의 언어다. 새로운 '시-하기' '번역-하기'가 새로운 삶을 낳는 힘이 된다. 번역 시를 비평하는 장 또한 축자적인 등가성의 차원에서 두 시를 비교하는 층위에만 머물지 말고, 번역의 창조성을 인정하고 번역 시의 새로운 가능성을 바라볼 수 있기를 바란다.

천상병 시인의 〈귀천(歸天)〉이 "Back to Heaven"의 영어 제목으로 읊조려지던 어느 봄날의 기억이 생생하다. 2013년 3월 시카고대학교에서 열린 번역 심포지엄에서였다.

> I'll go back to heaven again.
> Hand in hand with the dew
> that melts at a touch of the dawning day

[나 하늘로 돌아가리라.

새벽빛 와 닿으면 스러지는

이슬 더불어 손에 손을 잡고]

영국 악센트가 물씬 묻어 있는 안선재님의 낯선 억양으로 시가 흐를 때, 그리고 거기 모인 외국인들이 모두 홀린 표정으로 낭독을 듣고 있을 때, 나는 원문을 잊고 영역된 시에 그대로 몰입하고 있었다. '귀천'이라는 지금 세대에게 다소 고답적으로 느껴질 수 있는 시의 제목이 'Back to Heaven'으로 옮겨지고, '하늘'이 'sky'도 'paradise'도 아닌 'heaven'으로 번역되어서 특히 좋았다('heaven'은 우리 탄생과 죽음의 자리를 하나로 묶어준다. 죽음으로 우리는 태어난 그곳으로 돌아간다는 것. 죽음과 생명을 잇는 생명의 원리가 번역에도 오롯이 살아 있었다). 번역된 시를 나누는 그 아름다운 환대의 순간은 분명 원작의 세계와는 다른 새로움이 만들어지는 순간이었다. 번역 시를 읽고 나누는 그 공감의 공동체에서 각각의 작품은 떠나온 세계와 다르면서도 같은, 같으면서도 다른 세계를 만들었다. 시 번역의 창조성이 공동체의 연대와 환대의 자리까지 확장된 것이다. 시 번역의 창조성은 그 '공동'(commons)의 자리를 만드는 가장 중요하고 효과적인 씨앗이 아닌가 싶다.

나는 진은영 시인이 내게 전해준 책에 "시와 시를 잇는 아름다운 다리 정은귀 번역가에게"라고 적힌 글귀를 마음에 담고 오늘도 긴 출렁다리를 건너고 있다. 두 손으로 두 언어를 단단히 잡고 시인과 함께 먼 하늘을 바라보면서. 연약하지만 강건한 시의 언어를 통해 더 많은 이가 새로운 눈을 뜨기를, 시의 마음으로 어제와는 다른 오늘을 살아가기를, 시의 공동체와 시의 연대가 더 넓게 확장되기를 희망한다.

재활용 행위로서의 번역

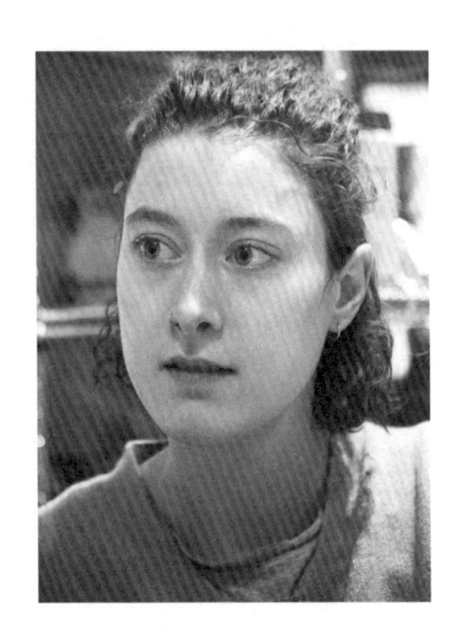

리지 뷸러

번역가, 하버드대 박사과정. 프린스턴대에서 비교문학을 전공했으며 아이오와대에서 문학 번역 석사 학위를 받았다. 윤고은의 《밤의 여행자들》을 번역해 영국 추리작가협회 대거상을 수상했다. 그 외에도 윤고은의 《1인용 식탁》, 서수진의 《코리안 티처》를 번역했다. 《Asymptote》《Azalea Magazine》《Litro》《The Massachusetts Review》 등에 글을 기고했으며, 현재 매사추세츠 케임브리지에 거주하며 첫 소설을 쓰고 있다.

번역을 무언가로 은유하는 것은 어느새 클리셰가 되어버렸다. 번역가들도, 번역학자들도 '번역'을 표현하는 새로운 말을 계속 만들어내고 있다. "아름답거나 정숙한 (둘 다는 절대 될 수 없는) 여인"이라고 한 프랑스의 은유부터, 이보다는 덜 성차별적인 발터 베냐민의 "사기그릇 조각"이나 노먼 샤피로(Norman Shapiro)의 "유리창"에 이르기까지 번역에 대한 은유는 시대와 문화를 막론하고 이루어진다.[1] 이제 십 년의 절반 세월을 번역 세계에서 보낸 나도 번역 작업을 나름대로 표현해보고자 한다. 그건 바로 번역이 '재활용'이라는 것이다.

최근 몇십 년 동안 번역가들의 가시성은 학계와 대중 양쪽 모두에서 높아졌다. 로리 체임벌린(Lori Chamberlain)과 가야트리 스피박(Gayatri Spivak) 같은 학자들은 번역에 대한 역사적 이해가 성차별주의 및 식민주의 언어관과 얼마나 깊이 얽혀 있는지 연구했다. 이제 학자들은 번역을 보이지 않아야 할 존재로 여기는 대신, 가시적인 문학 번역가의 작업에 환호를 보낸다. 트위터 해시태그 #namethetranslator는 작가뿐 아니라 그 책을 모국어로 읽을 수 있게 해준 번역가에게도 주목하라는 요청이다.

최근의 이 모든 노력은 번역가가 새로운 작품을 창조하는 주체고, 원작자와 마찬가지로 문학 창조의 적극적 참여자라는 사고를 깔고 있다. 여러 세기 동안 독자와 학자 모두에게 무시되어온 번역가의 노고를 뒤늦게 인정해야 하는 필요에서 나온 사고다. 이런 사고에 나도 반대하지는 않는다. 번역가들은 열심히 일하고 그 작업은 언어적 능력과 창조성의 고유한 결합을 요구한다. 하지만 노고를 인정하려 하다가 파생적 행위로서의 번역이 거의 금기어가 되어버리는 건 문제다.

재활용이라는 것은 파생적이다. 이미 존재하는 것을 재탄생시켜 재사용하니 말이다. 파생적이라 해서 중요하지 않다는 뜻은 아니다. 소비자의 쓰레기 재활용은 설사 완벽하지 않더라도 플라스틱, 종이, 금속이 그저 매립되어버리는 대신 두 번째 삶을 살게끔 기회를 준다. 번역이 사후의 새 생명을 사는 것[2]이라는 베냐민의 표현대로, 시리얼 상자는 재활용 노트가 되고 콜라 캔은 알루미늄 포일이 된다. 이런 변신은 원래 물건의 상실이기도 하지만, 재료가 유용성을 이어가는 새로운 획득이기도 하다.[3] 이 과잉 세상에서 원재료가 아닌 기존의 무언가로부터 무언가를 창조하게 하는 재활용에는 참으로 멋진 단순함이 있다.

우리 세상은 물리적인 것이든 아이디어든 계속 생산하라고 요구한다. 생산을 강요한다고, 공장이 지구의 대기와 물을 오염시킨다고 자본주의를 비난하곤 하지만, 지적 영역에서도 생산이 강요되긴 똑같다. 학자의 생명력은 지속적인 논문 게재를 바탕으로 한다. "쓰지 않으면 죽는다"(publish or perish)는 말은 글 쓰는 사람 모두에게 어느 정도 적용할 수 있다. 크게 성공한 소설을 낸 작가라 해도 한참 지나도록 후속작이 나오지 않으면 독자들은 뭔가 잘못되었다고 생각하기 시작한다. 지적 생산 체계에서도 기업과 소비재에서처럼 신제품을 계속 공급하라고 요구한다. 서점의 서가는 매달 "백 년에 한 번 나올까 말까 한 작품" "바로 고전으로 등극할 책"으로 채워지지만, 화려한 수식어가 무색하게 그 책은 꼭 읽어야 할 다음번 소설이 등장하면서 잊힌다.

번역을 재활용 행위로 바라보는 것은 끊임없이 새로운 무언가를 창조하라는 압박에 저항하는 한 방법이다. 번역은 물리적 재료가 아닌 아이디어와 언어의 재활용이다. 새로운 무언가, 온전히 소유권을 주장할 수 있는 무언가를 창조하라는 압박에 굴복하는 대신, 번역은 기존의 텍스트(즉 아이디어의 집합)를 다른 형태로 만드는 데서 아름다움과 너그러움을 찾는다. 번역은 그 아이디어를 확장하고 더 광범위한 독자들에게 가닿을 수 있도록 한다. 번역가를 또 다른 지적 콘텐츠 제공자로 몰아가는 대신, 번역의 파생적 속성을 반자본주의 행위로 개념화한다면, 우리는 무한 생산의 가치에 동조하라는 전방위적 압박에 저항할 수 있다. 그러니 번역을 파생적 행위로 봐도 괜찮다.

아니, 괜찮은 것을 넘어 훌륭하다. 파생, 즉 재활용은 이미 가진 것의 본연적 매력을 깨닫게 하는 중요한 도구다. 새로운 것만 바라보며 서서히 파괴되는 세상에서 이는 책임 있고 윤리적인 도구다.

이런 식으로 번역을 생각하다 보니 몇 년 전 작가 친구와 나누었던 대화가 떠오른다. 친구는 내가 번역가로 일하는 게 대단하다고 하면서 자기라면 절대 하지 못할 일이라고 했다. 너그럽지 못해서 그렇다고, 자기는 이기적이어서 작품이 온전히 자기 것이기를 바라기 때문이라고 했다. 나는 그때 말문이 막혔다. 번역이 얼마나 너그러운 행위인지 그전까지 생각해보지 않았던 것이다. 작품을 소유하고 주인이 되는 능력에 따라 가치가 배분되는 세상에서 번역하는 일, 온전히 내 것이 아닌 작품을 만드는 일은 곧 저항 행위다.

Translation as an Act of Recycling

- Lizzie Buehler -

By now, it's somewhat of a cliché to talk about metaphors for translation. Translators and scholars of translation studies alike are, it seems, constantly coming up with new ways to describe translation. From the French saying that translation is a woman, either beautiful or faithful (but never both), to less overtly sexist comparisons of translation to the fragments of a vessel (Walter Benjamin) or a pane of glass (Norman Shapiro), the metaphorization of translation extends across time and culture. Perhaps, then, it is only natural that after half a decade of involvement in the translation world, I propose my own metaphor to describe my work as a translator: translation as a form of recycling.

In recent decades, translators have gained increasing visibility in both the academic and public spheres. Scholars like Lori Chamberlain and Gayatri Spivak have investigated how historic understandings of translation were deeply intertwined with sexist and colonialist beliefs about language. Rather than viewing translation as something that should remain invisible, academics now celebrate the work of the visible literary translator. The

Twitter hashtag #namethetranslator calls for readers to focus not only on the author of the books they read, but also the translator who has enabled them to read those books in their native language.

All of these recent efforts rest on the assumption that the translator is creating a new work, that he or she is just as active a participant in literary creation as the source language author. This assumption comes from the long-overdue need to credit translators for their labor, after centuries of being ignored by readers and academics alike. I don't disagree with this sentiment — translators work hard, and our work necessitates a unique combination of linguistic skill and creativity. But amidst efforts to acknowledge this labor, it has become almost taboo to describe translation as a derivative act.

That's what recycling is: it's derivative. Recycling is the recreation and reuse of something that already exists. The fact that it is derivative doesn't mean it's not important. The recycling of consumer waste, imperfect though it may be, keeps plastic and paper and metals out of landfills, giving these materials a chance at a second life. Just like a translation — in Benjamin's estimation — lives on in its afterlife, a paper cereal box becomes a recycled notebook; a metal soda can becomes aluminum foil. These transformations are a loss of the original product, yes, but they are also a gain, allowing a material continued usefulness. There's something beautifully simple about how, in a world of excess, recycling allows us to create something that we want not out of raw materials, but out of something that already exists.

Our world is one that demands constant production, both of physical products and of ideas. Capitalism is frequently blamed for the pressure of production, for the factories that pollute and the waste that covers the Earth, but it pressures us to produce in the intellectual realm as well. A scholar's longevity in academia is dependent upon a steady output of articles, and "publish or perish" is, to some degree, applicable to writers as well. Even if a writer publishes a novel to great acclaim, if enough time passes without a subsequent book coming out, readers start to wonder if something is wrong. The system of intellectual production requires the same steady flow of newness that we see with businesses and consumer products. Every month, bookstores fill their shelves with the "novel of the century," or "an instant classic," but despite this almost sycophantic praise, that book is inevitably forgotten as soon as the next must-read novel comes out.

Translation, when seen as an act of recycling, is a way to resist this pressure towards the incessant creation of something "new." Translation is recycling, but for ideas and words rather than physical materials. Rather than succumbing to the pressure to create something new, something which the translator can claim entirely for his or herself, translation sees the beauty and generosity inherent to reshaping a text — a set of ideas — that already exist. Translation allows those ideas broader and continued accessibility to an expanded group of readers. By reframing our understanding of its derivative nature as an inherently anti-capitalist act, rather than pushing the translator to be seen as another producer of intellectual content, we can resist the pervasive pressure to associate value with ceaseless production. It is okay, and even good, to treat translation as derivative act. Derivation — recycling — is an important tool that allows us to appreciate the inherent allure of what we already have. It is responsible and ethical in a world that is slowly being destroyed by the need for newness.

In thinking about this way to view translation, I am reminded of a conversation I had several years ago with a writer friend. She told me that she admired my work as a translator but could never do it herself, because she wasn't generous enough. I'm too selfish, she said. I want my work to be entirely mine. I remember being struck by her comment, because before then I had never stopped to think about just how generous an act translation is. In a world where we are assigned worth based on our ability to take ownership and possession of our work, it's an act of resistance to translate, to work on something that isn't entirely ours.

기계 번역이 인간 번역을 대신하게 될까?

전 미세리

번역가. 한국외대 통번역대학원을 졸업한 후, 캐나다 브리티시컬럼비아대에서 도서관학 석사를 받고 동 대학 도서관 참고 사서로 근무하면서 아시아학과 문학 석사와 비교문학과 박사 학위를 취득했다. 계간지《ASIA》에 실린 소설, 비평, 에세이 등을 번역하면서 동 출판사의 바이링궐 에디션 한국대표소설 및 K-FICTION 시리즈의 번역가로 참여했다. 그 외 국내외의 학술 및 번역 작업을 했다.

> 다른 사람들도 똑같은 갈망을 가졌고, 그리하여 보통의 인간 언어라는 껍질을 넘어선 체험을 표현하기 위해 비슷한 이미지를 추구했다는 것을 아는 게 신앙을 더 강하게 해주는군요. _조셉 캠벨(Joseph Campbell)·빌 모이어스(Bill Moyers), 《The Power of Myth(신화의 힘)》, p. 219

2021년의 어느 가을날, 요즘 사용되는 기계 번역의 위력을 실감할 기회가 있었다. 내가 사는 아파트 관리인이 주민들에게 알리기 위해 영어로 쓰인 재활용 쓰레기 배출법을 여섯 개 언어로 번역해보았다고 했다. 구글 번역기를 사용했다면서 내게 한국어 번역을 한번 손봐달라고 부탁했다. 놀랍게도 그 번역은 무엇 하나 손댈 필요 없을 정도로 완벽했다. 기계 기반 번역기가 존재한다는 건 물론 이미 알고 있었지만, 이전까지 그 작동 방식이나 효율성에 관심을 가진 적이 없었다. 완벽한 번역을 읽으면서 의문이 떠올랐다. '이건 나 같은 번역가들이 더 이상 필요 없게 되었다는 뜻일까?' 또 다른 의문이 바로 뒤를 이었다. '재활용 쓰레기 배출법 말고 다른 것, 즉 소설, 시, 희곡 같은 것도 번역할 수 있을까?' 나는 기계 번역이 대체 어떤 것인지 알아보기로 했다.

기계 번역이란 무엇인가?

‘기계 번역’의 역사는 연합국이 나치의 통신 해독에 컴퓨터를 사용했던 1940년대 초까지 멀리 거슬러 올라간다. 2차 세계대전이 끝난 후 미국 수학자 워렌 위버(Warren Weaver)가 인간 언어를 번역하는 데 디지털 컴퓨터를 사용할 것을 제안했다. 1950년대와 60년대, 영어-러시아어 기계 번역 시스템이 국가 안보 우선 사업으로 시도되었으나, 전통적인 언어 교육법을 활용한 이 ‘규칙 기반’ 수작업 프로그램(이중 언어 사전과 논리적 규칙을 바탕으로 텍스트 정보를 처리하는 방식)은 1966년에 실패로 끝이 나고 말았다. 1980년대 말과 90년대 초에는 ‘통계 기반 기계 번역’ 시스템이 등장했다. 이 시스템은 더 이상 수작업으로 규칙을 코딩할 필요가 없게 만드는 신기술로, 대규모의 병렬 말뭉치를 입력해준 뒤 통계적 모델을 기반에 두고 출발어 문장을 도착어 문장에 매핑하는 방식이었다. 그러나 유사 언어 쌍에는 상대적으로 잘 작동했지만, 차이가 큰 언어들에는 그렇지 못했다.

2000년 무렵 인공지능 하위 분야인 ‘기계 학습’* 알고

* 기계 학습의 단계는 다음과 같다. ① 과업이 결정되면 기계의 알고리즘 네트워크에 훈련용 인풋 데이터와 아웃풋 데이터가 주어진다. 이는 훈련이 끝난 후 ‘모델’이 된다. ② 네트워크에서 첫

리즘이 인공지능 연구 초창기에 등장해 기세를 떨쳤고, 10여 년 뒤에는 '기계 학습' 하위 분야인 '딥 러닝'이 언어 번역을 수행하는 가장 강력한 알고리즘으로 부상했다. 2014년에는 딥 러닝 바탕의 '신경망 기계 번역' 시스템이 등장했다. '신경망 체계' 혹은 '신경망 네트워크'는 인간 뇌의 뉴런들이 작용하는 방식을 차용한 것이다. 신경망 체계 또한 번역 언어 쌍의 대규모 병렬 말뭉치가 필요했다. 하지만 말뭉치를 번역 재료로 바로 사용하는 통계 기반 시스템과 달리, 신경망 시스템은 말뭉치를 번역 모델 훈련에 사용했다. 시스템 자체가 모델을 훈련시키다 보니 시스템 안에서 어떤 일이 일어나는지, 번역 알고리즘이 어떻게 작동하는지 정확히 알기는 불가능하다. 그럼에도 이들 새로운 시스템은 기존보다 훨씬 높은 품질의 번역을 효율적으로 생산해냈다.

예를 들어 2006년, 구글은 인터넷과 여타 데이터베이

번째 예측 아웃풋이 나오면 본래의 아웃풋 데이터와 비교해 차이 정도를 계산한다. ③ 계산값이 네트워크에 들어가고 차이를 줄이기 위한 알고리즘의 자기 조정이 이루어진다. ④ 조정된 네트워크에서 다시 예측 아웃풋이 나온다. 차이 정도가 계산되어 네트워크로 들어간다. 차이(오류 발생 비율)가 최소화될 때까지 이런 작업이 반복된다. ⑤ 조정 과정을 통해 만들어진 최적화 알고리즘은 '모델'이라 불리게 되고, 새로운 인풋 데이터로 과업을 수행할 준비를 한다.

스에서 다양한 언어로 제공되는 막대한 양의 데이터를 사용해 기계 학습 기반의 번역 서비스(구절 단위)를 시작했다. 10년 후인 2016년에는 신경망 기계 번역 서비스(문장 단위)를 시작했는데, 이는 앞선 구절 수준 서비스에 비해 번역 오류를 60%나 낮춘 것으로 나타났다. 현재 구글 번역은 백 개 이상의 서로 다른 언어를 처리할 수 있다.

오늘날 신경망 기계 번역의 품질

기계 번역 결과물의 포스트에디팅 작업을 하는 인간 번역가들, 특히 로컬라이제이션(localization)* 분야의 번역가들은 MTPE(machine translation post-editing)**, 즉 기계 번역의 포스트에디팅이 더 이상 필요 없게 될 시기가 곧 닥쳐오리라 보지 않는다. 포스트에디팅이 인간 번역가 업무의 20~40% 정도인 현 상황을 고려하면 이해할 수 있다. 그럼에도 기계 번역 기술의 지속적 발전에 따라 에디팅 필요가 점차 줄어들어 결국에는 사라지게 될 것이라 예측하는 이들도 있다.

---

* 특정 대상을 위해 제품이나 서비스를 조정하는 과정이다. 번역이 언어 사용의 문제라면, 로컬라이제이션은 제품이 다른 문화권 사람들에게 잘 다가가게끔 만드는 문제다.

** 기계가 생산한 번역에 인간 편집자들의 작업을 더해 번역 품질을 향상시키는 번역 방법이다.

조피야 렐너(Zsófia Lelner)는 거기에 동의하지 않는다. "결국 컴퓨터는 수학적 관점에서 문제에 접근하도록 설계되어 있다. 원문 언어에서 문장을 가져와 도착 언어로 바꿔놓는 것은 가능하다. 하지만 언어와 의사소통(그리고 번역)에는 훨씬 더 많은 측면이 존재한다. 컴퓨터가 인간과 같은 수준으로 맥락과 문화를 이해하기란 불가능하다. 컴퓨터는 말장난, 언어유희, 농담을 할 수 없고, 문장 형태를 조금씩 바꾸어 의미를 변화시킬 수 없으며, 문장의 서로 다른 부분을 강조할 수도 없다. 글쓰기 방식을 달리해 표현할 수도, 장르와 어조에 맞춰 내용을 조정할 수도 없다. 이 때문에 인간 번역과 기계 번역은 언제까지나 엄연히 다를 것이다."[1]

제임스 해들리(James Hadley)도 렐너의 말에 동의하지만, 문제에 접근하는 시각이 살짝 다르다. 해들리는 신경망 체계가 퍽 효율적이긴 해도 특정 텍스트 유형, 특히 기술 텍스트처럼 정형화된 경우에만 잘 작동할 것이라 말한다. "작가의 문체는 흉내 낼 수 있는 것이 아니다. 글쓰기 관행이 기술 텍스트와 근본적으로 다를 뿐 아니라, 작가 간에도, 시대와 장르, 문학 형태에 따라서도 다르기 때문이다."[2] 나아가 기계가 개별 작가의 문체를 학습하도록 할 수도 없는데, 이는 "훈련용 말뭉치에 필요한 문장 병렬쌍 수백만 개를 충분히 확보할 만큼" 책을 수백 권이나 내는 작가가 없기 때문이다.

같은 글에서 해들리는 기계 번역의 또 다른 기술적 한계를 지적한다. "오늘날의 기계 번역 시스템은 문장 단위로 작업한다. 한 문장을 뚝 떼어 번역하고 나면 그 내용을 다 잊어버리고 다음 문장으로 옮겨가 번역한다는 뜻이다. 이 역시 기술 텍스트를 다룰 때는 대개 문제가 되지 않는다. 하지만 아이디어, 은유, 암시, 이미지가 이후의 문장이나 단락, 심지어 다른 장에서 다시 등장하게 되는 문학의 경우에는 기계가 인간 번역가의 수준에 접근하기까지 갈 길이 한참 멀다." 문장 단위 기계 번역의 문제를 확연히 드러내는 구글 한영 번역 사례를 살펴보자.

원문

지난 한 주간 가장 빠른 속도로 움직인 것은 부음 소식이었다. 발인이 지나면 효력을 잃어버릴, 유통기한이 짧기에 신속한 것.

소식이 시작된 곳은 경남 진해였다. 하필 벚꽃의 발원지와도 같은 곳. 어느 오후의 거대한 쓰나미 아래서, 그곳의 모든 생활들이 갑자기 점. 점. 점. 으로 끊어졌다. _윤고은, 《밤의 여행자들》, 9쪽.

구글 번역

The thing that moved the fastest in the past week was the news of the pouring rain. The expiry date is short, so it loses its effectiveness after birth.

The place where the news started was Jinhae, Gyeongnam. It is the same place as the birthplace of cherry blossoms. One afternoon, under a huge tsunami, all of life there suddenly took a turn. dot. dot. was cut off with (2022년 6월 8일 기준)*

리지 뷸러의 번역

News of the deaths moved fast that week. Word was spreading quickly, but it wouldn't be long before people lost interest. By the time funeral proceedings began, the public would have already

---

* 파파고 번역 결과는 다음과 같다.
The fastest move in the past week was news of buoyancy. It will lose its validity after the stamping, and it will be quick because of its short expiration date.
The news began in Jinhae, South Gyeongsang Province. It's like the origin of cherry blossoms. Under a huge tsunami one afternoon, all life there suddenly ended in dot dot dot. (2022년 6월 8일 기준)

forgotten the deceased.

A tsunami had hit Jinhae, in the province of Kyeongnam. Jinhae was where cherry blossoms first bloomed in early spring. When it happened, on an otherwise typical afternoon, life in the city had stopped. In an instant, everything was underwater: _《The Disaster Tourist》, p. 1

첫 두 문장에서 구글 번역은 "부음" "발인" "유통기한"이라는 세 단어의 정확한 의미를 전달하는 데 실패했다. "부음"은 '사망 소식 알림'이지 "pouring rain"(쏟아붓는 비)이 아니고, "발인"은 '상여를 장지로 옮기는 것'이지 "birth"(출생)가 아니며, "유통기한"은 '저장 수명 기한'이지 "expiry date"(만료 날짜)가 아니다. 이 중에서도 "부음"과 "발인"을 옮긴 "pouring rain"과 "birth"는 의미적 불일치를 넘어서 더 심각한 컴퓨터 알고리즘 한계까지 드러낸다. "부음"과 "발인"은 맥락적·의미적으로 관련된 어휘다. 구글 번역과 같은 딥 러닝 기반 신경망 기계 번역에는 의미적·구문적으로 관련된 단어들을 인접해 매핑하는 워드 임베딩(word embedding) 알고리즘이 있다. 위 사례에서 만약 "부음"과 "발인" 두 단어가 한 문장에 들어 있었다면 번역 결과는 달라졌을 것이다. 하지만 서로 다른 문장에 들어가 있었기 때문에 인접 매핑이 작동하지 못했다. 해들리가 지적한 문장 단위 처리 과정의 한계다.

두 단어가 한 문장에 들어가면 어떻게 될까? "부음 소식 후 곧 발인이 있었다"라는 문장을 구글 번역 창에 쳐보았다. 결과는 "There was a funeral soon after the news of the pouring out"(2022년 6월 8일 기준)으로 나왔다. 이게 대체 무슨 뜻일까? 다른 문장들을 몇 개 더 넣어 실험해보니 뭐가 문제인지 알 것 같았다. 첫 문장의 단어 "부음"이 다의어였던 것이다. 동사 '붓다'의 명사형으로 쏟아 붓는다는 의미의 '부음', 또 다른 동사 '붓다'의 명사형으로 부풀어 오른다는 의미의 '부음'이 있으니 말이다. 신경망 기계 알고리즘은 다의어나 동음이의어에 대해서는 워드 임베딩을 제대로 할 수 없는 모양이다. 다의어와 동음이의어가 적지 않은 한국어에는 심각한 문제다. 신경망 기계와 달리 인간 전문 번역가라면 "부음"과 "발인"의 연관성을 순식간에 알아차렸을 것이다.

위 사례의 두 번째 단락으로 가보자. 여기서도 구글 번역은 문제다. 작가의 독특한 단어 선택("발원지")*, 구두점

---

* 여기서 작가는 한국에서 매년 벚꽃이 처음 피어나는 곳이라는 의미로 사용했다.

사용("점. 점. 점.")과 표현("점. 점. 점. 으로 끊어졌다.")*은 현재의 기계 번역 시스템이 극복하기 어려운 장애였던 모양이다. 물론 원문에 모호성과 독특성이 있었던 것은 맞지만, 그럼에도 인간 번역가인 퓰러는 독창성을 발휘해 독자들이 완벽하게 이해할 수 있는 문장을 만들어냈다. 반면 구글 번역은 "발원지"를 "birthplace"로 축자 번역해버렸고, "점. 점. 점. 으로 끊어졌다."를 "dot. dot. was cut off with"라는 불완전한 문장으로 번역해버렸다.

기계 번역에 대한 인간 번역가의 우위

번역 문학 작품을 읽는 독자는 원문 문장의 정확한 의미 전달보다 훨씬 더 많은 것을 기대한다. 원작이 독자의 마음을 건드렸던 바로 그 창조적 글쓰기의 아름다움을 즐기고 싶어 하는 것이다. 따라서 번역가의 일은 자신의 창조성과 언어 지식, 문화 지식을 총동원해 번역문 독자의 마음을 움직이는 것이 된다.

전문 번역가는 문학 작품이 독자에게 미치는 영향을 충분히 알고 있다. 번역가 자신이 먼저 열린 마음의 열정적

* '산산조각 나버리다'(to be broken into smithereens)라는 의미다.

인 독자가 되는 것으로 작업을 시작하기 때문이다. 이와 달리 신경망 기계는 인간처럼 문학을 읽지도, 문학에 감동받지도 못한다. 그러니 독자의 마음을 무엇으로 어떻게 건드려야 하는지 훈련받을 수 없다. 나는 인간 번역가가 독자로서 하는 경험이 번역가 자신의 창조적 상상력과 결합했을 때, 기계 번역과는 비교할 수 없는 질적 우위를 보여준다고 믿는다.

예를 들어, 소설 한 편을 읽은 후 독자이자 번역가는 번역을 시작한다. 번역가 자신은 원문 언어를 바로 도착 언어로 옮긴다고 생각할 수도 있다. 하지만 나는 원문 언어가 도착 언어로 바뀌기에 앞서 건너가게 되는 교량이 있다고 본다. 그 교량이라는 영역에서 원전 텍스트의 모든 표현은 언어적 껍질을 벗고 의미, 어조, 문화적 함축, 문체, 맥락, 분위기 등 모든 요소가 번역가의 의식 속에 남긴 선명한 인상으로 존재한다. 그 인상의 영역으로부터 번역가는 도착 언어의 텍스트 요소를 잡아간다. 그리고 바로 여기서 원작과 똑같이 독자의 마음을 건드리고자 하는 번역가의 바람이 창조성과 결합한다. 하나였던 문장을 둘 이상으로 나누거나 여러 문장을 하나로 합치거나 심지어는 문장의 순서를 바꾸는 등 모호한 부분을 어떻게 해결해야 할지 번역가가 정확히 방법을 아는 이유도 바로 여기 있다.

알파고, 자율주행 자동차, ChatGPT, 이미지 인식, 음성 인식 같은 오늘날의 유행어 뒤에는 '딥 러닝'이 있다. 물론 인공지능의 역사는 이미 오래전부터 시작되었다. 그럼에도 인간처럼 사고하고 행동하는 '범용 인공지능'이라는 애초의 목표 수준에는 여전히 도달하지 못한 상태다. 컴퓨터는 인간이 아무 문제 없이 해내는 많은 과업을 아직 수행하지 못한다. 인간은 감각을 통해 끊임없이 들어오는 데이터를 해석하면서 세상에 대해 계속 학습하며 이를 바탕으로 자신이 속한 세계의 모델을 수정 및 향상시키는 반면, 오늘날의 인공 신경망 네트워크는 실제 세계의 모델을 구축하지 못하고 폐쇄적이고 안정적인 가상 세계 안에서 규정된 과업을 정확히 수행할 뿐이기 때문이다. 실제 세계 모델이 없다면 '범용 인공지능'은 불가능하다. 예를 들어, 인간 같은 상식을 갖추지 못한다.

이들 자율 학습 기계에는 그밖에 다른 한계점도 많다. 다중 과업의 동시 수행을 할 수 없다는 것도 그중 하나다. 컴퓨터 과학자들은 이러한 한계가 자신들이 세운 가설의 오류에서 기인했음을 꽤 오래전에 깨달았다. 신경망 기계가 인간 두뇌를 모델로 삼아 만들어졌다는 사실에도, 이제는 인간이 정말로 신경망 기계와 같은 방식, 즉 데이터를 입력하고 출력물을 수정해가며 알고리즘을 정교화하는 감독 학습 방식으로 배우는 게 맞는지 의문을 품게 된 것이다.

진정한 '범용 인공지능'을 실현하려면 새로운 돌파구가 필요하다. 이를 위한 한 가지 제안이, 뇌 속의 신경망 혹은 신경 체계 전체를 담은 지도인 인간 두뇌 커넥톰(connectome)을 구축하고 기계 알고리즘의 형태로 재현하자는 것이다. 최종 목표는 커넥톰과 감각 데이터 수용 능력을 내장한 (이 데이터는 예를 들어 사물 인터넷으로부터 나올 수 있다) 인공지능 로봇 개발이다. 하지만 다음 두 가지 질문을 던지며 의구심을 표하는 과학자들도 있다. 첫째, 인간 뇌 속의 뉴런 860억 개, 신경망 100조 개를 재현한다는 것이 가능한 제안인가? 둘째, 인간 뇌의 커넥톰에서 '인간 수준 지능'이 나오게 된다는 보장이 있는가? 다시 말해 인간 뇌의 형태가 인간 지능과 인식의 진정한 원천이라고 확신할 수 있느냐는 본질적인 질문이다.

서울대학교에서 인공지능 연구를 총괄하고 있는 장병탁 교수는 "인간 지능을 능가하는 인공지능이 출현할 것인가?"라는 강연[3]에서 조심스러운 낙관론을 펼친다. 그는 인간 뇌의 커넥톰을 갖춘 로봇이 인간 지능과 인식 발전 과정을 거치도록 하는 '베이비 마인드 프로젝트'(Baby Mind Project)라는 연구를 소개한다. 이 로봇은 어린아이가 하듯 실제 세계의 인간을 모방하는 동시에 시행착오를 통해 학습한다. 그리하여 서서히 상식을 쌓고, 사건을 기억하며, 자율적으로 학습하고 목표를 설정하는 등 '범용 인공지능'의 모습을 갖추게 되리라는 것이 장 교수의 예상이다. 그리고 결국은 진정한 의미의 '인간 수준 기계 학습'이 가능해진다고 한다. 이것이 실현 가능한 계획일까? 갈 길이 아직 멀고 수십 년이 걸릴 수도 있지만, 결국 '그 날'은 오게 된다는 것이 장 교수의 대답이다.

커넥톰이 인간 번역가를 대신하게 될까?

문학계의 작가들, 문학에 감동하는 독자들, 그리고 원문과 다른 언어로 문학의 아름다움을 재현하고자 노력하는 번역가들 모두의 창조성과 영감은 동일한 원천에서 나온다는 것이 내 오랜 믿음이다. 문제는 그 원천이 무엇이고 어디 있는가다.

나는 미래의 '범용 인공지능'이 아무리 완벽하게 인간 뇌의 신경망 지도를 복제한다 해도 모델이 된 인간 뇌와 같을 수 없다고 본다. 인공지능 연구자들이나 인간 번역가들이 지적하듯, 오늘날의 컴퓨터가 불완전하기 때문이 아니다. 컴퓨터가 이미 어떤 의미에서 완벽하고 미래에는 더욱 그러할 것이기 때문에 그렇다. 컴퓨터 과학자들은 컴퓨터가 세 가지 면에서 인간 지능을 능가한다고 말한다. 첫째, 데이터 저장 공간에 제한이 없다. 둘째, 저장

된 데이터는 시간이 지나도 흐려지거나 사라지는 일이 없다. 셋째, 논리적·수학적 계산이 언제나 완벽하다. 그러니 인간 뇌의 커넥톰까지 들어간 컴퓨터는 얼마나 완벽하고 강력하겠는가!

이와 달리 우리 인간은 불완전하기 짝이 없다. 알게 모르게 비논리적·비이성적 의사결정을 내리고, 나이가 들어 기억을 잃어버리기 훨씬 전부터 부정확한 기억 때문에 고생한다. 우리 뇌가 감각 기관을 통해 들어온 데이터를 늘 올바로 해석하는 것도 아니다. 우리 지능은 불완전하고 결함이 많지만, 바로 그 불완전성과 결함 때문에 우리는 창조성을 발휘해 문학 작품을 쓰고 즐기고 번역할 수 있는 것은 아닐까? 나는 우리의 창조성과 지능의 원천이 어디 다른 곳에 있고 뇌의 신경망은 다만 그쪽을 가리키는 화살표에 그치는 게 아닐까 하는 생각까지 든다.

지금까지 번역한 작품 중 일부는 잊지 못할 경험으로 내 마음에 남아 있다. 각각의 주제나 모티프는 전혀 다르지만, 그럼에도 그 모두는 번역을 마친 내게 낯선, 무언가 신비로운 느낌을 주었다. 때로는 내가 아닌 다른 누군가가 작업을 해냈다고 느꼈다. 물속에 한참을 잠겨 있다가 어느 순간 불쑥 수면 위로 떠오른 듯한 기분이 들 때도 있었다. 처음에 나는 그런 감정을 그저 일시적인 것으로 보고 무시했다. 하지만 몇 년 동안 그 경험이 반복되면서 다른 번역가들과 이야기를 나누고 싶어졌다. 그럼에도 정신 나간 사람으로 취급받지 않으면서 말할 방법을 찾지 못했다. 여러 해가 지난 지금도 여전히 방법을 알 수 없다. '기계 번역에 대한 인간 번역가의 우위'에 대해 쓴 내 생각은 그 경험을 풀어낸 첫 번째 시도다. 읽는 분들이 어떻게 생각할지 모르겠으나, 내게 한 가지만은 분명하다. 문학 번역에는 인간 뇌의 역량을 훨씬 뛰어넘는 무언가가 있다. 인공지능이 이를 넘볼 수 없다는 건 말할 필요도 없고 말이다.

Will Machine Translation Replace Human Translation?

- Miseli Jeon -

> "Moyers: I feel stronger in my own faith knowing that others experienced the same yearnings and were seeking for similar images to try to express an experience beyond the costume of ordinary human language." _Joseph Campbell with Bill Moyers, *The Power of Myth*, 1988, p. 219.

A chance to witness the efficiency of currently available machine translation applications came to me on one autumn day in 2021. The caretaker of my apartment building told me that he had tried to translate from English into six other languages a set of recycling instructions written for the building tenants. He said that he had used Google Translate, and asked me to proofread the Korean version. Much to my surprise, the translation was perfect with no need to change anything at all. Of course, I already knew such machine-based translation tools existed, but for some reason, until then, had never paid attention to the details of how they work and how efficient they actually are. Upon reading that perfect translation, a question crossed my mind: "Does this mean translators like myself are no longer needed?" immediately followed by another one: "Can it translate something other than recycling instructions? Like novels, poems, and play scripts?" I decided to find out what on earth machine translation is all about.

What Is Machine Translation?

"Machine translation" has a long history, starting from the use of computers by the Allies in the early 1940s to decode Nazi messages. After the war, American mathematician Warren Weaver proposed the idea of using digital computers to translate human language. In the 1950s and 1960s, the English-Russian machine translation systems were experimented as a national security priority, but these manually programmed "rules-based" systems that used the traditional language teaching methods (with the help of bilingual dictionaries along with logical rules to handle the textual information) were declared unsuccessful in 1966; and in the late 1980s and early 1990s, replaced by "statistical machine translation" systems. With this new technology, manually coded rules were no longer necessary. Instead, the statistical systems worked on the input of large corpora of parallel sentences in order to map sentences in the source language into the target language on the basis of statistical models.

They worked relatively well for the pairs of similar languages, but not for the languages with substantial differences.

Around 2000, "machine learning"* algorithm, a subset of artificial intelligence, came to be in the vanguard of AI research and stayed in power until about a decade later "deep learning," a subset of "machine learning," arose as the most powerful algorithm to perform the task of language translation. By 2014, "neural machine translation" systems that were powered by "deep learning" came into being. These "neural systems" or

* Steps of Machine Learning: ① When a task is determined, the training input data and output data are given to the machine's algorithmic network, which will be the "model" when training is over. ② When the first predicted output comes out of the network, it is compared with the original output data and the difference between the two is calculated. ③ The calculated value is fed back into the network, which then triggers the algorithm's self-adjustment towards the goal of reducing the difference. ④ The next predicted output comes out of the adjusted network. The difference is calculated again and fed back into the network again. These forward and backward feedings are repeated until the difference (or error rate) becomes the minimum. ⑤ Now, the optimized algorithm born of the fine-tuning process is called "model" and ready to perform the task with new input data.

"neural networks" are modelled on the way that neurons communicate in the human brain. Neural systems also require large corpora of parallel sentences in the languages paired for translation. But, as opposed to the statistical systems that used the corpora directly as the ingredients for translation, the neural systems use the corpora to train their translation models. Since the models are trained by the systems themselves, it is impossible to know what exactly goes on inside the systems, that is, how the translation algorithms actually work. Nevertheless, these new systems are known to efficiently produce much higher-quality translations compared to the older systems.

For example, in 2006, Google, using the massive data on the Internet and in other databases available in many different languages, rolled out Google Translate, a machine-learning-based translation service (phrase-by-phrase). A decade later, in 2016, the company launched its Neural Machine Translation service (sentence-by-sentence), which is reported to have reduced its translation errors by 60% compared to the previous phrase-level service. At the moment, Google Translate is capable of processing over 100 different languages.

Most of the human translators who work on machine-produced translations as post-editors, especially those in the field of localization*, do not believe the day will come anytime soon when MTPE (machine translation post-editing)** is no longer necessary. This is not surprising considering the fact that the percentage of the workload a human translator faces when post-editing a machine-translated text is around 20-40% at the moment. Some people, though, predict that less and less, and eventually no editing will be required in the future with the continuous development of machine translation technology.

Zsófia Lelner does not share their prediction: "After all, computers were designed to approach problems from a mathematical point of view. They are able to take a sentence from the source language and put it into a target

* Localization is the process of adapting a product or service to a specific target audience. While translation is about the words you use, localization is more about how well your product resonates with people in different culture.

** A way of translation that has human editors work on the translation produced by the machine to improve the quality of translation.

language. But language and communication (and thus translation) has so many more aspects. Computers will never be able to understand context and culture on the same level as humans. Computers cannot use wordplay, puns, jokes, or play around with syntax to convey a different meaning or put the emphasis on a different part of the sentence. They cannot express things using different writing styles, and they cannot tailor content to the genre and the tone of voice," and that is "why human translation and machine translation will always be different."

Hadley agrees with Lelner, but approaches the issue from a slightly different angle. He argues that despite the extreme effectiveness of neural systems, they work well only with certain types of texts, especially those of a formulaic nature like technical texts. Hadley continues: "Authorial styles are not necessarily transferable," because "[in] literature, not only are the writing conventions substantially different from many technical texts, these conventions differ substantially between authors, time period, genres, and form of literature." Moreover, having the machine learn each author's style is not feasible in reality because any one author is not likely to produce hundreds of books in his or her career, while "a training corpus needs millions of parallel sentences to work effectively."

Hadley in the same article points out another technical shortcoming of machine translation: "machine translation systems today work on the sentence-level, meaning that they translate one sentence in isolation, and then forget about it as soon as they move onto the next. Again, this is generally not a big issue when dealing with technical texts. But for literature, where ideas, metaphors, allusions and images can be recalled sentences, paragraphs, or even chapters later, the machines have a long way to go before they will be able to approach the skills of a human literary translator." The following example sentences translated by Google Translate from Korean into English clearly demonstrate the problem of sentence-level machine translation.

> Original text
>
> 지난 한 주간 가장 빠른 속도로 움직인 것은 부음 소식이었다. 발인이 지나면 효력을 잃어버릴, 유통기한이 짧기에 신속한 것.
>
> 소식이 시작된 곳은 경남 진해였다. 하필 벚꽃의 발원지와도 같은 곳. 어느 오후의 거대한 쓰나미 아래서, 그곳의 모든 생활들이 갑자기 점. 점. 점. 으로 끊어졌다. _윤고은, 《밤의 여행자들》, 9쪽

Google Translate*

The thing that moved the fastest in the past week was the news of the pouring rain. The expiry date is short, so it loses its effectiveness after birth.

The place where the news started was Jinhae, Gyeongnam. It is the same place as the birthplace of cherry blossoms. One afternoon, under a huge tsunami, all of life there suddenly took a turn. dot. dot. was cut off with _as of June 8th 2022

Lizzie Buehler's Translation

News of the deaths moved fast that week. Word was spreading quickly, but it wouldn't be long before people lost interest. By the time funeral proceedings began, the public would have already forgotten the deceased.

A tsunami had hit Jinhae, in the province of

* Papago version: The fastest move in the past week was news of buoyancy. It will lose its validity after the stamping, and it will be quick because of its short expiration date.

The news began in Jinhae, South Gyeongsang Province. It's like the origin of cherry blossoms. Under a huge tsunami one afternoon, all life there suddenly ended in dot dot dot. _as of June 8th 2022

> Kyeongnam. Jinhae was where cherry blossoms first bloomed in early spring. When it happened, on an otherwise typical afternoon, life in the city had stopped. In an instant, everything was underwater: _*The Disaster Tourist*, p. 1

In the first two sentences, Google Translate fails to deliver the accurate meanings of three words, that is, "부음," "발인," and "유통기한." "부음" here means "obituary notice" or "a report of a person's death" (not "pouring rain"); "발인" means "carrying out the bier for burial" (not "birth"); and, "유통기한" means "shelf-life" (not "expiry date"). Among these mistakes, "pouring rain" ("부음") and "birth" ("발인") may not simply be semantic discrepancies, but may point to a more serious computer algorithmic limitation as well. It is because "부음" and "발인" are contextually and semantically correlative words; and, the deep-learning-powered neural machine translations like Google Translate have "word-embedding" as part of their algorithms, which map semantically or syntactically related words in proximity to one another. If the two words were in the same sentence, the result could have been different. But they are in separate sentences, therefore the proximity mapping cannot be triggered, as identified by Hadley to be the shortcoming of the sentence-by-sentence processing.

What if the two words are in the same sentence? I typed in Google Translate the following sentence that contains both of the words in it: "부음 소식 후 곧 발인이 있었다." And Google Translate produced (as of June 8th 2022): "There was a funeral soon after the news of the pouring out." What does this mean? I further experimented with a few other sentences and then realized what the problem may have been. The word "부음" in the first sentence can be misleading because of the other polysemous words, for example, "부음" (meaning "pouring," the noun form of the verb "붓다" "to pour") or "부음" (meaning "swelling," the noun form of the verb "붓다" "to swell"). Perhaps, the neural machine algorithms may not be able to handle "word embedding" properly when the words are polysemy or homonymy. This is a serious limitation because polysemy and homonymy are not at all rare in the Korean language. Unlike the neural machines, any professional human translator could have correlated "부음" to "발인" in a split second.

The second example paragraph above produced by Google Translate is also problematic. The author's idiosyncratic choice of word ("발원지")*, use of punctuation ("점. 점. 점."), and phrasing ("점. 점. 점. 으

로 끊어졌다.")** seem to present hurdles that are hard to overcome for the present machine translation systems. Even when there is ambiguity or abnormality in the original text, however, Buehler the translator uses her ingenuity to find a way to render the sentences perfectly understandable to the reader, whereas Google Translate ends up producing a much too literal translation of "발원지" and an incomplete sentence for "점. 점. 점. 으로 끊어졌다."

Human Translator's Advantage Over Machine Translation

The reader of literary translation expects from their reading experience much more than the delivery of accurate meanings of the original sentences; in other words, they want to experience the same joy of appreciating the beauty of creative writing as the original work inspires in the heart of the reader. Therefore, a translator's job is first and foremost to move the reader of the translation, using his or her creativity and knowledge

---

* source of a river or any stream of water; origin; beginning; the root. Here, the author seems to mean the first place where cherry blossoms bloom every year in Korea.

** Literally means "to be broken into smithereens."

of the languages and cultures involved.

In fact, professional translators are fully aware of the impact a work of literature has on the reader since they themselves begin their translation process by first being enthusiastic and open-minded readers of the work. On the contrary, the neural machine does not read literature the way humans do, nor does it have a capacity to be impressed by literature. As a result, the machine is unable to train itself how to or with what to touch the reader's heart. I believe the human translator's experience as a reader combined with his or her faculty of creative imaginations is what makes a world of difference between human and machine translation.

After reading a given work of literature, say, a novel, the reader-cum-translator begins translating it. He or she may think he or she is translating directly from the source language into the target language. But I believe that there is a step or a bridge to pass through before the source language turns into the target language. The bridge belongs to a realm where all the expressions in the original text lose their linguistic dimension and emerge in the translator's consciousness only as vivid impressions of all the textual elements like meaning, tone of voice, cultural connotations, style, context, mood, etc. And from this realm of impressions does the translator give shape to those textual elements in the target language; and this is when his or her creativity joins forces with his or her desire to touch the reader's heart the same way as the original does. And that is why he or she knows exactly how to elaborate on ambiguous expressions at times, splitting a sentence into two or more, or putting some sentences together in one, and even changing the sequence of sentences when needed.

The Future of Artificial Intelligence

Behind today's buzzwords such as AlphaGo, self-driving cars, ChatGPT, image recognition, and voice recognition is "deep learning." Certainly, artificial intelligence has come a long way. Nevertheless, it has yet to reach the level of "artificial general intelligence," the initial goal of AI research, that can think and act like humans. There still are so many tasks that computers cannot carry out, while humans have absolutely no problem performing them. It is because humans continuously learn about the world by interpreting the data streaming in through their senses, based on which they keep revising and augmenting their models of the world. However, the present artificial neural networks are not capable of building a model of the real world, because they only perform precisely defined tasks in their closed, stable, virtual world. Without the real world model, it is impossible for them to acquire the "artificial general intelligence," for instance, human-like common sense.

These self-learning machines have many other limitations as well, for instance, the inability to do multitasking. Many computer scientists have known for quite some time now that at the bottom of these limitations is their mistaken hypothesis: neural machines are modelled on the human brain. They doubt if humans indeed learn in the same way as the neural machines do, that is, the supervised learning through the forward and backward feeding, fine-tuning of algorithms, etc.

In order to realize truly "artificial general intelligence," we need a new breakthrough. One proposed solution is to build a connectome(the map of the entire neural pathways in a brain or nervous system) of the human brain, which can be reproduced in the form of machine algorithms. The ultimate goal is to build an AI agent or a robot with a connectome and sensory data reception capability built in it, for example, the data originating from the Internet of Things (IoT). Some scientists express their suspicion by asking the following two questions: Is the proposal even feasible, considering the huge numbers of neurons and network pathways in the human brain, ie, 86 billion and 100 trillion, respectively? And, more importantly, is there a guarantee that "human-level intelligence" will emerge from the "connectome" of the human brain? In other words, are we certain if the hardware imitation of the human brain per se is truly the source of human intelligence and consciousness?

In a lecture series called "*Will AI That Surpasses Human Intelligence Emerge?*" Byoung-Tak Zhang [장병탁] is cautiously optimistic. He introduces an ongoing research called "Baby Mind Project," which aims to build an "artificial human intelligence" by having a robot, equipped with a connectome of the human brain, undergo the developmental process of the human intelligence and cognition. The robot is made to learn by trial and error as well as by imitating people in the real world as a child does while growing up. Gradually, Zhang believes, the robot will acquire the characteristics of "human general intelligence," namely, common sense, episodic memory maintenance, self-supervised learning, and self-goal-setting, to name a few. In sum, it will be able to do "human-level machine learning" in the true sense of the term. Is this a feasible plan? Zhang answers: It still has a long way to go, perhaps many decades, but eventually "the day" will come.

I have long believed that the authors of literature, the readers who appreciate literature, and the translators who endeavor to recreate the beauty of literature in languages other than the original all get their creativity and inspirations from the same source. The question is where or what is the source.

I am of the opinion that no matter how perfectly the "future artificial general intelligence" may duplicate the map of the neural network of the human brain, it will never be the same as its model. It is not because today's computers are imperfect, as emphasized by many AI researchers and human translators alike, but because they are already perfect in a sense and will be more so in the future. Computer scientists say that there are three things that computers are much better than human intelligence: (1) computers have a limitless data storage space; (2) the data stored in it never fade or get erased over time; and (3) their logical and mathematical calculations are always perfect. Then, how much more perfect and powerful computers will be, with the connectome of the human brain attached to them!

On the other hand, we humans are not perfect at all. We sometimes knowingly or unknowingly make illogical or irrational decisions and suffer from false memories even before we grow old enough to start losing memories. Moreover, our brains do not always interpret correctly the data they receive from outside through our senses, either. Incomplete and faulty as our intelligence may be, or perhaps because it is incomplete and faulty, we are able to exercise our creativity to write, enjoy, and translate literature. In fact, I even wonder if the neural network in our brain is not just a pointer allowing us to access the source of creativity and intelligence located somewhere else.

Among the works that I have translated, some remain in my heart as an unforgettable experience. They deal with quite different themes and motifs; nonetheless, all of them gave me strange, somewhat mystical feelings after I finished translating them: sometimes, I felt that it was not myself who had done the job, but someone or something else; other times, it was as if I was surfacing from underwater. At first, I just ignored the feelings as something passing. But as the experience repeated over the years, I wanted to talk about it with other translators, but I did not know how to relate it to others without having them question my sanity. Years have passed, but I still don't know what to make of it. My argument in the section "Human Translator's Advantage Over Machine Translation" in this essay is my first attempt to make some sense of the experience. Whether it reads sensible or not, one thing is quite clear to me: there is so much more to translating literature than my human brain can possibly fathom, let alone the artificial general intelligence.

3. 한국문학 번역의 역사와 과제

안선재

한국 현대 시 번역의 최고 권위자, 영문학자, 떼제 공동체 소속 회원. 본명은 Anthony Graham Teague다. 영국에서 출생해 1994년 한국으로 귀화했다. 2011년부터 2020년까지 한국왕립아시아학회에서 최장 기간 회장직을 역임했다. 한국문학의 세계화에 기여한 공로로 정부로부터 문화훈장 옥관장을 받았다. 2007년 서강대 교수직을 정년퇴임한 후, 현재 서강대 명예교수, 단국대 석좌교수로 재직 중이다. 2015년에는 대영제국훈장을 받았다.

번역가의 과제

발터 베냐민은 〈The Translator's Task(번역가의 임무)〉에서, 프랑스어 pain과 독일어 Brot가 모두 영어에서 bread로 번역되고 있다는 점을 지적한다. 프랑스, 독일, 미국의 빵은 각기 모양과 맛, 먹는 방식이 매우 다르기 때문에 이 세 단어가 정확히 상응하지 않지만, 아무도 여기에 주목하지 않았다는 것이다. 이 차이를 반영하지 못한 번역은 최소한 이론적으로 온전히 '충실한' 번역이라 하기 어렵다. 우리는 서로 다른 언어의 단어들이 완벽하게 같은 의미를 갖지 않는 경우가 무척 많다는 점을 늘 기억할 필요가 있다. 폴 리쾨르도 《On Translation(번역에 관하여)》에서 철학 텍스트 번역의 어려움을 강조하며 같은 측면을 언급했다. 철학 텍스트에서 "기본적인 중요 단어"는 "온갖 맥락을 반영하는 긴 서술의 축약"이며, "서로 다른 언어들은 의미장이 겹치지 않을 뿐 아니라 문법도 상응하지 않고 구문의 흐름이 같은 문화적 유산을 전달하지 않는다. 그리하여 원문에서 더할 나위 없이 명시적이었던 어휘가 반쯤 감춰진 함축이 되고 만다. … 이런 이질성 때문에 외국어 텍스트는 번역에 저항하고 번역 불가능성이 출몰한다"라고 한 것이다. 문제는 두 언어로 완전히 똑같은 말을 하기가 불가능하다는 데 있다. 두 언어가 서로 다르다는 간단한 이유로 말이다. 따라서 리쾨르는 "완벽한 번역이라는 이상을 포기"하라면서 "포기 선언만이 저자를 독자 쪽으로 끌고 가는 것, 그리고 독자를 저자 쪽으로 끌고 가는 것이라는 상충되는 과업 수행을 가능하게 한다"라고 했다. 리쾨르는 지혜롭게도 새로운 조화를 이루는 것으로 논의를 마무리한다.

> 완벽한 번역에 대한 애도에서 번역의 행복이 생겨난다. … 언어 쌍의 치환 불가능성, 그 독특성과 이국성의 전달 불가능성을 인식하고 인정할 때, 번역가는 반대편에 결코 도달하지 못할 끝없는 대화가 번역 열망의 타당한 지평이라는 깨달음을 얻고 거기서 보상받는다. 번역가의 과업이라는 드라마는 비극이지만, 그럼에도 번역가는 이른바 언어적 환대 안에서 행복을 찾을 수 있다.
>
> 결국 번역의 기본 틀은 합치 없는 대응일 수밖에 없다. … 이야기하기 활동이 그렇듯, 우리는 등가성과 완전한 합치 사이의 격차를 메우겠다는 희망을 버릴 때 다르게 번역할 수 있다. 그리하여 이국의 언어 안에 거하는 기쁨, 그리고 이국의 언어를 모국어에서 반갑게 맞이하는 기쁨이 조화를 이루면서 언어적 환대가 실현된다.

한국 시의 핵심적 '한국다움' 또한 가장 번역 불가능한 요소다. 번역 과정에서 필연적으로 사라져버리는 것은 추상적인 '시적' 자질이라기보다는 그 구체적인 '한국적' 자질이다. 이는 가장 표면적인 차원에서도 명백하다. 한국 시는 (거의 정의처럼 받아들여지듯) 한국어로 쓰인 시다. 하지만 번역된 한국 시는 한국어로 쓰여 있지 않다. 본래 한국어로 쓰인 시가 영어로 번역되면 한국적 정체성의 기본이 되는 한국어를 잃어버린다. 한국 독자가 '시적'이라고 여겼던 부분들도 중대한 타협 과정을 거치면서 '번역에서 완전히 실종'된다. 일단 영어로 번역된 한국 시가 여전히 '한국 시'라고 말하기는 쉽지 않다. 이상적으로 보자면, 물론 시는 어디에서든 시일 뿐 국가적 정체성을 지니지 않는다. 하지만 한국인들은 국가 정체성 문제에 매우 민감하다. 아마 이는 한국적 정체성을 정의하기가 무척 어렵다는 바로 그 이유 때문인 것 같다.

번역 과정에서 당장 바뀌는 것은 소리와 어휘, 문법만이 아니다. 아무리 '보수적'으로 '충실'하고자 애쓴다 해도, 의미를 전달하기 위해 또한 도착어로 '시'를 만들기 위해 단어와 구절의 순서가 크게 바뀐다. 리듬과 소리는 말할 것도 없다. 나아가 원문의 핵심 단어가 도착어에서 등가어를 찾지 못할 수 있고, 원문 언어에는 등가어가 없는 단어들이 번역에 추가되기도 한다. 언어와 문화는 때로 너무도 다르다. 결국 시를 시로 번역하는 것은 상실되는 시적 특징 자리에 완전히 새로운 시적 특징을 부여하기 위한 투쟁이 되고 만다. 리쾨르가 말한 "적절한 등가"에 도달했다고 느낀다면 만족에 최대한 근접한 셈이다. 번역된 시는 여전히 원문 시와 '같은 시'로 인정받지만, 실제로는 어떻게 보든 '같은 시'일 수 없다.

물론 한국어가 한국 작품의 '한국성'이 의미하는 것의 전부는 아니다. 한국 시나 이야기에 담긴 삶의 경험 혹은 '문화'는 번역 불가능한 방식으로 매우 한국적인 경우가 많다. 무언가를 번역하는 '올바른' 방식은 하나가 아니다. 특히 시가 그렇다. (문법적으로 오류투성이가 아니라는 가정하에) 한 번역을 다른 번역과 비교하고 그중 하나가 더 '나은' 번역이라 판정하는 접근법에서도 올바른 방식은 하나가 아니다. 그런데도 모두 각자 내키는 대로 번역해놓고 이후 '번역 이론'이라는 것을 만들어서, 자신의 접근법이 유일하게 옳고 다른 사람들은 다 틀렸다고 증명하려 든다.

내 나름의 '번역 이론'은 문학 번역 과정에서 시인 혹은 작가가 선택한 단어 하나하나에 극도의 주의를 기울이며 원문을 계속 '꼼꼼하게 읽어야' 한다는 것이다. 한국어와 영어는 '단어 대 단어 번역'이 쓸모없는 개념이 될 정도로 서로 다르지만, 번역가가 아무렇지 않다는 듯 단어를 건

너뛰거나 무시하거나 대체해서는 안 된다는 게 내 믿음이다. 물론 원문의 리듬과 소리까지도 정확히 재현해야 '좋은' 번역이라고 주장하는 이들도 존재한다. 망명 시인이었던 러시아인 조지프 브로드스키(Joseph Brodsky)가 대표적인 예다. 그는 자신의 러시아어 시를 번역하면서 영어 화자들이 옳다고 여기는 것과 전혀 다른 모습의 영어를 고집했다. 구약 성경 번역에서도 번역문의 문법은 성스러운 히브리어 텍스트의 문법이 되어야지 도착어의 자연스러운 문법이어서는 안 된다고 고집하는 이들이 있다. 나는 이것이 좋은 생각이라고 여기지 않지만, 결국 반박하기 위해서라도 한 번은 언급할 필요가 있다. 시 번역에서는 원문의 리듬, 소리, 문법에 구속되지 않아도 될 충분한 이유가 있다. 이것들이 대개 부차적이고 '번역 불가능'하기 때문이다.

여기서 시 번역 과정의 매우 중요한 측면을 언급하고자 한다. 시는 단어와 문법을 사용하는 방식이 소설과 전혀 다르다. 많은 한국 현대 시는 심지어 한국인들조차 이해하기가 무척 어렵다. 젊은 시인의 작품은 더욱 그렇다. 내 머릿속에 한국어 사전이 통째로 들어 있는 것은 물론 아닐뿐더러 한국의 구어(口語)를 온전히 담은 사전조차 존재하지 않는 형편이니, 한국의 시어(詩語) 사전 같은 것은 당연히 없다. 그러니 아무리 열심히 노력해도 나는 이해할 수 없다고 절망하든지 (더욱 나쁘게도) 이해했다고 착각하고 만다. 문제가 있는 걸 예기치 않게 알았다 해도 어떻게 할 수 있을까? '평범한' 한국인에게 어려운 시, 시행이나 단어를 설명해달라고 하면 대개 하지 못한다. 그렇다고 5분에 한 번씩 시인에게 전화를 걸 수도 없는 노릇이다. 게다가 시인들 역시 설명은 영 서툴다. 그리하여 나는 내 번역을 읽고 원작과 비교해 실수를 잡아내고 대안을 제시해주는, 드물게 유능한 한국인들에게 무한히 감사할 수밖에 없다. 그들은 문학적 영어가 상당한 수준인 동시에 한국 현대 시를 잘 아는 독자다. 그들이 없다면 나는 자주 길을 잃고 말 것이다. 그러니 혼자서 번역해내려고 하지 말아야 한다는 게 내 생각이다. 번역은 언제나 공동체로서 작업해야만 하는 일이다. 또한 나는 번역이 모국어 방향으로만 가능하다고 생각한다.

유럽 상징주의나 모더니즘에 역사적 뿌리를 두고 있음에도 한국 시의 '이국성'은 퍽 분명하다. 고은의 〈만인보〉, 신경림의 〈농무〉, 이시영의 여러 작품, 그 외 수많은 시인의 주제는 한국인 특유의 삶과 역사 경험, 상실과 모욕, 기쁨과 인간관계에서 나온다. 일본 식민 통치, 한국전쟁, 분단, 독재, 사회변혁 등 다양한 인간 삶의 경험과 대면해온 한국 시인은 영국이나 미국 시인과 같은 토대 위에 서 있지 않다. 똑같이 영어로 시를 쓴다 해도 아일랜드나 자메이카 시인이 영미 시인과 같은 토대 위에 서 있지 않은 것처럼 말이다. 한국 시는 완전히 다른 전통 위에 형성되었다. 독자도 다르고 말하는 방식도 다르다. 최근 한국 페미니스트의 '고백 시'는 앤 섹스턴(Anne Sexton)이나 실비아 플라스(Sylvia Plath)를 연상시키지만, 그렇다고 이들과 같은 작업이 이루어진다거나 한국 여성 시인들이 같은 경험에 대해 같은 반응을 표현한다고는 할 수 없다.

시 번역가의 과제를 특별하게 만드는 또 다른 요소는 시가 시인이라는 한 개인의 손으로 쓰인다는 점이다. 시는 특정 언어를 사용하고 특정 문학 전통 아래 놓인 특정 개인의 마음속에서 일어나는 창조 과정의 산물이다. 이러한 시는 단어와 의미, 소리와 감각으로 구성되어 하나를 이룬다. 단어 없이 의미를 만들 수 있는 사람은 없다. 더 나아가 시인의 단어들은 감각과 소리를 모두 고려해 선택된다. 한국을 포함해 많은 문화에서 시는 구어적 특징을 지니고 노랫말이 되는 경우도 많기 때문이다. 소리와 의미의 상대적 중요도 또한 다양한데, 이는 대부분 혹은 모든 문화에서 시의 종류가 다르기 때문이다. 대개 서정시는 단어 및 단어들 흐름의 조화로운 소리에 의존하지만, 풍자시나 철학 시, 이야기 시는 선택된 단어들의 의미에 더 크게 의존한다. 결국 시인의 능력은 시가 만들어지는 방식에서 드러난다. 시가 마음이나 상상에서 순간적으로 완성되든 오랜 연마와 수정의 결과든 무관하게 말이다. '시인'(poet)이라는 단어의 본래 의미가 '만드는 사람'(maker)이라는 점을 우리는 늘 기억해야 할 것이다. 이는 원작과 번역작 사이의 핵심적 차이가 되기도 한다.

번역된 단어들은 자유롭고 창조적인 흐름에서 나오지 않는다. 읽고 또 읽으면서 이해하려 노력하고, 다른 언어의 단어와 문법을 사용해 (어쩔 수 없이 대부분 의미적 수준에서) 원작 시를 흉내 내고 재창조하는 힘겨운 타협의 결과물이다. 번역가는 원작자 시인이 아니다. 작업 결과물을 '번역' 아닌 '편역'(version)이라 부른다 해도 시인을 배신하고 자유로이 작업할 가능성은 주어지지 않는다. 위대한 시인이 누리는 위대함은 아무리 재능 있는 번역가라 해도 누릴 수 없는 종류의 위대함이다. 번역가는 설사 그가 에즈라 파운드(Ezra Pound)나 알렉산더 포프(Alexander Pope), 존 드라이든(John Dryden)이라 해도, 그리하여 그들이 그랬듯 좁은 의미의 '충실성'을 의식적으로 거부한다 해도 완전한 창조적 자유를 누리지 못한다. 어쩔 수 없이 번역가는 원작의 그림자 아래에서 원작을 '정확하게' 재현하라는 요구와 늘 씨름하고 있다. 어떻게 하든 결국, 원작과는 다른 소리와 리듬, 단어와 문법을 지닌 새로운 시를 만들게 될 것을 알면서, 그럼에도 그 시는 여전히 책 표지에서부터 번역가가 아닌 원작 시인의 작품으로 여겨지게 된다는 것을 알면서 말이다. 이렇게 보면 번역 작업은 '창조적 글쓰기'라기보다는 모방이나 패러디에 더 가깝다.

우리는 〈Problems of Translation(번역의 문제들)〉(1955)에서 블라디미르 나보코프(Vladimir Nabokov)의 "가장 서툰 직역이 가장 멋진 의역보다 천배는 더 유익하다"라는 말에서 위안을 찾아야 할지도 모르겠다. 나보코프와 브로드스키는 러시아 시와 소설의 자유로운 재창조 번역을 가장 크게 공격한 인물이었다. 편역 혹은 각색으로 정당화되는 이런 결과물에 대해 나보코프는 가차 없는 비판을 쏟아냈다. "무엇을 위해 바꾸고 조정한다는 것인가? 바보 같은 독자의 눈높이에 맞춰? 훌륭한 취향의 요구에 따라? 번역가 자신의 능력 수준에 맞춰?" 나보코프는 의역이나 어휘적 번역(lexical translation)과 대비되는 직역을 강하게 옹호하며, "원작 언어가 갖는 연상적·구문적 특징을 가능한 한 최대로 가깝게 구현하면서 원작의 맥락적 의미를 정확히 전달하는 것, 이것만이 진정한 번역"이라고 했다. 충실한 근접 번역이 만들어낸 결과물을 '가독성'이라는 구실로 '개선'하고 싶어질 때마다, 우리는 나보코프의 이 말을 기억해야 할 것이다. 원작의 러시아어가 완벽하게 담겨 있는 영어 번역을 보고자 했던 나보코프와 브로드스키의 바람은 격한 논란을 불러일으켰다. 하지만 이 도전을 너무 가벼이 거부해버리지 않는 것도 중요하다.

'충실한' 번역과 '가독성 있는' 번역의 대립은 최종적인 해결이 불가능한 문제다. 에드워드 피츠제럴드(Edward Fitzgerald)가 번역해 1859년에 최초 출간한 페르시아 시 《Rubáiyát of Omar Khayyám(오마르 하이얌의 루바이야트)》은 '자유로운 번역', 오늘날 용어로는 '현지화'의 가장 유명하고 악명 높은 사례다. 그렇지만 영어로 번역된 작품으로는 성경 이후 가장 오래 성공적으로 살아남은 사례이기도 하다. 140년이 지난 현재에도 아마존 사이트에서 20여 종류가 판매되고 있으니 말이다. 그럼에도 피츠제럴드의 창조적 자유가 어느 정도였는지는 인식할 필요가 있다. 그는 친구 에드워드 바일스 코웰(Edward Byles Cowell)에게 보낸 편지에서 자신의 번역 방식을 분명히 드러냈다. "내 번역은 형태도 그렇고 여러 세부적 측면에서도 자네에게 관심 있을 걸세. 직역과 무척 거리가 먼 번역이거든. 4행시 여러 개를 뒤섞기도 했지. 작가가 그토록 중시했던 단순성이라는 것도 좀 손상되었다는 생각이네"(1858년 9월 3일), "번역하면서 이렇게 큰 고통을 당한 사람은 거의 없을 걸세. 직역을 위한 고통은 아니었지만 말일세. 어떤 대가를 치르든 작품은 살아 있어야 해. 원작의 삶을 더 좋게 보존할 수 없다면 나름의 나쁜 삶을 집어

넣어서라도 그렇지. 박제된 독수리보다는 살아 있는 참새가 나은 걸세"(1859년 4월 27일)라고 쓴 것이다.

여기서 우리는 위로받을 수 있다. 우리의 번역이 독수리처럼 당당히 날아오르지 못하고 그저 다른 문화와 언어에 다른 종류의 시가 존재함을 가리키는 사소한 참새 날갯짓이 된다 해도 우리는 행복해야 한다. 어떻게 작업을 했든 우리 번역의 흠을 찾아내고 비판하는 고약한 이들은 늘 존재하기 마련이다. 그 말에 상처 입어서는 안 된다. 참새들은 독수리처럼 높이 날지 못한다고 슬퍼하지 않는다. 덕분에 총을 맞고 박제되어 거실에 장식될 일이 없다는 걸 알기 때문이다. 번역가로서 "번역은 불가능한 과업이지만, 나는 최선을 다했고 나만의 가치 있는 결과물을 만들었다"라고 말할 수만 있다면 그것으로 충분하다. 번역은 자기 과시가 아닌 겸손한 봉사다. 조지 채프먼(George Chapman)은 존 키츠(John Keats)가 그의 호머 번역에 열광적 찬사를 보내고 불멸의 존재로 만들어주기까지 여러 세기를 기다려야 하지 않았는가? 박제된 독수리가 되어 먼지를 뒤집어쓰고 싶은 사람이 누가 있겠는가? 그저 우리의 참새가 짹짹거리며 살아 있도록 할 뿐 더 이상의 보상을 찾아서는 안 될 것이다. 우리가 번역한 시들이 오래도록 살아남기를!

한국문학 작품의 영어 번역

여기서부터는 지난 120년 동안 한국에서 쓰인 소설과 시의 역사, 그리고 그 작품들이 영어로 번역된 역사에 초점을 맞추고자 한다. 그 세월 동안 한국에서 등장한 '근대' 소설과 시는 상당한 분량이다. 하지만 이들 작품이 한국에서든 해외에서든 영어로 번역되어 출판된 수는 상대적으로 무척 적다.[1] 한국문학 번역의 역사를 다룬 학술적 논문은 극히 드물고, 번역된 작품을 빠짐없이 정리한 목록조차 찾기 어렵다. 나는 이미 여러 차례 '한국문학 번역의 역사'를 주제로 강연했고, '문학'이라는 용어가 '소설과 시 작품'이라는 의미로 사용되는 것에 의문을 제기한 바 있다. 세계 각지의 대학에서 다루어지는 영어 '문학'은 베어울프(Beowulf) 아니면 제프리 초서(Geoffrey Chaucer)에서 시작해 데이비드 허버트 로런스(David Herbert Lawrence)와 버지니아 울프(Virginia Woolf)에서 끝나는 경향이 지금도 여전하다. '문학'은 고전적·학문적 느낌을 주는 단어다. 런던의 서점에서 '문학'이라는 단일 분류 안에 시와 현대 소설 작품을 함께 놓고 판매하는 일은 전혀 없다. 그러니 문학이라는 말 대신에 한국 소설과 시 혹은 '한국에서 쓰인 작품'이라고 부르도록 하자.

1900년 이전까지는 찬사와 명예를 좇는 이들이 주로 남자였고, 중국 고전을 뒤따라 한문 작품을 썼다. 더 낮은 신분의 독자와 덜 우아하게 소통하려는 이들은 언문(한글)을 사용했고, 대개 여자였다. 문제는 오늘날 한국인 중 과거에 쓰인 한국 작품 원본을 한자로든 한글로든 읽을 수 있거나 읽으려 하는 사람이 사실상 없다는 것이다. 지금까지 전해지는 한문 시, 무수한 에세이, 19세기 서울 사람들이 세책점에서 빌려 읽던 한글 소설의 조악한 인쇄본은 소수 학자의 연구 대상일 뿐 아무에게도 읽히지 못하는 상태다. 전근대 한국 소설의 경우 19세기 말에 갑자기 사라지는 일 없이 계속 읽혔고, 근대 소설의 토대가 된 신소설 탄생에 다양한 영향을 미쳤음에도 말이다. 오늘날 이런 작품을 즐길 거리로나 내적 성장을 위해서나 열심히 읽는 한국인이 누가 있는가? 중국에서 쓰인 작품의 권위를 인정하며 수 세기 동안 한국 선비들이 지어낸 한문 정형시 수천 편까지 생각하면 더 말할 것도 없다.

지난 5년 사이에 한국 전근대 작품인 작자 미상(최근 강민수의 연구는 허균을 작가라고 여겼던 통념이 오류임을 명확히 보여준다)[2]의 《The Story of Hong Gildong(홍길동전)》[3], 그리고 하인즈 인수 펜클(Heinz Insu Fenkl)이 번역한 김만중의 《The Nine Cloud Dream(구운몽)》[4]이 펭귄 클래식에서 출판된 것은 무척 반가운 일이다. 학자나 학생에 한정되지 않은, 영어권 일반 독자를 겨냥한 판본이다. 이전 시기의 이 작품들이 훌륭한 '세계문학 고전'으로서 읽히도록 하려는 편집자들의 의도가 엿보인다. 이는 하나의 시작점이 될 것이다.

오래전에 유명세를 떨친 한국 시인 중 한 명이 고려 시대의 이규보다. 한국문학 작품을 번역한 최초의 서구인 제임스 스카스 게일(James Scarth Gale)은 이규보의 시를 완역한 후, 1930년경 런던의 한 출판사에 출간을 제안했다. 하지만 대공황 시기였던 탓에 거절당하고 말았다. 아마 원고를 살펴보지도 않았을 것이다. 이 원고는 아직도 미출판 상태로 토론토대학교 도서관에서 잠자고 있다. 같은 작품을 케빈 오로크(Kevin O'Rourke)가 번역했을 때는 조금 더 운이 좋아 코넬대학교 출판부의 동아시아 시리즈(Cornell East Asia Series)로 출판되었다. 하지만 홍보나 배포가 (아마도 서평도) 전혀 이루어지지 않은 비밀의 책이 되어 두꺼운 도서 목록 뒤쪽에 박혀버렸고, 이 책의 존재를 아는 독자만이 찾아 읽을 수 있는 형편이다.

토론토대학교에서 미술을 전공한 게일은 1888년, YMCA 선교단의 일원으로 한국에 도착한 뒤 한국어 회화와 함께 한문 읽기를 익혔다. 그는 캐나다의 시골 초등학교 학생이던 시절, 《걸리버 여행기》《신드바드》와 함께 번즈, 캠벨, 콜리지, 워즈워스, 롱펠로 등의 시를 읽도록 한 스코틀랜드 출신 선생님 덕분에 시에 눈을 떴다. 고등학생일 때는 선생님이 무척 강렬한 어조로 낭송하는 셰익

스피어를 감상했다고 한다. 이런 영향으로 게일은 문학, 특히 시에 예민한 감각을 지니게 되었는데, 이는 당시 한국에 와 있던 북미 선교사 누구에게서도 찾을 수 없는 능력이었다. 1895년 4월 그는 짧은 한국 시 한 편을 최초로 영어 번역해 《Korean Repository》에 발표했다. 특별히 뛰어난 시는 아니었지만, 그 뒤에 숨은 게일의 한탄은 주목할 만하다. 한 해 전에 과거제가 폐지된 것에 대한 한탄이었다. 게일은 후임 선교사이자 그의 전기[5]를 쓴 리처드 러트(Richard Rutt)와 마찬가지로 중국의 문학 전통에 매료되어 있었다. 1900년 왕립아시아학회 한국 지부의 최초 강연자가 된 그는 "한국 문화는 중국 문화다"라고 주장했다. 이후에는 과거제 폐지가 진정한 한국 문화의 종결을 의미한다면서, 과거라는 동기 부여가 사라지면 중국 고전을 익히려는 사람이 아무도 없게 된다는 내용의 글을 썼다. 다른 선교사들의 굳은 믿음과 달리 그에게는 근대 교육이 도입되면 새롭고 더 좋은 시대가 시작될 것이라는 생각이 전혀 없었다. 그저 옛 중국의 고전 학습이 사라지는 것을 슬퍼할 뿐이었다.

게일이 영국의 출판사들을 통해 번역서 두 권을 낼 수 있었다는 점은 캐나다 출신이라는 이력, 그리고 당시의 장거리 우편 상황을 고려했을 때 퍽 놀라운 일이다. 1913년 임방과 이륙이 쓴 이야기들을 게일이 번역한

《Korean Folk Tales(한국 민담)》가 J. M. Dent & Sons에서 출간되었다(사실은 민담이 아니라 중국의 이야기를 흉내 내어 쓴 야담의 초기 형태였다). 더 중요하게는 김만중(게일은 Kim Man-Choong이라고 작가명을 표기했다)의 《구운몽》을 번역한 《The Cloud Dream of the Nine》이 1922년에 Daniel O'Connor에서 출간되었다는 것이다.

게일은 1917년 초부터 1919년 4월까지 나온 월간지 《The Korea Magazine》의 발행인이자 편집장으로서 여기에 자신의 번역 작품을 많이 실었다. 〈Choon Yang(춘향)〉은 1917년 9월부터 1918년 7월까지 연재되었다. 이것이 그의 가장 성공적인 번역 작품이라 할 만하지만, 《The Korea Magazine》의 독자가 극히 소수인 데다가 해외 도서관에 소장되지 못했고 재발행되지도 않은 탓에 2021년에 내가 스캔본을 만들어 내 홈페이지에 올리기 전까지 아무도 볼 수 없었다. 흥미로운 점은 이것이 조선 시대 판본이 아니라, 1912년 1월에서 7월까지 《매일신보》에 연재되고 같은 해 보급서관에서 출간된 이해조의 신소설 《옥중화》를 번역했다는 데 있다. 게일은 20세기에 쓰인 한국문학에는 아무런 관심이 없었고 그 앞선 시대 작품을 주로 번역했던 인물이다. 〈옥중화〉가 오래된 전통 이야기의 단순한 재인쇄가 아니었다는 점을 그가 알고 있었는지는 확실치 않다.

게일은 동시대에 쓰인 한국문학 작품에 전혀 무관심했고, 그 작품들에 등장하는 근대적인 구어(口語)를 싫어했다.* 그는 한국이 새로운 삶의 가치관을 지니도록, 그리고 자신이 애정을 지닌 서구 작품들에 자극받아 새로운 쓰기 방식을 개발하도록 돕고자 했던 것 같다. 영어를 한국어로 옮기는 번역이 (성서를 한국어로 번역하는 작업을 제외한다 해도) 그의 주된 활동이었던 이유도 여기 있었을 것이다. 한국을 잠시 떠나기 직전인 1895년, 그는 존 버니언(John Bunyan)의 《Pilgrim's Progress(천로역정)》 번역본 1부를 출판했다.** 1924년에는 요한 데이빗 위스(Johann David Wyss)의 《The Swiss Family Robinson or Adventures on a Desert Island(스위스 로빈슨 가족의 모험)》를, 이듬해인 1925년 워싱턴 어빙(Washington Irving)의 〈Rip van Winkle(립 밴 윙클)〉과 월터 스콧(Walter Scott)의 〈The

---

* 게일의 무수한 번역과 저술을 상세히 다루는 것은 불가능하다. 대부분은 여전히 미출간 상태다. 관심 있는 사람은 대니얼 피퍼(Daniel Pieper)가 엮은 《Redemption and Regret: Modernizing Korean in the Writings of James Scarth Gale》(University of Toronto Press, 2021)에 실린 게일의 유산에 대한 매우 섬세하고 광범위한 논의들, 그리고 함께 수록된 게일의 에세이 모음 〈Pen Pictures of Old Korea〉 및 〈Old Corea〉를 참고하라.

** 2부는 1920년 릴리아스 호튼 언더우드(Lillias Horton Underwood)가 출간했다. 언더우드는 《Strange Case of Dr. Jekyll and Mr. Hyde(지킬 박사와 하이드 씨)》를 번역하기도 했다.

Tapestried Chamber(양탄자 걸린 방)〉가 함께 실려 있는 《Book of Strange Stories(영미신이록-영국과 미국의 괴담)》와, 프랜시스 호지슨 버넷(Frances Hodgson Burnett)의 《Little Lord Fauntleroy(소공자 폰틀로이)》, 대니얼 디포(Daniel Defoe)의 《Robinson Crusoe(로빈슨 크루소)》, 월터 스콧의 《The Talisman(부적)》을 번역했다. 다른 선교사들이 그랬듯, 게일 역시 한국이 뒤처진 미개발 국가이고 후진성을 극복하려면 서구 근대성, 구체적으로는 프로테스탄트 기독교, 미국 민주주의, 서구식 교육, 대중적인 서구 고전 문학의 도움을 받아야 한다고 느꼈음이 분명하다.

지금까지 게일을 다룬 것은 그의 한국 작품 번역이 한국문학 전통에 대한 세계의 인식에 최소한의 영향을 미치는 데 그쳤음을 강조하기 위해서였다. 한국어로 옮긴 번역은 조금 더 큰 영향을 발휘했을까? 그랬다고 해도 분명 미약한 수준이었다. 게일의 시 번역을 수정해 (기생이 쓴 시 번역까지 포함해) 조앤 사벨 그릭스비(Joan Savell Grigsby)가 1935년 일본에서 출판한 한국 고전 시선집 《蘭閨(The Orchid Door)》라는 사소한 예외를 제쳐둔다면, 1971년까지 외국인이 번역한 한국문학 책이 한 권도 없었다는 점을 나는 가장 중요하게 지적하고자 한다.

1971년에 이르러서야 미국 감리교 선교사 에드워드 포이트러스(Edward Poitras)가 박두진의 시를 번역한 《Sea of Tomorrow(내일의 바다)》가 일조각에서 출간되었다. 같은 해에 더욱 학구적이었던 영국 성공회 선교사 리처드 러트는 운 좋게도 미국 캘리포니아대학교 출판부에서 《The Bamboo Grove: An Introduction to Sijo(대나무숲: 시조 입문)》를 출판할 수 있었다. 얼마 지나지 않은 1974년, 아일랜드 가톨릭 사제 케빈 오로크가 역시 중앙출판공사에서 《Where Clouds Pass By: Selected Poems of Cho Byung-Hwa(구름이 지나는 곳: 조병화 시선)》를 펴냈다. 그리고 1983년에 이르러 미국에 거주하는 브루스 풀턴과 한국인 아내 윤주찬이 한국의 단편선 첫 번역인 성기조의 소설집 《Debasement and Other Stories(모독 외)》를 출간했다.

외국인 손으로 이루어진 이들 번역에 앞서 영어로 번역된 한국 작품 몇 개가 한국에서 출판되었다. 최초의 한국 시 번역 선집은 등사기로 찍고 옛날 방식대로 실로 장정한 변영태의 《Songs from Korea(한국 노래)》로, 1936년 판이다. '옛 노래'(조선 시대 시) 102편 번역으로 시작해 번역가 자신이 쓴 영시들로 이어지는 구성이다. 1892년에 태어나 1969년에 사망한 변영태는 한국전쟁 대부분의 기간 동안(1951~1955) 외무부 장관을 지냈고, 1954년에는 국무총리를 겸임하기도 했다. 그는 옛 한국 시를 영어로 번역한 최초의 한국인이었고, 한국 총리를 지낸 문학 번역가로서도 지금까지 유일하다.

이후 1948년, 정인섭이 시인 백 명(그중 다수가 오늘날 잊힌 존재다)의 시 125편을 번역해 문화당에서 《An Anthology of Modern Poems in Korea(한국 근대 시선)》를 냈다. 정인섭은 1929년에 와세다대학 영어과를 졸업하고, 1946년까지 연희전문에서 가르치며 여러 문인협회와 학술협회에서 활동했다. 한국전쟁 시기에는 런던대 SOAS(School of Oriental and African Studies)에서 석사 과정을 밟으며 강의했다. 1954년 국제펜클럽* 한국 본부가 만들어질 때 창립자 중 한 명이었고, 1956년에는 초대 회장을 맡았다. 서울대에서 가르치다가 1957년에 중앙대로 옮겨 1968년에 퇴직했다.

정인섭은 한국 근대 시 번역 이후 십 년이 지나 최초의

---

* 국제펜클럽(International PEN)은 국제 문학인 단체로, 1921년 영국 런던에서 창립되었다. 세계 각국 작가들간의 우의를 증진하고 상호 이해를 촉진하는 목적으로 설립되었다. 펜(PEN)이라는 이름은 본래 '시인'(Poets), '수필가'(Essayists), '소설가'(Novelists)의 머릿글자를 따와 만든 것이지만, 현재는 장르 구분 없이 번역가, 언론인, 역사가 등 작가 일반을 포함하고 있다. _역주

한국 근대 단편소설 영어 번역 선집인 《Modern Short Stories from Korea(한국 근대 단편소설)》를 문호사에서 출판했다. 생존하는 한국 근대 시인 한 사람의 작품을 영어로 번역한 최초의 책은 조병화의 시를 담은 《Before Love Fades Away(사랑이 가기 전에)》(창신문화사, 1957)이고, 뒤이어 《Selected Poems of Kim So Wol(김소월 시선)》(성문각, 1959)이 나왔는데, 둘 다 김동성이 번역했다. 한국의 만화가, 번역가, 언론인, 정치인이었던 김동성은 1908년 미국으로 가 오하이오주립대학에서 언론학을 공부했다. 1919년 서울로 돌아와 《동아일보》 창립 멤버가 되었고, 1948년에는 대한민국정부 초대 공보처장을 지냈다.

피터 현(Peter Hyun)은 1960년 런던에 있는 존 머레이(John Murray) 출판사에서 《Voices of the Dawn: A Selection of Korean Poetry from the Sixth Century to the Present Day(여명의 목소리: 6세기부터 현재까지의 한국 시선)》를 냈는데, 이는 한국 시 번역 최초로 온전히 서구 출판사에서 발행된 책이었다. 피터 현은 1927년 현재의 북한 땅에서 태어나 한국전쟁 때 미국으로 유학했다가 1952년 유럽으로 이주했다. 1964년에는 피터 리(Peter H. Lee)가 뉴욕에 있는 존 데이(John Day) 출판사에서 《Anthology of Korean Poetry: From the Earliest Era to the Present(한국 시선: 고대부터 현대까지)》를 냈다. 피터 현과 마찬가지로 피터 리도 성인기 전체를 한국 밖에서 보냈다. 한국학이 아직 서구 대학에 등장하지 않은 때였고, 이들 최초의 해외 출판물들은 거의 영향을 미치지 못했다.

따라서 20세기 첫 70년 동안 한국 사회가 소설 및 시와 함께 겪은 모든 중대한 전환은 어느 서구인도 모르는 상황에서 이루어졌다고 할 수 있다. 당시의 작품이 번역·출간되는 일은 없었다. 진보와 발전은 이미 당시 한국 작가들의 핵심 방향이었다. 이인직, 이해조, 최찬식 등 신소설 작가들의 작품은 내용, 형태, 스타일에서 혁신적 시도를 드러냈다. 하지만 여전히 전근대의 이야기체에 크게 의존하는 모습이었다. 1917년 이광수의 《무정》이 나왔을 때에야 유의미한 돌파구가 마련되었다. 이광수는 소설 작품을 통해 조선의 전통 가치와 관습을 비판했고, 자유연애와 개인의 자아실현 같은 서구 근대 개념을 지지했다. 한국의 근대 문학사 연구에서는 일본의 영향을 언급하지 않으려는 경향이 매우 강하고, 친일 입장을 취했다는 이유로 이광수를 매도하기도 한다. 그러나 식민국 일본이, 부패하고 후진적이며 무지했던 말기 조선의 특성을 지적하며 메이지 유신의 방향을 강조한 것은, 젊은 한국 작가들이 후회나 상실감 혹은 국가에 대한 배신감 없이 과거에 등을 돌리고 진보를 추구하도록 만든 최소한의 기폭제 역할을 담당하지 않았을까?

오늘날의 한국 비평가들은 염상섭이 개인의 발견을 강조하면서도 리얼리즘의 치밀함을 성실히 구현하고, 한국의 세대 간 갈등을 탐구했다고 말한다.[6] 하지만 2006년에 영어로 번역된 그의 작품 《Three Generations(삼대)》[7]가 지루하기 짝이 없다는 점은 언급하지 않는다. 현진건은 사회와 개인의 관계를 파고들었고, 나도향은 궁핍한 시대 보통 사람의 삶을 사려 깊게 분석했으며, 최서해는 소외된 계층의 격분과 저항을 열정적으로 그려냈다. 염상섭, 채만식, 김남천은 한국인 모두의 운명과 나란히 흘러가는 한 가문 여러 세대의 연대기를 썼다. 이상, 최명익, 허준은 심리 소설의 지평을 넓혔고 이태준과 이효석은 단편소설의 섬세한 미학을 보여주었다. 한편 강경애, 백신애, 김말봉, 박화성 등의 여성 작가는 식민 치하 빈곤 상태에서 고통받는 여성의 모습을 설득력 있게 그려내 '여성 문학'에 크게 이바지했다. 이 모든 사례에서 알 수 있듯 한국 작가들은 그 사회의 특징적 긴장 관계를 그려내고자 분투했다.

20세기 초 시인들은 전통 한시와 시조로부터 새로운 것으로 나아가야 하는 도전에 당면했고, 일본어(이후 한국어)로 번역된 19세기 말의 프랑스 상징시가 한국 자유시 창작에 중요한 역할을 했다. 프랑스 상징주의 시를 소개하고 한국의 '자유시'를 쓰도록 가르친 인물은 단연 김억(1896년생으로, 1950년 북에 끌려간 후 사망했다)이다. 그는 1921년, 한국 최초의 근대적 번역 시집 《오뇌(懊惱)의 무도(舞蹈)》를 출간했다. 폴 베를렌(Paul Verlaine)의 시 21편, 레미 드 구르몽(Remy de Gourmont)의 시 10편, 알베르 사맹(Albert Samain)의 시 8편, 샤를 보들레르(Charles Baudelaire)의 시 7편, 윌리엄 예이츠(William Yeats)의 시 6편 등을 매우 자유롭게 번역해 실은 책이었다. 1923년에는 김억 자신이 쓴 근대 한국 시를 모은 첫 시집 《해파리의 노래》가 나왔다. 오늘날의 한국에서 김억은 친일 행적을 의심받으면서, 훗날 북한 편으로 돌아선 시인을 넘어 아예 버림받은 인물이 되어버렸다. 이는 그의 역사적 중요성과 영향력을 고려했을 때 문제가 아닐 수 없다. 김소월은 김억이 오산학교에서 가르친 제자였고, 두 사람의 관계는 김소월이 사망하는 1943년까지 막역하게 유지되었다. 김억은 1923년 《기탄잘리》를 번역해 타고르를 한국에 소개하기도 했다. 그의 타고르 번역이 만해 한용운의 〈님의 침묵〉에 주된 영감을 주었다는 면에서 김억의 의미는 더욱 특별하다. 오늘날 김소월과 만해는 한국인 대부분이 잘 알고 추앙하는 시인들이지만, 이는 〈진달래꽃〉과 〈님의 침묵〉을 항일 애국 작품으로 오독한(실은 전혀 그렇지 않다), 비교적 가까운 시대의 산물임을 알아야 한다. 김억과 같은 작가의 작품들에 마음이 끌린다고 말하는 한국인은 현재 아무도 없다. 이들 작가의 이름은 역사적 의미 때문에 교과서에 실려 알려졌을 뿐이지, 그 작품은 전혀 읽히지 않는다.

일본 식민지 시기 내내 한국인은 한국어 혹은 한국어 글쓰기의 미래에 거의 희망을 품을 수 없는 상황이었다. 학교에서 국어는 일본어였고, 국문학은 일본문학이었으며, 교육도 일본어로 이루어졌다. 한국 지식인 다수가 일본에서 공부하기를 열망했다. 한국에서는 거의 찾을 수 없는 '근대성'과 직접 만날 수 있는 곳이었기 때문이다. 당시 일본은 국제 문화 교류에서 이미 중요한 일부가 되어 있었다. 타고르가 일본에서 여러 차례 낭송회와 강연을 했고, 뉴욕 심포니 오케스트라가 동경에서 공연했다(시인 김영랑은 오로지 그 공연을 감상하기 위해 토지를 팔아 마련한 여비로 일본에 갔다). 당시 일본과 한국에서 진보와 사회 변화를 지향하는 강력한 세력 중 하나가 사회주의·공산주의·마르크시즘이었다. 그 영향을 크게 받은 한국 작가들은 미학에 치중한 전통적 성향의 동시대 작가들과 완전히 다른 길을 걸었다. 임화, 이상, 박태원은 1925년에 만들어진 조선프롤레타리아예술가동맹(KAPF)의 창립자이자 핵심 구성원으로, 문학을 사회주의 건설의 도구라 생각했다. 일본이 1935년에 이 동맹 활동을 금지했지만, 그 사상은 한국전쟁 시기까지 이어졌다. 이상은 1937년에 사망했다. 임화는 1947년에 북으로 갔다가 전쟁이 터진 후 북한 인민군과 함께 서울로 돌아오기도 했으나, 1953년 미국 첩자 혐의로 북한에서 처형당했다. 박태원은 38선을 넘어 북으로 가 평양문학대학 교수로 일하며 글을 썼다. 1956년 숙청되어 저술이 금지되었지만, 1960년 복권되었고, 1986년 7월 10일 북한에서 사망했다.

다른 한국 시인들은 고도로 미학적인 시 안에 울분과 비탄을 표현하는 길을 선택했다. 식민 치하 일상적 삶의 현실을 직접 언급하지는 않았다. 박용철, 김영랑, 정지용 등은 언어적 정제와 리듬 탐색을 시 창작의 중심 과업으로 여겼고, 예술로서의 문학에 대한 인식을 높였다. 이어 김기림, 김광균, 장만영이 보다 모던한 감성으로 시를 쓰기 시작했다. 1930년대 말 '청록파'라고 알려진 박목월, 조지훈, 박두진 시인은 자연의 아름다움에서 영적 위로를 찾았다. 서정주가 극도로 섬세하고 멜랑콜리한 시를 쓰기 시작한 것은 미학적 분위기가 이렇게 무르익은 때였다.

맥락의 변화, 스타일의 변화

문학사 기술에서 핵심이 되는 두 단어가 '영향'과 '모방'이다. 두 단어 모두 이중적 의미를 지닌다. 한편으로는 글을 쓰는 작가에게 미치는 역사적·사회적 맥락으로, 이는 주제와 감정에 직접적인 '영향'을 준다. 이와 함께 작가가 글을 쓰기에 앞서 읽는 모든 문학 작품의 영향도 존재한다. 문학 작품은 홀로 태어나지 않는다. 작품 간의 상호 대화가 이어지는 가운데 만들어지는 것이다. 앞선 모델이 이후 작가들을 자극하고 독려하고 이끄는 역할은 복합적이다. 해럴드 블룸(Harlod Bloom)은 "영향의 불안"(anxiety of influence), 즉 작가가 선배 작품의 탁월성에 압도되어 도저히 넘어설 수 없을 것이라 느끼는 현상을 언급했다. 서구에서 이런 현상은 오랜 전통이었고, 일차적으로 고대 그리스와 로마 고전의 굳건한 존재감을 가리킨다. 오늘날 그리고 꽤 오랫동안 '모방'은 부정적으로 여겨졌다. 표절처럼 보이기 때문이었다. 하지만 '미메시스'는 여전히 강력한 주제로 남아, 작가들이 외부 현실에 슬픔, 저항, 축하 등으로 반응하며 어떻게 글을 쓰게 되는지 살피도록 한다. 앞서 설명한 내용으로 돌아가보자면, 한국 작가들은 과거 작가들의 작품을 '모방'할 여지가 거의 차단된 상황이었다. 조선 시대 작가들이 중국 고전이라는 모델에 압도적으로 지배당한 것, 르네상스 시기 유럽 작가들에게 라틴 고전이 있었던 것과는 전혀 달랐다.

그럼에도 한국 작가들은 누구나 자기 작품이 어떤 식으로든 동시대의 현실을 반영해야 한다는 점을 늘 인식하고 있었다. 일본 군국주의가 점점 호전성을 띠고 결국 만주와 중국부터 시작해 아태 지역 전체가 전쟁터가 되어버렸던 1930년대와 40년대에 한국 작가들이 당면한 도전을 지금 상상하기란 아마도 불가능할 것이다. 태평양 전쟁 시기 여러 해 동안, 책이나 신문의 한국어 출판이 금지되었다. 결국 전쟁을 끝내고 한국을 해방시킨 것은 치욕스럽게도 독립운동이 아니라 연합국이었고, 예상치 못했던 분단을 낳았다. 그럼에도 해방된 새로운 현실은 일단 새롭고 멋진 기회를 열어주는 듯했다. 문학어 자체가 새로 만들어져야 했고, 작품의 배경이 될 사회 현실은 금세 다 이해되기 어려울 정도로 대폭 바뀌었다.

2006년, 시애틀의 워싱턴대학에서 주목할 만한 전시가 있었다. 1945~1950년에 출판된 한국 소설과 시 백 권 이상이 전시되었는데, 이후 북한으로 간 작가들과 남한에 남은 작가들 작품이 함께 수록된 책도 포함되었다. 그 전시의 카탈로그[8]는 여전히 온라인에서 볼 수 있다. 한국전쟁과 이후의 분단이 없었다면 한국문학의 역사는 분명 전혀 다른 모습이었을 것이다. 격동의 몇 년은 재앙으로 끝났다. 뛰어난 작가들이 대립하는 양쪽 중 하나를 선택했고, 많은 수가 북으로 갔다. 퇴각하는 북한군에 납치되거나 죽임을 당한 이도 여럿이었다.

근대 한국문학의 영어 번역과 출판을 위한 초기 노력, 한국전쟁 직전이나 직후의 노력을 앞서 이미 언급했다. 이들 초기 출판은 일본 식민지 시대 말엽에 단편과 시를 마구잡이로 모은 선집이었다. 전쟁이 끝나자 북한을 지지했던 문인들의 작품 출판이나 번역은 상상하기도 어렵게 되었다. 새로운 상황에서 남한 작가들은 국제적 인지도를 높이려는 시도의 일환으로 국제펜클럽 한국 본부를 창립했다. 초기 영어 번역은 펜클럽 창립 회원들이 수행했다.

분단과 전쟁의 트라우마에 이승만 정권 시기의 정치 폭압과 부패까지 합쳐지면서 문학이 얼마나 큰 영향을 받았던지, 한국 단편 작품의 1세대 번역가들은 외국인 독자에게 한국 소설이 어째서 그렇게 어둡고 세계 어느 곳의 작품과도 다른 모습인지 설명해야 한다는 의무감을 느꼈다. 그 주요 대상은 물론 미국이었다. 당시 한국문학의 유머라곤 없는 우울한 분위기, 비극적 어조, 남한의 현실과 역사를 이미 알고 있으리라 가정한 글쓰기 등의 요소는 서구 독자가 즐겨 읽는 것과 매우 다른 작품을 만들어내며 장벽으로 작동했다. 이에 따라 번역가들은 한국인으로서 자신이 높이 평가하는 문학의 훌륭함을 알리려는 열망이 제한될 수밖에 없으리라는 점을 깨달았다. 한국 비평가와 독자가 아무리 높이 평가한 작품이라 해도 마찬가지였다. 전후의 한국 소설 다수가 전쟁 중에 드러난 인간성과 용기, 분단된 영토와 갈라진 가족에 대한 애도를 다루었다. 이는 한국인을 위해 한국인이 쓴 한국 작품이었다.

1960년 4·19 혁명을 계기로 김수영을 필두로 한 시인들은 보다 동시대적 스타일과 보다 직접적인 사회적 주제를 모색했지만, 1961년의 군사 쿠데타로 검열과 반공산주의 수사가 늘어났다. 이후 몇 해 동안 진보는 급속한 산업화와 도시화로 실현되었고, 이는 시보다는 소설에 새로운 소재를 제공했다. 신동엽, 김수영, 신경림은 빈곤한 이들의 고통에 주목한 사회저항 시의 새로운 흐름을 만들었다. 다만 이들을 명백한 사회주의자라고는 볼 수 없다. 이들의 비전은 김지하와 고은의 작품에 어느 정도 계승되었다. 긴장감이나 유머를 배제한 어두운 '다큐멘터리 리얼리즘', 고통과 소외를 다룬 이야기에 대한 선호는 1990년대 여성 작가들이 노동 계층 여성 혹은 아파트에서 홀로 살면서 서서히 미쳐가는 기혼 여성의 고독과 소외에 관심을 두게 될 때까지 이어졌다. 가벼운 위로조차 찾기 어려운 소설이었다. 한강의 《채식주의자》는 이러한 전통의 마지막 단계라 생각할 수 있다.

이제 조금 더 낯익은 시대까지 내려왔다. 영어 번역이라는 주제로 돌아가자. 해외에서 돌아온 한국인들이 동시대 독자가 애독하는 시와 소설을 외국인에게 소개해야 할 필요를 느끼면서 번역이 시작되었음을 앞서 살펴보았다. 외국인이 한국어를 능숙하게 익히기란 불가능하다는 인식이 그 바탕이었다. 다음으로는 한국어에 숙달해야 했던 유일한 외국인인 소수의 선교사, 그리고 해외에 거주하는 소수 한국인이 번역을 시작했다. 시초가 된 동기는 물론 민족주의적인 것이었다. 태평양 전쟁이 끝난 직후 미국 정부가 특정 종류의 일본 소설을 홍보하면서 일본인에 대한 미국의 인식을 호전적이고 잔인한 전사에서 정교한 아름다움의 애호가, 냉전 시대 소련의 적이자 서구의 동맹으로 바꾸고자 했던 상황은 추가적인 자극제가 되었다. 1968년에 가와바타 야스하리(川端康成)가 노벨 문학상을 받은 것은 한국인들에게 충격이었다(그의 《설국》은 1957년에 이미 영어로 출판되었다). 일본 소설이 서구에서 누리는 명성을 한국인들은 이해할 수 없었고, 무시와 모욕을 당했다고 느꼈다. 서구에서 명성을 얻은 작가는 조국의 이미지를 새롭게 한다는 점을 알았기 때문에, 그들은 한국의 뛰어난 작가들이 한국의 명성에 이바지하길 원했다. 한국 독자가 열광하는 지점이 한국의 트라우마 경험을 공유하지 않은 다른 나라 사람들에게 같은 효과를 내지 못하리라는 점을 미처 모른 채 말이다.

한국과 미국 사이에 새로운 다리가 놓이게 된 가장 중요한 계기는 1960년대 중반에 한국을 찾은 제1차 평화봉사단이었다. 선교사들이 생애 대부분을 한국에서 보내기 위해 한국어를 익히는 것과 달리, 젊은 미국인 봉사자들은 약간의 한국어를 익히자마자 곧 고국으로 되돌아갔으나, 그중 많은 수가 한국이라는 극빈 국가에 깊은 애정을 품게 되었다. 그 일부는 대학에서 동아시아학을 전공하고, 미국의 1세대 한국학 교수나 한국 전문가가 되었다. 캐슬린 스티븐스(Kathleen Stephens), 데이비드 맥캔(David McCann), 브루스 커밍스, 에드워드 슐츠(Edward J. Shultz), 브루스 풀턴 등이 여기 포함된다. 미국인 학생이 어려운 텍스트를 읽을 만큼 한국어를 익히지 못하면서, 과거와 최근의 한국 작품을 교육용으로 번역할 필요성이 생겼다. 이것이 미국에서 한국어 원문을 번역·출판해야 했던 최초의 (소규모) 상업 출판의 이유였고, 몇몇 대학 출판부가 앞장섰다. 하지만 이런 출판물이 일반 독자에게 가닿는 일은 거의 없었다.

번역 대상 작품은 주로 한국에서 가르치는 표준 한국문학사 내용을 바탕으로 선정되었다. 선정 주체가 한국인이든 아니든 마찬가지였다. 한국 학자들의 비평이 작품을 평가하는 주된 근거로 받아들여졌고, 어떤 작품이 외국인 독자에게 강한 호소력을 지니게 될지에 관한 관심은 없었다. 따라서 한국인들이 칭찬하는 작품만 번역이 이루어졌다. 어떻게 쓰이거나 번역되든 작품의 높은 수준이 전 세계에 분명히 드러날 것이라 여겼던 것이다. 더욱이 작품의 명성을 좌우하는 연례 한국문학상 선발 과정에서 인기도나 읽을거리로서의 가치는 거의 고려되지 않았다. 젊은 작가를 등단시켜준 작가의 이름, 그리고 출판사가 훨씬 더 중요했다.

몇 가지 수치를 살펴보면 도움이 될 것이다. 1970~2000년 동안 한국 시, 소설, (드물게) 희곡이 총 160권가량 번역되었다. 이 중 98권을 한국인이 번역했다. 40권 이상이 한국에서 출판되었으며, 나머지는 인지도 낮은 미국 출판사들이 냈다. 전체 중 53권이 시집, 44권은 여러 작가의 시나 단편 선집, 63권은 소설(단편 선집이나 장편)이었다. 한국 장편소설 번역·출판은 1979년이 되어서야 이루어졌다. 안정효가 번역한 김동리의 《Ulhwa the Shaman(무녀 을화)》을 라치우드(Larchwood) 출판사가 펴낸 것이다. 이 출판사는 이후 몇 년 동안 한국 소설을 몇 권 더 냈다. 원작인 단편소설 〈무녀도〉가 1936년에 나왔다는 것은 흥미로운 점이다. 작가는 작품을 다시 손보고 확장해 1978년에 장편을 출간했는데, 불과 1년 만에 영어 번역본이 나온 것이다. 일제 치하에서 쓰인 단편은 무속 신앙으로 상징된 한국 문화와 민족 정체성에 가해진 위협을 그린 우화였다. 장편소설은 한국이 새로운 종교적 비전, 세계를 위한 새로운 종교, 인간성과 자연이 공감적 합일을 이루는 그런 종교를 만들어야 한다는 작가의 확신을 드러낸다. 한국에서는 큰 반응이 있었지만, 해외에서는 그렇지 못했다. 샤머니즘을 바탕으로 새로운 종교를 찾는다는 기본 주제가 서구에서는 별 의미를 지니지 못했던 것이다. 2000년 이전까지 한국 장편소설 36편이 영어로 출판되었는데, 반 이상(20편)이 한국 내 출판이었고 해외에는 배포되지 못했다.

21세기의 첫 12년 동안 또 다른 130권이 출판되었다. 그중 60권은 시였다. 거의 100권의 책에서 번역자·공역자로 최소 한 명의 한국인 이름이 들어가 있었다. 이 시기가 되면 한국 내에서 출판되는 책은 거의 없었으며, 주요 상업 출판사나 대학 출판부에서 나온 책 또한 없었다. 18권은 선집이었고 장편소설은 38권이었다. 마지막으로 2012년 이후 10년 동안에는 시 73권과 소설 130권이 새로 출판되었는데, 장편소설 대부분이 해외에서 나왔다. 가장 최근인 이 시기에 관해서 잠시 후에 다루겠다.

미국이나 영국보다 번역이 더 광범위하게 이루어지는 나라들에서 이른바 '세계문학'에 대한 관심이 시작되었다. 예를 들어, 프랑스에서는 1980년대와 90년대에 악트 쉬드(Actes Sud)라는 작은 출판사에서 포켓 사이즈의 얇은 책으로 여러 나라의 작품 번역본을 내기 시작했다. 한국의 단편소설, 이후에는 장편소설도 여기 포함되었다. 1990년대에는 파리 유명 서점 일부가 이 책들을 입고했지만, 구석진 곳, '중국'과 '일본' 근처 '한국' 진열대에 처박혔을 뿐이었다. 영국 상황도 마찬가지였다. 한국문학은 일반 독자가 아닌 전문가의 관심사에 불과하다고 여겨진 것이다. 그것도 기껏해야 이국적 호기심 정도였다.

영국에서는 전쟁이 끝난 후 번역 소설 출판을 전문으로 하는 하빌 출판사(Harvill Press)가 설립되었다. 러시아와 동유럽 국가들의 작품 위주였고, 이탈로 칼비노(Italo Calvino)나 마르그리트 뒤라스(Marguerite Duras) 같은 유럽 중요 작가 및 전 세계 유명 작가들도 포함했다. 착실히 명성을 쌓아가던 이 출판사의 크리스토퍼 매클호즈(Christopher MacLehose) 사장은 어느 날 문득 한국 작품을 출판해야겠다고 생각했다. 당시 그 어느 곳에서도 구할 수 없는 책이었기 때문이다. 사장의 프랑스인 아내가 악트쉬드 출판사의 한국 작품들을 검토한 후, 이문열의 소설 《시인》이 가장 흥미롭다고 결정했다. 일련의 복잡한 과정을 거쳐 내가 공역자 중 한 명이 되었고, 무척 까다로운 한국인 교수와 함께 작업해야 했다. 책이 출판된 후 문학 리뷰 주간지인 《Times Literary Supplement》에 평이 실렸다. 하지만 내 기대와는 달리 현대 소설 전문가가 아니라 한국학 전문가인 키스 하워드(Keith Howard)에게 리뷰가 맡겨졌다. 그의 전문 분야는 한국 음악을 포함한 민속 음악학이었고, 한국문학에 관해서는 아무것도 모른다고 스스로 인정하던 터였다. 리뷰는 퍽 길었지만, 근대 한국 역사를 다루었을 뿐 소설에 대한 언급은 전혀 없었다. 서구 유력 출판사가 한국 작품을 선택해 번역을 의뢰한 것은 그게 처음이었다. 그전에는 늘 번역가가 무엇을 번역할지 선택했고 애타게 출판사를 찾아야 했다. 애석하게도 이후 하빌 출판사는 랜덤하우스에 팔렸고, 그 번역서와 작가는 랜덤하우스의 '우리 작가들(our authors)' 목록에 한 번도 포함되지 않았다.

한국 소설의 점진적 '세계화'에서 가장 중요한 분기점은 2011년 크노프(Knopf) 출판사에서 신경숙의 《엄마를 부탁해》를 김지영(뉴욕의 변호사로, 어머니는 앞 세대 번역가인 유영난이다.)이 번역해 《Please Look After Mom》을 출간한 것이다. 크노프는 대단한 출판사다! 그때까지 거의 모든 한국 작품은 홍보나 서점 배포 예산이 없는 소규모 무명 출판사, 혹은 교육 자료와 도서관 소장 구매에 의존하는 대학 출판부에서 나왔다. 마침내 한국 소설이 학습 자료에 그치지 않고 영화, TV 드라마, (이후의) K 팝처럼 세계 문화 산업의 재화가 되었던 것이다. 《Please Look After Mom》은 서구의 일반 독자, 특히 북클럽 회원을 대상으로 홍보되었고 감동적인 아시아 가족 이야기로 자리매김되었다. 작가의 정체성이 드러나 보이긴 했지만, '한국' 작품이라는 점이 특별히 홍보되지는 않았다. 이 책은 크노프 방식대로 대량 배포, 리뷰, 홍보의 과정을 거쳤다. 영어 제목을 《Please Look After Mother》로 수정한 영국판도 따로 나왔다. 크노프의 베스트셀러와 달리 수백만

부가 팔리지는 않았으나, 번역된 한국 소설이 번역서 여부를 떠나 다른 소설과 똑같이 다루어졌던 것은 그때가 최초였다.

한국 소설 번역에서 또 다른 중요한 사건은 한강의 다소 기이한 소설《채식주의자》를 데보라 스미스(Deborah Smith)가 번역한《The Vegetarian》이 2016년 맨 부커상을 받은 것이다. 사회적·심리적 소외 문제에 대한 더 어둡고 분명한 접근이기는 했지만, 이 작품 역시 아시아 가족의 감동적인 이야기였다. 까다로운 한국인들이 자유로운 혹은 부정확한 번역에 이의를 제기하는 소란이 벌어지기도 했지만, 이는 해외 판매에 어떠한 영향도 미치지 않았다.《The Vegetarian》은 신호탄 역할을 했다. 이즈음 한국은 누구나, 특히 젊은 세대라면 다 아는 나라가 되었다. 영국과 미국에서, 그리고 특히 일본, 동남아, 인도에서 인기를 누린 TV 드라마가 일차적으로 공헌한 덕분이었고, 다음으로는 한국 영화의 인기가 올라갔다. 가장 큰 공헌은 K 팝이 했다.《The Vegetarian》의 주인공이 지닌 심리 문제는 한국 소설에서 이미 친숙한 모티브였고, 일부 독자들은 이 소설이 그렇게 높이 평가받았다는 점에 놀라움을 표했다. 하지만 정신병에 대한 고딕적 탐구는 서구에서 오랜 역사를 지니며 젊은 독자에게 호소력을 지닌다.

심리 스릴러, 호러물, SF 등 젊은 여성 작가의 거의 모든 작품이 젊은 서구 독자에게 인기를 끌면서 많은 한국 소설이 주요 상업 출판사를 통해 나오게 되었다. 배수아, 황선미, 편혜영, 정유정, 조남주, 김숨 등 대부분이 젊은 여성 작가의 작품이고, 남성 작가로는 김언수와 황석영이 있었다. 새로운 한류를 낳은 젊은 번역가 중 가장 두드러지는 존재가 소라 김 러셀(Sora Kim-Russell)이다. 사회 문제를 진지하게 다루는 소설을 번역해왔던 브루스 풀턴과 달리, 젊은 번역자들은 판타지, 스릴러, SF, 그래픽노블 등 다양한 대중 장르로 영역을 확대했다. 제이미 장이 번역한 《Kim Jiyoung, Born 1982(1982년생 김지영)》는 타임즈 선정 2020년 주목할 도서 100선에 포함되었고, 재닛 홍(Janet Hong)이 번역한 《Bluebeard's First Wife(푸른 수염의 첫 번째 아내)》는 《Publisher Weekly》의 '올해의 10대 도서'에 들어갔다. 젊은 번역가가 옮긴 젊은 작가의 작품은 이 외에도 아주 많다. 나는 지난 2~3년 동안 열 편 이상의 대중 소설을 번역했고, 그중 일부는 유력 출판사에서 곧 출간될 예정이다.

한국 작품의 번역가들은 이제, 마음에 드는 시나 소설을 선택해 번역한 후 필사적으로 출판사를 찾아야 했던 과거 몇십 년 동안의 악몽으로부터 어느 정도 벗어났다. 저작권 에이전트를 통해서만 거래하는 유력 출판사에는 아예 접근할 수 없었기 때문에 번역가들은 소규모 비영리 출판업체에 의존해야 했다. 이런 소규모 출판사들은 홍보나 배포 역량이 제한적이었고, 책은 그저 인쇄되는 것에 그치는 일이 많았다. 한국 정부가 처음에는 문화예술진흥원을 통해, 다음으로는 한국문학번역원을 통해 해외 출판사와 계약한 번역가들을 지원하고, 출판 비용을 부담하며, 한국 작가들을 해외로 보내 강연과 낭독회를 여는 등 한국문학의 '세계화'를 촉진하고자 오래 애써왔다. 하지만 이런 노력은 실제적인 효과가 거의 없었다. 결국 상황을 바꾼 것은 성공한 번역서에 대한 정부 기관의 지원이 아니라, 전 세계 독자에게 호소력을 지닌 작품 수준이었다. 한국 작가들은 한국 독자만이 아닌 전 세계 독자를 위해 작품을 써야 한다.

이제 전세가 역전되었다. K 팝이나 한국 영화가 국제 뉴스의 헤드라인을 장식할 뿐 아니라, 한국 소설이 해외 주요 상업 출판사를 거쳐 여러 나라 독자에게 전례 없는 인기를 누리고 있다. 물론 모든 작품이 그렇지는 않다. 유력 출판사들이 매년 출간할 수 있는 권수에는 한계가 있고, 따라서 시장에서 성공이 예상되는 작품만을 선택하려 한다. 출판사도 영리 단체니 말이다. 한국 작가들은 국내의 나이든 학구적 독자뿐 아니라 전 세계 독자, 특히 젊은 층을 염두에 두고 집필해야 한다는 점을 이해하기 시작했다. 젊은 한국 작가의 대중 소설과 그래픽 노블을 번역하는 젊은 번역가들은 한국 작가들이 수요에 맞는 작품을 제공할 수 있는 한 더 많은 성공을 기대할 수 있다. 오늘날의 소설은 즐길 거리가 되어야 하고, 차별화되어야 하며, 작가가 서울과 부산에서 유명한지 아닌지 따위에 신경 쓰지 않는 세계의 젊은 독자들의 요구에 맞춰야 한다. 한국 독자만을 위해 쓰는 한국 작가에게는 번역가가 필요 없다. 내일의 세계를 위해 쓰는 작가들이 우선순위에 있다. 작가가 수요에 맞춰 쓰지 못한다면 번역가의 작업은 헛되게 된다. 주요 세계 출판사에게 호소력을 지닌 한국 소설은 우울하거나 민족주의적인 것이 아니다. 한국 영화가 그러하듯 즐길 거리가 되고, 상상력이 넘치며, 때로 머리카락이 쭈뼛 설만큼 그로테스크한 것이다. 이런 작품은 한국 작가들이 과거의 '다큐멘터리 리얼리즘'으로부터 먼 길을 왔다는 점을 보여준다. 한국문학은 이제 완전히 '세계화'되어 번역가와 에이전트들이 보조를 맞추기 위해 분투해야 할 정도다. 이런 흐름이 오래 이어지기를!

Korean Literature in Translation

- An Sonjae -

Thoughts on the Translator's Task

Walter Benjamin points out somewhere in his writings about translation, "The Translator's Task" that the French word "pain" and the German word "Brot" are both normally translated into English as "bread," without anyone stopping to object that in France, Germany, and England the shape, taste and manner of eating bread are very different, so that the words do not exactly correspond to one another. A translation that fails to reflect this difference is, at least in theory, a less than fully "faithful" translation. We have to always remember that words in different languages very often do not exactly have the same meaning. Paul Ricoeur in his *On Translation* in a similar fashion stressed the difficulty of translating philosophical texts, where the "great primary words" are "summaries of long textuality where whole contexts are mirrored. ··· Not only are the semantic fields not superimposed on one another, but the syntaxes are not equivalent, the turns of phrase do not serve as a vehicle for the same cultural legacies, and what is to be said about the half-silent connotations, which alter the best-defined denotations of the original vocabulary. … It is to this heterogeneity that the foreign text owes its resistance to translation and, in this sense, its intermittent untranslatability." The problem is that it is impossible to say exactly the same thing in two languages, simply because they are different. Therefore, Ricoeur urges us to "give up the ideal of the perfect translation. This renunciation alone makes it possible to take on the two supposedly conflicting tasks of 'bringing the author to the reader' and 'bringing the reader to the author.'"

With great wisdom, Ricoeur ends by establishing a new harmony: "it is this mourning for the absolute translation that produces the happiness associated with translating. … When the translator acknowledges and assumes the irreducibility of the pair, the peculiar and the foreign, he finds his reward in the recognition of the impassable status of the dialogicality of the act of translating as the reasonable horizon of the desire to translate. In spite of the agonistics that make a drama of the translator's task, he can find his happiness in what I would like to call linguistic hospitality.

"So its scheme is definitely that of a correspondence without adequacy. … just as in the act of telling a story, we can translate differently, without hope of filling the gap between equivalence and total adequacy. Linguistic hospitality, then, where the pleasure of dwelling in the other's language is balanced by the pleasure of receiving the foreign word at home, in one's own welcoming house."

The essential "Koreanness" of Korean poetry is also its most certainly untranslatable feature. What gets lost in translation is, inevitably, its specifically "Korean" quality, much more than any abstract "poetic" quality it might have. This is at the most superficial level quite obvious. Korean poetry is (almost by definition) written in the Korean language. Translated Korean poetry is not. When poetry originally written in Korean is translated into English, it loses one primary aspect of its Korean identity, its Korean language. Whatever is considered "poetic" about the original poem by its original readers is thereby strongly compromised, indeed it is utterly "lost in translation." It is not so easy to say in what sense a Korean poem, once it has been translated into English, is still a "Korean poem." In idealistic terms, of course, a poem is a poem universally, it has no national identity. But Koreans are intensely aware of national identity issues, perhaps precisely because Korean identity is so hard to define.

At the immediate level, it is not only the sounds, the vocabulary and the grammar which have changed in the process of translation; no matter how hard the version may strive to be "conservative" or "faithful," almost always there will have been radical changes in the sequence of words and phrases in the attempt, not only to make sense, but to create a "poem" in the target language, to say nothing of rhythms and sounds. Moreover, certain vital words in the original may have been found to have no equivalent in the target language, while words have been added that have no equivalent in the original language. Languages and cultures are sometimes so very different. After all, the translation of poetry as poetry is inevitably a struggle to provide a completely new poetic quality in place of the lost original poetic features; the nearest we can come to satisfaction will be if we feel we have managed to produce what Paul Ricoeur called an "adequate equivalent." As a translation, it must still be recognizably "the same poem," yet it can never in any real sense be "the same poem."

Now the Korean language is certainly not all that is meant by the "Koreanness" of a Korean work. The life-experience or "culture" embodied in a Korean poem or story is usually very specifically Korean, in often really untranslatable ways. There is, surely, no one "correct' way of translating anything, and especially poetry. There is no one right way, even, of comparing one translation with another and declaring that one is "better" than the other, assuming that the versions are not full of basic grammatical errors, I suppose. Everyone does as they like when they translate, and then they tend to formulate "translation theories" to prove that their approach is the only correct one and that everyone else is wrong.

My own pet "theory" of translation is that the process of literary translation involves an ongoing "close reading" of the source text, with intense respect for each of the words that the poet or writer has decided to use. The difference between the Korean and English languages is such that "word for word" is not a useful term for the translating process, but still I believe that a translator is not allowed to go skipping blithely over words, ignoring them or replacing them as if they do not matter. There are, of course, those who even insist that a "good" translation should reproduce precisely the rhythms and sounds of the original. The Russian poet-in-exile Josef Brodsky is the prime example of that. In the translations he insisted on making of his own Russian poems, the English is far from being what native speakers would consider correct. In Old Testament translation, too, there have been those who insist that the grammar of the translation should be the grammar of the sacred Hebrew text, not the natural grammar of the target language. This is not, I think, a good idea, but it should be mentioned once, if only to be rejected, because in poetry translation there are compelling reasons for not being bound by the rhythms and sounds and grammar of the original; they are normally secondary and essentially "untranslatable."

I want to comment here on a very important aspect of the process of poetry translation. Poems are often very unlike fiction in the way they use words and grammar. Modern Korean poetry is often extremely difficult to understand, even for Koreans. This is especially the case with younger poets' work. I myself certainly do not have a total Korean dictionary in my head, and there is no really complete dictionary of colloquial Korean in the bookstores or online, let alone of "poetic Korean." That means that no matter how hard I try, I will either fail to understand things or (worse still) misunderstand things that I think I understand. Even if I see there is a problem, what am I to do? If I ask an "ordinary" Korean to explain a really difficult poem or line or word, s/he will often not be able to. I cannot be phoning to the poet every 5 minutes, and poets are really not good at explaining things either. That is why I am immensely grateful to the rare skilled Koreans who agree to read through my translations, comparing them with the original, pinpointing mistakes and suggesting corrections. They need to have a high level of literary English, and at the same time to be very experienced readers of modern Korean poetry. Without them I would often be lost. So my message is that we should try not to work alone. Translation should always involve working as a community. And my basic message is that one can only really translate well into one's native language.

The "foreign-ness" of Korean poetry is thus well assured, despite its historic rootedness in European Symbolism or Modernism. The subjects of the poems in Ko Un's *Maninbo*, of Shin Gyeong-nim's *Nongmu*, of many of Lee Si-Young's poems, and a host of others, derive from specifically Korean experiences of life and history, loss and humiliation, joys and relationships. The Korean poet confronting experiences of human life after Japanese colonial rule, the Korean War, division, dictatorship, social transformation, does not stand on the same ground as a British or American poet, just as an Irish or Jamaican poet does not, even though writing in the same English language. Korean poetry has a totally different tradition and builds on a totally different canon. It does not have the same audience or readership in mind and therefore does not speak in the same way. Recent Korean feminist "confessional poetry" may claim to look to Anne Sexton and Sylvia Plath but that does not mean it is doing the same thing as they did, or that the Korean female poets are expressing the same responses to the same experiences.

Another way of evoking the specific task of the translator of poetry is to stress that a poem is written by an individual poet; it is the result of a creative process which happens in the mind of a particular individual using a particular language and set of literary conventions. The resulting poem is inevitably composed of words and meaning, sound and sense, which are bound to be a unity since nobody can produce meaning without words, while the words of a poem are normally chosen for considerations of both sense and sound, insofar as poetry in most cultures, as in Korean, retains an oral, spoken character, with links to song in many cases. There are, of course, many ways in which the relative importance of sound and sense can vary, since there are different kinds of poetry in most or all cultures. Lyric poems usually depend more on the harmonious sounds of the words and their flow, while satirical or philosophical poems, as well as narrative poems, rely more heavily on the meaning of the words chosen. The skill of a poet is revealed by the way in which a poem is made, no matter whether it emerged complete directly from the poet's mind / imagination in a flash or was the result of long polishing and revision. We must always remember that the word "poet" originally meant "maker."

Now that is the essential difference between an original poem and a translation of it. The words of a translation do not emerge in the same free, creative flow; instead, they are bound to be the result of a more or less laborious negotiation as we read and re-read, attempt to understand, imitate and re-create the poem (at the semantic level, first of all, almost inevitably) using the words and grammar of another language. The translator is not the original poet, and calling the resulting poem a "version" instead of a "translation" still does not justify betraying the poet and appropriating his/her work freely. Great poets are Great Poets, in a way that even talented translators can never be Great Translators, I think. The translator does not dispose of total creative freedom, not even when he is called Ezra Pound, Alexander Pope or John Dryden and is, like them, consciously refusing to be "faithful" in a narrow sense We are always, inevitably, under the shadow of the original, struggling with the demand to recreate it "exactly" as it was, yet knowing that, no matter what we do, we are going to produce a radically new poem, which will have totally different sounds and rhythms, words and grammar; yet we also know that it should still be somehow identical with the original, knowing that on the book's cover the published text will be attributed first and foremost to the original poet, not the translator. There is a sense in which the work of translation is closer to pastiche and parody than to "creative writing."

I suppose we should find comfort in a dictum by Vladimir Nabokov: "The clumsiest literal translation is a thousand times more useful than the prettiest paraphrase." (Vladimir Nabokov, *Problems of translation*, 1955) He and Joseph Brodsky are the great enemies of the free recreations of Russian poetry and fiction sometimes justified as "versions" or "adaptations." Nabokov was scathing: "Adapted to what? To the needs of an idiot audience? To the demands of good taste? To the level of one's own genius?" Nabokov strongly advocated what he termed "literal" translation (as opposed to "the paraphrastic" and "the lexical") "rendering as closely as the associative and syntactical capacities of another language allow, the exact contextual meaning of the original. Only this is true translation." Whenever we are tempted to "improve" freely in the name of "readability" on what a close, faithful translation yields, we should recall those comments. The results of Nabokov's and Brodsky's wish to see the original Russian language still perfectly embodied and embedded in their English translations have provoked furious debate, but it is important not to reject their challenge too readily.

The dichotomy between "faithful" and "readable" in translation cannot, in fact, be finally resolved. Fitzgerald's 19th-century version of a Persian poem, *Rubáiyát of Omar Khayyám*, first published in 1859, is probably the most famous or notorious example of "free translation," of what today is known as "domestication." It is also the most enduring and successful single translation ever published in English, after the Bible, with Amazon listing some 20 editions currently in print, even after 140 years. Yet we need to recognize the extent of Fitzgerald's creative freedom. He himself clearly expressed the options he took in letters written to a friend: "My translation will interest you from its form, and also in many respects in its detail: very un-literal as it is. Many quatrains are mashed together: and something lost, I doubt, of Omar's simplicity, which is so much a virtue in him" (letter to E. B. Cowell, 9/3/58). And, "I suppose very few People have ever taken such Pains in Translation as I have: though certainly not to be literal. But at all Cost, a Thing must live: with a transfusion of one's own worse Life if one can't retain the Original's better. Better a live Sparrow than a stuffed Eagle" (letter to E. B. Cowell, 4/27/59).

There, I believe, we can find our consolation. If our translations do not set out to soar like eagles in their own right but humbly flutter as sparrow-signposts indicating the existence of another kind of poetry in another kind of culture and language, we should be happy. Of course, there will always be nasty people who will find fault and criticize our translations, no matter what we do. We must not let that afflict us. Sparrows do not worry about not being able to soar like eagles, because they know that at least nobody will be out trying to shoot them down to have them stuffed as trophies on the mantelpiece. If a translator simply says, "Translation is an impossible project but I have done all that I could to produce something worthy of my original," that's enough. Translation is not self-promotion but a humble service. Chapman had to wait centuries for Keats to wax ecstatic over his version of Homer, and so make him immortal. Who wants to be a stuffed eagle, gathering dust, after all? We should simply let our live sparrows chirp as they can, and not look for any other reward. So long as the poems we have translated live!

Translating Korean literary works into English

My topic from here on will be the history of the fiction and poetry written in Korea over the last 120 years, and their translation into English. A very considerable quantity of 'modern' fiction and poetry has been written in Korea over the last 120 years. During that time, a relatively small amount of it has been translated into English and published, either in Korea or internationally. There are very few academic studies of the history of translated Korean literature, and it is very hard even to find a complete list of what has been translated. I have already given several talks about the history of translations of "Korean literature" where I have questioned the use of the word "literature" here, when what is meant is "works of fiction and poetry." The English "literature" studied in the world's universities still tends to begin with Chaucer if not Beowulf and end with D. H. Lawrence and Virginia Woolf. "Literature" sounds ancient and academic, stuffy and scholarly. Works of contemporary fiction on sale in a London bookshop are never arranged along with poetry under a single label "Literature." Let's rather talk about Korean fiction and poetry. Or "Writing from Korea."

Before 1900, those who sought admiration and prestige were mainly men writing in the Sino-Korean version of Classical Chinese; those who sought to communicate with humbler beings in less prestigious ways used *eonmun* (Hangeul) and were often women. A major problem is that virtually no Korean today is able (or willing) to read older Korean works as they were originally produced, whether in Chinese characters or in Hangeul. The poetry in Classical Chinese, the countless essays, the badly printed popular novels in Hangeul borrowed by the ordinary citizens of Seoul from lending libraries in the 19th century, when they have survived at all, lie completely unread by all but a tiny handful of academic experts intent on arduous research. Yet the fiction of pre-modern Korea, in particular, did not suddenly vanish at the end of the 19th century, it continued to be read and it blended with various influences to produce the *Sinsoseol* (the New Novel) as the basis for modern fiction. But who in today's Korea eagerly reads and enjoys reading such works for their own sake, for pleasure or inner enrichment? To say nothing of the thousands of formal Chinese-character poems produced over the centuries by generations of *seonbi*, the gentlemen scholars, dominated as they were by the prestige of what was written in China.

It is, of course, a source of considerable rejoicing that in the last five years two pre-modern Korean works, *The Story of Hong Gil-dong* (by an unknown author, recent scholarship by Minsoo Kang having shown clearly that the commonly accepted attribution to Heo Gyun is erroneous) and *The Nine Cloud Dream* by Kim Man-jung translated by Heinz Insu Fenkl have been published in widely-distributed English versions as Penguin Classics, a format designed to encourage a wide readership, one not at all restricted to academic experts or school classrooms.

The editors clearly mean these works from a previous age to be enjoyed in their own right as outstanding examples of "classics of world literature." It is a beginning.

One of the most familiar names among long-dead Korean poets is Yi Gyu-bo, of the Goryeo dynasty. James Scarth Gale, the first western translator of literary works from Korean, prepared a complete translation of his poems and offered it to a publisher in London around 1930. They were suffering from the Great Depression and turned it down, probably unread. The manuscript still sleeps virtually unread and certainly unpublished in the library of Toronto University. The late Kevin O'Rourke translated the same works and had better luck in that his translations were published by Cornell East Asia Series, but that is such a well-kept secret that a would-be reader really needs to know that the book exists, it having received no publicity or distribution (and probably no reviews) apart from a listing near the back of a thick catalogue.

James Gale arrived in Korea in 1888 as a missionary for the YMCA after studying Arts in Toronto. He had to learn spoken Korean as well as written Classical Chinese. He had discovered poetry as a child in his small rural primary school where a Scottish teacher made the children read *Gulliver's Travels* and *Sindbad*, as well as poems by Burns, Campbell, Coleridge, Wordsworth, Longfellow and others. When he was in high school, his teacher declaimed Shakespeare very powerfully. Gale thus had a sensitivity to literature, especially poetry, that probably no other North American missionary to Korea shared at the time. He published the first ever English translation of a short (anonymous) Korean poem in the April 1895 edition of the *Korean Repository*. It is hardly a very remarkable poem but we should perhaps hear behind it Gale's lament at the abolition the previous year of the *gwageo* examination. Gale, like his much later missionary successor and biographer, Richard Rutt, was fascinated by Chinese literary culture. In 1900 he gave the first ever RAS Korea lecture claiming that "Korean culture is Chinese." He later wrote that the abolition of the *gwageo* marked the end of true culture in Korea, since nobody would ever make the effort to master the Chinese classical tradition without that incentive. For him, there was no feeling that a new, better age was beginning with the introduction of modern education, as the other missionaries firmly believed. He could only lament the loss of the old Chinese classical learning.

It is quite remarkable that Gale was able to find publishers in England for two of his translations, given his Canadian background and the distance mail had to travel. In 1913 J. M. Dent & Sons published his translations of tales by Im Bang and Yi Ryuk, titled *Korean Folk Tales* (although in fact they were not 'folk tales' but early forms of *yadam* written by scholars following Chinese models). Even more significant was his translation of Kim Man-Choong's (as he spelled the name) *The Cloud Dream of the Nine* (London: Daniel O'Connor) published in 1922.

Gale established and was chief editor of a monthly magazine, *The Korea Magazine*, that appeared from early 1917 until April 1919 and that served as a platform for a good number of his translations. *Choon Yang* (Chunhyang) was published there in installments from September 1917 through July 1918. It might have been his most successful translation, but the *Korea Magazine* had very few readers, is available in almost no overseas libraries, has never been reprinted, and it was only when I scanned it and made it available in my home page last year that anyone had access to it. The main interest of *Choon Yang* is that it is not a version of a Joseon-era edition but of a prose *Sinsoseol* (new novel) *Okjunghwa* (獄中花) "Flower in Prison," by the novelist Yi Hae-jo, which was serialized from January until July 1912 in the *Maeil Shinbo* (每日申報) daily newspaper, then published in the same year as a single volume by the *Bogeup Seogwan* (普及書館) publishing company. Gale was not at all drawn to the Korean literature written in the 20th century, his translations are usually of works from earlier centuries. It is not sure that he realized that *Okjunghwa* was not simply a recent reprint of an older, traditional tale.

Gale was not at all interested in the Korean literary works being written in his time, he disliked the more modern style of colloquial Korean they used*. He probably hoped to help Korea develop a new vision of life and a new way of writing inspired by the western works that he admired. This might explain why his main activity as a translator (excluding his work on translating the Bible into Korean) was from English into Korean. Just before he left Korea, he published translations of John Bunyan's *Pilgrim's Progress*, Part I in 1895.** *The Swiss Family Robinson or Adventures on a Desert Island* by Johann

---

* It is not possible to deal in much detail here with the immense quantity of translation and writing produced by James Scarth Gale and mostly still unpublished. Anyone wishing to explore the topics barely touched on here must turn to the extensive, outstandingly sensitive discussions of his legacy, and the texts of his collections of essays, "Pen Pictures of Old Korea" and "Old Corea," contained in *Redemption and Regret: Modernizing Korean in the Writings of James Scarth Gale*, edited by Daniel Pieper. University of Toronto Press. 2021.

** Part II was done by Lillias Horton Underwood in 1920, she also translated *Dr. Jekyll and Mr. Hyde*.

David Wyss (1924); *Book of Strange Stories* (1925), which included: Washington Irving's *Rip van Winkle* and Walter Scott's *The Tapestried Chamber*; these were followed by *Little Lord Fauntleroy* by Frances Hodgson Burnet (1925); Defoe's *Robinson Crusoe* (1925); Walter Scott's *The Talisman* (1925). Gale surely felt, like the other leading missionaries, that Korea was a backward, underdeveloped country which would only emerge from its backwardness by being introduced to western modernity, embodied in Protestant Christianity, American democracy, western-style education, and (for him) popular western literary classics.

I have spent time on Gale only in order to stress the minimal impact that his translations of Korean works had on the world's awareness of Korea's literary traditions. His translations into Korean had perhaps a little more impact? But very little, surely. The most important point I would make, though is that after Gale, with the insignificant exception of the adapted versions of some of Gale's poetry translations (with some other translated poems by *Gisaeng*) published in Japan as *The Orchid Door* by Joan Grigsby in 1935, not a single translation of Korean literature made by a non-Korean was published until 1971.

It was not until 1971 that the American Methodist missionary Edward Poitras published (in Seoul) *Sea of Tomorrow*, poems by the contemporary poet Park Tu-jin. Also in 1971 the more scholarly British Anglican missionary Richard Rutt was fortunate to publish his volume *The Bamboo Grove: An Introduction to Sijo* with the University of California Press in the USA. Then soon after, in 1974, the Irish Catholic priest Kevin O'Rourke published (again, in Korea) *Where Clouds Pass By: Selected Poems of Cho Byung-Hwa*. It was only in 1983 that Bruce Fulton and his Korean wife Yun Ju-chan, living in the USA, published there their first collection of short stories, *Debasement and Other Stories*.

Prior to these translations by non-Koreans, the few translations of Korean works into English that existed were made by Koreans and all were published in Korea. The first collection of translated Korean poetry is a roneotyped volume entitled *Songs from Korea* by Y. T. Pyun, in an old-style tied-thread binding, dated 1936, which begins with 102 translated 'old songs' (Joseon-era poems) and then continues with a substantial set of Pyun's own poems composed in English. Pyun Yung-Tai (Byeon Yeong-tae) was born in 1892, died in 1969, and served as Foreign Minister of the Republic of Korea (1951-1955) for most of the Korean War, and also as Prime Minister in 1954. He was the first Korean to translate older Korean poetry into English, and is so far the only literary translator to have served as Prime Minister of Korea.

Then in 1948 Zŏng In-Sŏb (Jeong In-seop, 1905-1983) published his *An Anthology of Modern Poems* in Korea, with translations of 125 poems by 100 (today often forgotten) poets. Zŏng In-Sŏb graduated from the English Department of Waseda University (Tokyo) in 1929 and taught at Yeonhui College (Seoul) until 1946, while being active in several literary and academic associations. During the Korean War, he studied for an M.A. and taught at SOAS in London. In 1954 he was one of the founders of the Korean PEN Club, from 1956 he was its first President, while teaching at SNU before returning to Chung-Ang University in 1957, where he stayed until he retired in 1968.

Ten years after the *Anthology*, Zŏng In-Sŏb's *Modern Short Stories from Korea*, was the first collection of modern Korean short stories in English translation ever to be published. The first volume to be published containing English translations of works by a single modern, living Korean poet was the volume *Before Love Fades Away*, containing poems by Cho Byung-Wha. This was soon followed by *Selected Poems of Kim So Wol*, both volumes being translated by Kim Dong-sung (Kim Dong-seong 1890-1969) and published in Korea. Kim was a Korean comic artist, translator, journalist, and politician. He left for America in 1908 and studied journalism at Ohio State University. Kim returned to Korea in 1919 and was a founding member of the *Donga-Ilbo* newspaper. He was the Minister of Culture in South Korea's first government in 1948.

Peter Hyun published *Voices of the Dawn: A Selection of Korean Poetry from the Sixth Century to the Present Day* with John Murray (London) in 1960, the first purely western publication of translated Korean poetry. Peter Hyun was born in 1927 in what is now North Korea, then moved to the USA to study during the Korea War, before moving to Europe in 1952. In 1964, Peter Lee published his *Anthology of Korean Poetry: From the Earliest Era to the Present* with John Day of New York. Like Peter Hyun, he had spent his entire adult life outside of Korea. Korean Studies had yet to begin to figure in western universities. The impact of these first overseas publications was bound to be almost insignificant.

That is to say that all the most significant transformations of Korean society, together with its fiction and poetry, in the first 70 years of the 20th century occurred completely without any westerner being aware of them, let alone translating and publishing the works emerging. Progress and development were the key words already for Korean writers, whose attempted innovations in content, form and style marked the works of Korean fiction composed by such writers of *Sinsoseol* as Yi Injik, Yi Hae-jo, and Ch'oe Ch'ansik. Their work, however, still relied heavily on premodern forms of narrative. It was not until the publication of Yi Kwangsu's *Mujeong* (The Heartless) in 1917 that a significant break was made. In his fiction, Yi Kwangsu initially criticized traditional Joseon value systems and customs, and endorsed modern, western notions of free love and the fulfillment of the individual self. Modern Korean histories of Korean literature seem very reluctant to discuss the impact of Japanese writing on Korean writers, while Yi Kwangsu's name is reviled because of his pro-Japanese stance. Yet surely colonializing Japan's stress on the corrupt, backward, unenlightened nature of later Joseon, and the direction of the Meiji Reforms, must have at least encouraged younger Korean writers to turn their backs on the past and seek Progress without any sense of regret or loss, or of national betrayal?

Modern Korean critics tell us that Yeom Sangseop emphasized the discovery of the individual while staying faithful to the sensibilities of modern realism, exploring the profound tensions between different Korean generations. They fail to mention that, judging by an English translation published some 20 years ago, his *Three Generations* is incredibly boring. Hyeon Chin-geon, we learn, devoted himself to exploring the relationship between society and the individual; Na Tohyang was a thoughtful investigator of the lives of the common people in an era of privations; Choe Seohae articulated in a passionate manner the alienated classes' voice of furor and protest. Yeom Sangseop, Chae Mansik, and Kim Namcheon all wrote family sagas in which the fate of a single clan in the course of several generations parallels the fate of the Korean people as a whole. Yi Sang, Choi Myeong-ik, and Heo Jun widened the horizons of psychological fiction, while Yi Taejun and Yi Hyoseok achieved fine articulations of the aesthetics of the short story. In addition, Kang Kyeong-ae, Paek Sin-ae, Kim Malbong, Pak Hwaseong, and other female writers made important contributions to "women's literature" by sketching compelling portraits of women suffering under the impoverished conditions of colonial rule. All of this shows Korean writers struggling to portray the tensions marking their society.

Writers of poetry early in the 20th century faced the challenges of moving on from traditional *hansi* and *sijo* toward something new and the influence of Japanese (then Korean) translations of late 19th-century French symbolist poetry was instrumental in the creation of modern Korean free verse. No poet played a more important role in introducing the French symbolists and teaching Koreans to write "free verse" than Kim Eok (born 1896, died after being taken North in 1950). In 1921, he published *Onoeui mudo*, Korea's first modern book of translated poetry. It included very free versions of 21 poems by Paul Verlaine, 10 poems by Remy de Gourmont, 8 by Albert Samain, 7 by Charles Baudelaire, 6 by W. B. Yeats etc. In 1923, he published *Haepariui norae*, the first collection of his own modern Korean poetry. In today's Korea, his supposed pro-Japanese activities make him even more of a pariah than the poets who later sided with the North, which is a problem, given his enormous historic importance and influence. While he was teaching at Osan School, Kim Sowol was his student and they maintained a close relationship until Kim Sowol died in 1934. He also introduced the works of Tagore to Korea through translations, such as *Gitanjali* (1923). Kim Eok is especially important since his translations of Tagore were a basic inspiration for *Nimui Chinmuk* by Manhae Han Yong-un. Today, Kim Sowol and Manhae are the only poets from this time that ordinary Koreans know and admire, it is important to realize that this is a relatively modern development, based on a misreading of *Jindalaekkot* and *Nimui Chimmuk* as patriotic, anti-Japanese works, which they are surely not. Yet today, surely no Korean would ever claim that the works of such a writer as Kim Eok have any enduring appeal in themselves. If they are known today it is only because they are mentioned in school textbooks for their historical interest but otherwise they are completely unread.

Throughout the Japanese colonial period, Koreans were faced with a situation in which there can have seemed little hope for the future of the Korean language or Korean writing. In schools, "the national language" taught was Japanese, the "national literature" read was Japanese literature, instruction was given in Japanese. Many Korean intellectuals aspired to study in Japan, where they could have direct contact with the "Modernity" they longed for and could hardly find inside Korea. Japan was already an important part of the international cultural scene. Tagore read and gave talks in Japan; the New York Symphony Orchestra played in Tokyo (the Korean poet Kim Yeong-nang made a journey simply in order to hear them, selling a field to pay for the journey). One of the strongest forces for Progress and social change in Japan and Korea at this time was Socialism / Communism / Marxism.

Korean writers for whom this was a major influence seem far removed from those of their contemporaries whose concerns were more traditional, whose writing resolutely aesthetic. Im Hwa, Yi Sang, and Pak Tae-won were founders and leading members of the Korean Artist Proletariat Federation (KAPF), organized in 1925, which regarded literature as a means to establish socialism. It was banned by Japan in 1935 but its inspiration continued on into the time of the Korean War. Yi Sang died in 1937. Im Hwa went North in 1947, returned to Seoul with the North Korean army during the War, and was finally executed as an American spy in North Korea in 1953. In 1950, Pak Tae-won crossed the 38th Parallel into North Korea where he wrote and worked as a professor at Pyeongyang Literature University. He was purged and prohibited from writing in 1956, but his writing privileges were reinstated in 1960. He only died on July 10, 1986, in North Korea.

Meanwhile, other Korean poets chose to express their chagrin and spleen in esthetically mannered poems that avoided any reference to the daily realities of life under colonial rule. Bak Yeong-cheol, Kim Yeong-nang, Jeong Ji-yong and others, who viewed refinement of language and exploration of rhythm as central tasks in poetic composition, brought a heightened awareness of literature as art. Then Kim Gi-rim, Kim Gwang-gyun, and Jang Man-yeong began to write poems based on more modern sensibilities. In the late 1930s, Bak Mog-weol, Jo Ji-hun and Pak Du-jin, who together came to be known as the "Green Deer School," found spiritual solace in the beauty of nature. It was in this highly estheticized context that Seo Jeong-ju began to write poems of intense sensuality and melancholy.

Changes in context, changes in style

In any account of literary history, two vital words are "influence" and "imitation." Both words have a double reference. On the one hand, there is the historical and social context in which and about which every writer writes; that is a dominant immediate "influence" inspiring themes and emotions. Coupled with that is the influence on each writer of every literary work s/he has read prior to writing. Literary works do not come into being by parthenogenesis, rather they arise and exist in an ongoing mutual dialogue with one another. The role of earlier models which inspire, stimulate, and provoke later writers is complex. Harold Bloom wrote of "anxiety of influence" when writers are overawed by the excellence of what has gone before, that seems impossible to rival. In the West, these words operate in a long tradition and refer first to the enduring presence of ancient Greek and Roman classics. Today, and for quite a long time since, "imitation" has a bad reputation because it has come to look like plagiarism. But "mimesis" remains a powerful topic, inviting us to reflect how a writer writes in response to external realities, a response which may be grief, resistance or celebration. Returning to what I have already said, Korean writers are seriously handicapped by having almost no living bonds of "imitation" to works written in the past, whereas the writers of Joseon were dominated by the powerful models of classical Chinese tradition, like Renaissance writers in Europe by the Latin classics.

Still, no matter when, every Korean writer has always been aware of the need to reflect contemporary realities in their work, one way or another. It is probably impossible now to imagine the challenges facing Korean writers in the 1930s and 40s when Japanese militarism grew ever more belligerent, and finally brought the entire region into war, in Manchuria and China first, and then across the Pacific. For several years during the Pacific War, publications in Korean language were banned, whether books or newspapers. Finally, humiliatingly, it was not the Korean Independence Movement but the Allied Forces that brought an end to the war and Liberation to Korea, but combined with the unforeseen division of the Peninsula. Yet naturally, this newly liberated reality seemed at first to offer wonderful new possibilities. The literary language itself had to be virtually reinvented and the inspiring social reality had changed completely in as yet incomprehensible ways. It was a moment of enormous challenge and struggling creativity.

In 2006, the University of Washington in Seattle staged a remarkable exhibition of over a hundred volumes of Korean fiction and poetry published between 1945 and 1950, some combining work by writers who would soon head North with those by writers who would remain in the South. The catalogue is still online. If the Korean War and the ensuing Division had not followed, the history of Korean literature would surely have been very different. These few vibrant years ended in disaster, noted writers took opposite sides, many fine writers went North, several were kidnapped and killed by the retreating Northern armies.

I have already mentioned the early attempts to publish English translations of modern Korean writing, mainly just before or immediately after the Korean War. These early publications were in fact mostly a quite haphazard selection of short stories and poems, many composed toward the end of the Japanese period. After the War there could be no question of publishing or translating works by the writers who had chosen to support the North. In this new reality, Korean PEN was established in an attempt to gain international recognition for South Korea's writers, and the early translations into English were made by the founding members of PEN.

The multiple traumas of Division and War, to say nothing of the political violence and corruption in the years under Syngman Rhee after the War, had such a strong impact that it is not surprising that the first Korean translators of Korean short stories felt obliged to explain to their (assumed) non-Korean readers why Korean fiction, in particular, was so dark and so unlike anything being published elsewhere in the world. They mainly meant in the USA, of course. They realized that their desire to display the qualities of contemporary Korean fiction that they as Koreans admired was going to be compromised by its gloom and lack of humor, its tragic tone and assumptions of prior knowledge of what life in South Korea was like, where it was coming from, creating a very solid difference from what was being read and enjoyed in the West and serving as a wall, no matter what qualities Korean critics and readers found in those same works. Many works of Korean fiction in the post-war years evoked the examples of human dignity and courage manifested during the war, as well as lamenting the division of the country and its families. They were Korean works written by Koreans for Koreans.

The April Revolution of 1960 provoked poets, led by Kim Su-yeong, to seek a more contemporary idiom and more directly social-related topics, but the military coup of 1961 brought an increase in censorship and anti-communist rhetoric. In the years that followed, Progress was manifested in the rapid industrialization and urbanization of the country, which provided new topics for fiction, perhaps more than for poetry. Shin Dong-yeop, Kim Su-yeong and Shin Gyeong-nim gave a new impulse to socially resistant poetry, inspired by the sufferings of the poor, though their stance was not at all explicitly "socialist." Their vision was then continued to some extent at least by the work of Kim Chiha and Ko Un. The preference for dark "documentary realism" devoid of suspense or humor and for stories about pain and alienation continued on into the 1990s, when women writers turned their attention to the solitude and alienation of working-class women or of married women living alone in apartments, often slowly going mad. There was little or no light relief. It could be thought that Han Kang's "The Vegetarian" was a final extension of this tradition.

We are on more familiar ground by now. Turning back to the task of English translation, we have seen how it began with Koreans who, returning from overseas, felt a need to make some of the poems and stories which their contemporaries admired accessible to non-Koreans, recognizing that almost no non-Korean would ever master their language. Then a small number of missionaries, the only foreigners motivated to master Korean, began to translate, as well as a few Koreans living overseas. The initial motivation was certainly a nationalistic one. This received added impetus when, soon after the end of the Pacific War, a certain kind of Japanese fiction was promoted in the US by the American government as a means of transforming the American perception of the Japanese from the brutal, sadistic warriors of the past to sensitive lovers of sophisticated beauty, as natural enemies of the Soviet Union and as allies of the West in the Cold War. The 1968 Nobel Prize awarded to Kawabata Yasunari (whose *Snow Country* was published in English already in 1957) was a shock for Koreans. The prestige enjoyed in the West by Japanese fiction was to them incomprehensible; it left Koreans feeling ignored and humiliated. They knew that in the West prestigious writers were part of each nation's national image and they wanted Korea's prestigious writers to contribute to Korea's greater prestige, without realizing that what they as Korean readers responded strongly to might not have the same impact on people who had not shared Korea's unique experience of trauma.

The most important single factor in creating a new bridge between Korea and the USA was the arrival in the mid-1960s of the first Peace Corps volunteers. While missionaries learned Korean in order to spend most of their lives working in Korea, these young Americans went back home soon after they had learned at least a certain amount of Korean, taking with them (often) a deep affection for the deeply impoverished country. Some then entered East Asian Studies departments and in due course became the first generation of professors of Korean Studies or Korea experts in the US, including Kathleen Stephens, David McCann, Bruce Cummings, Edward Shultz, Bruce Fulton and others. A new concern arose, since their American students could not learn enough Korean to read difficult texts, therefore translations of Korean texts, both old and recent, were needed for classroom use. This was the first (small-scale) commercial reason for publishing translations from Korean in the USA and a few university presses took a lead. These books rarely reached a general readership.

The main criteria for selecting certain works for translation, whether by Koreans or others, continued to be those found in the standard histories of Korean literature as taught in Korea. The critical opinion of Korean academics was accepted as the main basis for admiration and there seems to have been no great thought given to what works might have a stronger appeal to non-Korean readers. Translation was therefore entirely devoted to works that Koreans admired, the assumption being that their qualities would be obvious to the whole world, no matter how they were written or translated. Moreover, popularity or entertainment value were hardly categories for the awarding of the annual Korean literary prizes on which reputations depended. Much more important factors were the name of the writer by whom a younger writer was first recognized (등단) and the publisher of the work to be crowned.

Some figures might help. In the 30 years between 1970 and 2000, some 130 English translations of Korean poetry, fiction and (very occasionally) drama were published. Of these, 95 were translated by Koreans, and over 40 were published in Korea, others by obscure American presses. 53 of the total were poetry. 44 were anthologies of poetry or short stories with works by multiple authors. 63 were fiction (collections of short stories or full-length novels). It was not until 1979 that a full-length Korean novel was published, *Ulhwa the Shaman* by Kim Dongni, translated by Ahn Junghyo and published by Larchwood (USA), a press that went on to publish a few other Korean novels in the following years. That was a curious work, for the original short story 무녀도 had been published in 1936. The author then revised and expanded it, finally publishing the full-length version only in 1978. The translation appeared just one year later. The short story, written under Japanese rule, was intended as a parable of the threats weighing on Korean cultural, national identity, symbolized by the shaman. The novel reflected the author's growing conviction that Korea should produce a new religious vision, a new religion for the world, in which humanity and nature would live in sympathetic synthesis. It awoke strong emotions in Korea, which were hardly paralleled in the outside world, its basic theme of the search for a new religion inspired by shamanism being unlikely to mean much in the West. In all, before 2000, English translations of 36 full-length novels were published, most (20) of them being published in Korea and therefore never distributed overseas.

In the first 12 years of the 21st century, another 130 volumes were published. 60 of these were poetry. Nearly 100 of the books had at least one Korean named as translator/co-translator. By now, very few were published in Korea but still almost none were published by a major commercial or university press. 18 were anthologies. 38

full-length novels were published. Finally, in the 10 years since 2012, 73 more volumes of poetry and 130 more volumes of fiction have been published, most of the fiction being full-length novels published overseas. We will talk about this most recent period a little later.

Attention to what is now known as "World Literature" began in countries where translation was more widespread than in the USA or the UK. In France, for example, in the 1980s and 90s, the small publisher Actes Sud began to publish multiple thin, pocket-book-size French translations of works from many countries, including Korean short stories and novellas, then later some full-length novels. In the 1990s, some good Parisian bookstores stocked those little books, but hidden in a rather dark corner, on a shelf labelled "Corée," close to "Chine" and "Japon." The same was true in England. Korean literature was not expected to appeal to general readers, but only to specialists, if at all. It was an exotic curiosity at best.

In England, the Harvill Press was founded after the war to publish translated novels from Russia and other East-European countries, mainly, and by other important European and international writers, such as Italo Calvino or Marguerite Durras. It built up a fine reputation. The owner, Christopher Maclehouse, one day felt an urge to publish a Korean title, since none were available anywhere. His wife, who was French, duly read the Korean titles published by Actes Sud and identified Yi Munyol's novel "The Poet" as the most interesting. By a complex series of events I became one of the translators, obliged to work with a very difficult Korean professor. The book was published, and it was duly reviewed in the *Times Literary Supplement.* But instead of being reviewed by a specialist in contemporary world fiction, as I hoped, they asked an academic expert in Korean Studies, Keith Howard, to write a review. But his specialty is ethnomusicology, including Korean music, and he admits to knowing nothing of Korean literature. The review, quite lengthy, was all about modern Korean history and ignored the novel entirely. For the first time, a major western publisher had chosen a work and then commissioned a translation from the Korean. Previously it was always the translator who chose what was translated, then desperately sought for a publisher. Alas, Harvill was then bought up and asset-stripped by Random House and the book with its author has never really figured on the Random House lists of "our authors."

Surely the most important turning-point in the progressive "globalization" of Korean fiction came in 2011, when Knopf published *Please Look After Mom* by Kyung-Sook Shin (Shin Gyeong-suk), translated by Chi-

Young Kim (a New York-based lawyer whose mother, Yu Young-nan was an earlier translator). Knopf is a Big Name! Until then, almost all Korean titles had been published by small, unknown presses with no budget for publicity or bookstore distribution, or by university presses relying mainly on class-room use and automatic library purchases. At last Korean fiction was no longer seen as material for study but as a commodity for the worldwide entertainment industry, just like movies, TV dramas, and (a little later) K-pop. *Please Look After Mom* was marketed in the West for general readers, especially members of book-clubs, being presented as a touching Asian family saga. It was not at all marketed as a specifically "Korean" title, although the author's identity made that clear enough. It was distributed, reviewed and publicized in the usual Knopf style, massively. There was a separate UK edition with a corrected English title, *Please Look After Mother*. It did not sell millions of copies, as some of Knopf's titles do, but for the very first time a translated Korean novel was treated just like any other novel, whether translated or not.

The other major event for the translation of Korean fiction was the recognition accorded to Deborah Smith's translation of Han Kang's rather strange novel *The Vegetarian* by the 2016 Man Booker International

Prize. Again, we find a touching Asian family saga, although darker and more clearly a study in social and psychological alienation. The fuss made by some pedantic Koreans about the somewhat free / inaccurate translation had no effect on international sales. In fact, *The Vegetarian* was the trailblazer for what was to follow. Korea had by this time begun to be an international household name, especially among the younger generations, thanks first to a series of very successful romantic TV dramas adored especially in Japan, South-East Asia and India, more than in the UK or USA, and then to the growing popularity of Korean movies, but above all to K-Pop music. In Korean fiction, the troubled, problematic psychology of the main female character in *The Vegetarian* was already a familiar motif, although certainly some readers wondered whether the novel was really worth so much fuss. But Gothic studies in psychosis had a long history in the West, and appealed to younger readers.

The growing popularity among younger Western readers of psychological "thrillers," as well as horror stories, science-fiction, and almost anything written by younger women, led to a considerable number of Korean novels finding important commercial publishers. These were mostly by younger female authors such as (following the spellings used by the publishers) Bae SuAh, Sun-mi

Hwang, Hye-young Pyun, You-Jeong Jeong, Cho Nam-Joo, Kim Soom, as well as Un-su Kim, and the older male Hwang Sok-yong. The name of Sora Kim Russell looms large among the younger translators producing this new form of Korean Wave. While Bruce Fulton has continued to publish translations of serious novels treating significant social issues, younger translators have turned to a far more diverse range of popular fiction, including fantasy, thrillers, science fiction, and graphic fiction. Thus Jamie Chang's translation of *Kim Jiyoung, Born 1982* was included in Times 100 Notable Books of 2020, Janet Hong's translation of *Bluebeard's First Wife* made it to Publisher Weekly's 'top 10 books of this year' and a longer list of works by younger writers translated by younger translators might be included. Brother Anthony, writing this chapter, has translated over a dozen popular novels in the past 2-3 years, some to be published by major publishers to significant acclaim.

Translators of Korean works have to some degree now escaped from the nightmare decades of the past in which a translator, having selected a novel or poet she liked and translated the work, desperately tried to find a "publisher" of any kind. Major publishers were inaccessible because they only deal with literary agents. We often turned to small, non-profit publishing operations. These small publishers had only limited facilities for publicity and distribution, the books got printed, but that was almost all that happened. The Korean government has long tried to encourage the "globalization" of Korean writing, first through the 문화예술진흥원, the Korean Culture & Arts Foundation, then through 한국문학번역원 LTI Korea, providing funding to translators once their work was accepted by a foreign publisher, as well as supporting publication and sending Korean writers overseas to speak and read at festivals. But that has had very little real impact. It is not because a government agency provides funding that a translated book succeeds, but because it has qualities that make it appealing to a worldwide readership. Korean writers have to write for the whole world, not only for readers in South Korea.

Today, the tables have turned. It is not only K-pop and Korean movies that make the international headlines, even Korean fiction is being translated, then published by major commercial presses, and embraced by readers in many countries as never before. Not all of it, of course, since major publishers can only publish a certain number of titles each year, and they only want to publish novels that they reckon they can market successfully. Publishing is a commercial enterprise. Korean writers have begun to understand that they have to be writing to entertain the world at large, especially the young, not only to satisfy older South Korean academic readers. The mostly younger translators now producing translations of popular novels and graphic fiction by younger Koreans can hope for more success, so long as the Korean writers are able to provide what is needed. Fiction today has to be entertaining, and different, has to speak to the world's demanding young readers who do not care if a writer is famous in Seoul and Busan. Korean writers who write exclusively for a Korean readership do not need translators. Those who write for tomorrow's world will be given the priority. If the writers do not write what is needed, the translators will labor in vain. The Korean fiction which appeals to major world publishers is not gloomy and nationalistic. It is as entertaining and imaginative, sometimes as grotesque and hair-raising, as any Korean movie, and shows that Korean writers have come a long way from the earlier grim "documentary realism." Korean literature is now fully "globalized," so much so that translators and agents have to struggle to keep up with it. Long may it continue.

한국문학 번역가의 책무

전승희

번역가, 보스턴 칼리지 한국학 부교수. 서울대에서 영문학 박사 학위를, 하버드대에서 비교문학 박사 학위를 취득했다. 계간지 《ASIA》와 동 출판사에서 나온 〈바이링궐 에디션 한국 대표 소설 시리즈〉의 편집위원으로 일했다. 우리말 번역서로 《오만과 편견》(공역), 《에드거 앨런 포 단편선》《설득》《여자를 위한 나라는 없다》《수영장 도서관》이 있고, 영역서로 《김대중 자서전》《랍스터를 먹는 시간》《회복하는 인간》 등이 있다.

한국 가요와 한국 영화, 한국 드라마 등 대중적인 장르가 1990년대 이래 무서운 기세로 세계적 영향력을 확장한 것에 비해, 한국문학에 대한 해외 관심 증가 속도는 비교적 느린 편이다. 이는 물론 문학 작품이 사용하는 매체가 고도로 상징적이라는 사실을 고려하면 당연한 현상일 것이다. 그럼에도 2008년 신경숙의 《엄마를 부탁해》의 대중적 성공을 전후로 한국문학 번역의 지평이 확장된 이래, 2016년 한강의 《채식주의자》가 맨 부커상을 수상하는 등 최근 10년 안팎으로 이전과는 확연히 다른 기세를 보여주고 있다. 한국문학이 한국이라는 독특하게 활력에 찬 사회의 귀중한 산물로서, 널리 공유되면 좋을 인류 공통의 창조물이라고 보는 나에게는 참으로 반가운 일이다. 이런 추세를 반영하듯, 최근 20여 년 사이에는 한국문학 번역에 대한 논의도 한국문학 연구자와 번역 실무자들에 의해 더 활발히 전개되었다. 번역 문학에 대한 저널의 발간도 활기차 보이고, 문학 번역에 대한 학자들이나 번역 실무자들의 글도 상당히 증가했다. 한국문학이 담고 있는 귀중한 자산의 소개가 수준 높게 이루어지기를 바라는 입장에서 이 또한 기쁘다.

이런 추세의 일환으로, 그동안 대중적 인기와 무관하게 한국문학 번역에 묵묵히 매진해온 여러 선배 번역가에 대한 평가도 좀 더 적극적으로 이루어지기 시작했고, 개별 번역, 재번역, 동일 작품에 대한 복수의 번역 사례, 번역 이론에 대한 소개와 응용 등 여러 논의도 활발하게 진행되고 있다. 물론 한국문학 번역이 최근 들어서야 꽃을 피우기 시작한 사실을 반영하듯, 이러한 논의도 다른 나라에 비해 아직은 초기 단계로 보인다. 이제라도 'L1 번역과 L2 번역 중에 어느 것이 더 나은가' '둘 사이의 협업이 꼭 필요한가' '한국문학 번역 실무자를 양성할 때 무엇에 초점을 두어야 하는가' '번역에서 가독성과 정확성 중 어느 것이 먼저인가' 등 기본적인 주제가 논의되고 있어 다행이다. 또한 개별 작품의 번역에서 부딪히거나 발견되는 다양한 문제도 조금씩 논의의 대상이 되고 있다.

나는 번역론이나 번역학을 정식으로 공부했다기보다, 문학을 좋아하고 공부하다 보니 한국문학 번역에 상당 기간 종사해온 번역 실무자다. 영문학과 비교문학을 여러 해 동안 공부해서 여러 언어로 쓰인 문학 작품을 연구하며, 틈틈이 한국문학을 외국에 혹은 외국 문학을 한국에 소개하는 일에도 꽤 오래 관여해왔다. 이 글에서는 한국문학 번역에 관한 최근 논의의 일부를 경력 실무자의 관점으로 살펴본 뒤, 한국문학 번역에 관한 바람직한 접근에 대해 다소 원론적인 얘기를 해보려 한다.

최근 들어 한국문학 번역에 관한 논의가 더 활발해진 데는 앞서도 얘기한 것처럼 한국과 한국문학에 대한 세계적인 관심이 증가한 것이 큰 몫을 했을 듯싶다. 특히 외국 문학의 영어 번역에 대해 주어지는 상 중에서도 남다른 권위를 자랑하는 맨 부커상을 수상한 한강의 《채식주의자》가 번역의 정확성 논란에 휘말림으로써, 한국문학 번역에 관련된 모든 이가 그런 원론적인 문제에 새삼 관심을 갖지 않을 수 없게 되었다. 국내외의 많은 매체와 논자들이 그 논란에 가세함으로써 이제 막 활발해지기 시작한 한국문학 번역에 관해 중요한 생각거리를 던져주었기 때문이다. 더욱이 이 상의 심사위원들은 한국어를 모르는, 따라서 원작을 읽어 번역서와 대조해볼 능력이 없는 사람들이다. 따라서 독자에게는 별 영향을 안 미쳤을지도 모르는 정확성 논란은 번역 이론가와 실무자들에게는 중요한 도전이었다. 원문을 모르는 사람이 번역 작품만을 가지고 원작과 번역작의 우수성을 제대로 판단할 수 있는가? 번역 작품만을 가지고 두 가지를 다 판단한다면 그 기준은 무엇인가? 그 기준에 객관성이 있을 수 있는가? 있다면 무엇인가? 여기서 제기된 이 같은 질문은 외국 문학 번역과 관련한 중요하고도 근본적인 문제로, 문학 번역에 관련된 사람이라면 꼭 생각해볼 만한 것이다.

데보라 스미스가 번역한 《The Vegetarian》에서 상당수의 오역 내지 과장된 번역이 발견된다는 점은 이미 많은 연구자가 꼼꼼히 지적한 바 있고, 내가 보기에도 그들의 논의가 대체로 타당해 보인다. 문제는 그 사실을 어떻게 해석하고 평가하느냐인데, 그것을 정당하고 중요한 지적이라고 보는 경우도 있었고, 현학적인 학자와 참견자의 까다로움이라고 보는 견해도 상당수 있었다.[1] 전언에 따르면, 작가 한강은 이 '오역'들에 대해 그리 개의치 않는다고 했고, 역자 역시 원작의 정신에 충실한 '창조적' 번역이라는 점을 강조했다.[2] 나에게는 《The New York Review of Books》에 팀 파크스(Tim Parks)가 2016년 당시에 제시한 "작품 내용과 문체 사이의 관계", 즉 그 둘 사이의 상응 여부라는 기준이 비교적 설득력 있게 들렸다.[3] 파크스는 원어를 모르는 독자라도 천박하거나 피상적인 작중인물의 사고가 너무 세련된 언어로 표현되거나 그 반대의 경우처럼 내용과 문체 사이에 괴리가 있다면 원작이나 번역의 수준을 의심할 수밖에 없다고 주장했는데, 이는 원어를 모르는 사람이 원작이나 번역 작품을 평가하는 중요한 기준의 하나가 될듯하다.

내가 《채식주의자》 번역에 관한 논란을 언급한 것은 뒤늦게 이 개별 사례의 평가에 대한 논의에 가세하기 위해서가 아니다. 어차피 완벽하게 정확성을 갖춘 번역이란 불가능하다는 상식을 고려할 때, 이 사례가 어느 정도 심각한 문제인가는 지속적으로 논란의 대상이 되지 않을까 싶다. 하지만 이 기회에 그와 관련해 제기된 문학 작품 번역의 정확성과 가독성에 대한 논의를 좀 더 살펴보고, 책임 있는 번역 실무자라면 과연 어떤 태도로 그 문제에 접근해야 하는지를 고민해보고자 한다. 완벽히 정확한 번역이 불가능하다고 해도 오역과 창의적 번역은 근본적으로 다르며, 번역가에게는 두 언어와 문화 사이를 최대한 충실히 중개할 책임이 있기 때문이다. 그렇다면 혹시 그동안의 번역 관행에 원작의 내용을 충실히 전달하기에 부족한 면이 없었는지, 그렇다면 어떻게 보완해야 할지 스스로에게 물어봄 직하다.

《The Vegetarian》의 번역 논란에서 심심치 않게 발견되는 것은, 학자나 호사가의 정확성에 대한 강조가 비현실적이거나 심지어 바람직하지 않다는 불평이다. 하지만 이러한 논의는 훌륭한 문학 번역이란 기본적으로 좋은 작품을 창작하는 일에 못지않게 엄청난 능력을 요구하는 일이라는 사실을 인정하는 데서 출발해야 한다. 오늘날 같은 세계화 시대에도 외국어와 외국 문화를 제대로, 그리고 충분히 이해하는 데는 엄청난 시간과 노력이 필요하다. 얼핏 같아 보이는 단어나 표현, 행위 안에는 크고 작은 차이가 있고, 그 간극을 좁히는 일은 번역이라는 말이 연상시키는 기계적인 작업과는 거리가 멀며, 언어를 가장 고도의 방식으로 활용하는 문학의 경우는 더욱 그렇다. 그런 의미에서 보면, 일종의 전문 기술자로서의 문학 번역가 양성에 대한 논의나 L1 번역가와 L2 번역가 중 누가 나으냐 하는 식의 논의가 공허하게 들린다. L1 번역가든 L2 번역가든, 아니면 어렸을 때부터 이중 언어 구사자로 큰 사람이라 하더라도, 두 언어와 문화, 문학이 충분히 체화되지 않은 사람 혹은 보완적인 방법을 통해 그 간극을 제대로 메꾸지 않은 사람이 좋은 번역을 하기는 불가능해 보이기 때문이다. 그런 맥락에서 문학 번역은 사실 많은 훈련을 거치지 않아도 우연히 좋은 가락을 만들거나 좋은 그림을 그리는 일과는 성격이 다르다. 그렇다고 물론 문학 번역을 두 언어와 문화, 문학에 능통한 사람에게만 맡겨야 한다고 주장하려는 것은 아니다. 현실적인 번역·출판 환경에서 불가피하게 발생할 수 있는 부족한 부분이 지적될 때, 책임 있는 번역자나 편집자나 출판인이라면 그것을 흔쾌히 인정할 수 있어야 하고, 또 그것을 최소한으로 줄이려는 방법도 고민해야 한다는 것이다.

한국문학 번역에 관한 논의에서 눈에 띄는 또 하나의 사실은 번역의 정치성에 대한 논의가 부족하다는 것이다. 우리 학계나 외국 학계에서 이론적으로는 이미 제법 논의되었듯, 언어와 문화의 번역은 결코 진공 속에서 이루어지지 않는, 둘 사이 현실적 세력의 차이가 반영된 행위다.[4] 이 사실은 번역의 방향이 어느 쪽으로 더 많이 이루어지느냐와 같은 외형적인 지표로도 나타나지만, 가독성 혹은 쉽게 읽을 수 있는 문체에 대한 강조의 차이로도 나타난다. 예를 들어, 외국 문학을 한국어로 번역할 경우, 대부분의 진지한 번역자, 편집자, 출판사에서는 글의 흐름을 끊을 가능성을 무릅쓰고 각주를 붙이는 쪽을 선호한다. 번역·출판인이나 독자 모두 두 언어와 문화 사이의 다름을 존중하고, 상대방에게서 배우고 취할 점이 있다고 생각하기 때문이다. 반면에 영어권 출판계에서는 번역 문학에서 글의 흐름을 방해하는 각주는 금물이다. 의역이나 심지어 오역이 있더라도 영어로 잘 읽히는 쪽을 선택하는 편이다. 원어 사용자보다 현지어 사용자의 번역을 선호하는 경향도, 현지어 사용자의 원어 이해에서의 실수보다 원어 사용자의 현지어 표현에서의 실수가 더 가독성을 낮춘다는 점을 고려하면, 같은 태도의 연장이라 할 수 있다.[5] 이것을 다른 문화의 힘과 중요성을 인정하고 거기서 배우려는 태도가 있느냐 없느냐가 아닌, 단순한 문화적 관행의 차이라고 본다면 너무 순진한 해석일 것이다.

그렇다면 이렇게 다른 언어와 문화 사이의 세력 관계뿐 아니라 언어와 문화, 문학에 대한 숙련된 앎의 필요성도 고려한 번역은 어떻게 달성할 수 있을까? 문학 번역을 담당하는 사람에게 가장 필요한 덕목은 겸손함, 즉 두 문화와 언어에 대한 이해와 구사 능력, 두 언어 사이의 세력 관계에서 비롯한 차이에 대한 정확한 인식, 그리고 그에 기반한 일종의 보완 노력이 아닐까 한다. 현장에서 번역과 감수에 오래 종사해왔고 시행착오를 겪어온 입장에서 말하자면, 번역자의 부족한 점을 보완해줄 수 있는 조력자에 의한 책임 있는 감수 내지 감수자와의 협업, 또는 공역 등은 좋은 번역이라는 결과물을 만들어내는 데 필수적인 요건이다.[6] 현실적으로 피하기 어려운 일이긴 하지만, 한국문학 작품의 많은 영역서에서 터무니없는 오역이 다수 발견되는 것은 안타까운 일이다. 책임 있는 번역가라면 그것을 피하고자 다양한 방법으로 최대한의 노력을 기울여야 한다. 작품의 가독성이나 번역가의 창의성은 그런 노력 없이 논의되어서는 안 된다.

앞에서도 언급했듯, 언어와 문화의 차이 때문에, 문학뿐 아니라 어떤 분야에서도 직역이라는 말이 의미하는 정확한 일대일 번역은 불가능하다. 번역가는 다양한 가능성 사이의 선택을 통해 자신이 생각하는 최선의 방법으로 원작을 반영하고 전달하려고 노력할 따름이다. 두 언어와 문화 사이의 세력 관계를 충분히 고려한 뒤에도 충실성과 가독성 사이에는 다양한 스펙트럼이 있고, 한 시대에 혹은 한 계층에게 비교적 충실한 번역이 다음 시대에 혹은 다른 계층에게 부정확한 것이 될 수도 있다. 즉 많은 이론가나 실무자가 이미 증언했듯이, 번역은 (특히나 문학 번역은) 일반적으로 생각하는 기계적 재생산이나 베끼기라기보다 생산이나 창조에 더 가까운 행위다. 더욱이 모든 결정이 자기에게 달려 있지 않다는 면에서 더 까다로운 창조 작업이라고 할 수 있다. 따라서 책임 있는 문학 번역가라면 거의 무한에 가까운 가능성의 스펙트럼에서 자신이 내리는 선택의 의미와 의도에 대해 의식해야 하고, 또한 그 점들을 독자에게 가능한 방법으로 알려주어야 한다. 그것은 일러두기나 역자 서문, 후기, 해설 등을 통해 직접적으로 전할 수도 있고, 개성이 분명한 문체를 통해서 간접적으로 알릴 수도 있다. 아직은 터무니없는 소리 같지만, 같은 번역자도 강조점을 달리해서 같은 작품에 대한 다른 번역을 낼 수 있다면, 독자는 자신의 취향에 따라 다른 버전을 선택하게 될지도 모른다.

최근의 논의에서 떠오른 번역의 정확성과 가독성 문제를 중심으로 한국문학 번역이라는 과업에 어떤 자세로 접근해야 하는지 다소 원론적으로 생각해보았다. 문학 번역이란 고도의 능력을 요구하는 일이라는 사실을 잊지 말아야 한다는 점을 다시 한번 강조하고 싶다. 그런 의미에서는 문학 번역가란 번역이라는 말이 주는 암묵적인 연상과는 달리 절대 투명인간일 수 없다. 오히려 최근 활발하게 외국 문학의 영역을 소개하며 널리 인정받고 있는 온라인 저널 《Asymptote》에 실린 한 글에서 주장하듯, 이미 존재하는 곡을 나름의 방식으로 해석해 소화하는 '디바' 혹은 '마에스트로'에 가깝다.[7] 번역가가 겸손해야 한다고 하면서 디바나 마에스트로 같은 존재라고 하니 얼핏 모순적이라는 느낌이 들지도 모른다. 하지만 번역이라는 무거운 과업 앞에 겸손해야만 책임 있는 번역가가 될 수 있다는 말, 그렇게 책임을 다하는 번역가라면 마에스트로이기도 하다는 주장은 그 일이 지닌 막중한 무게를 똑같이 표현한다. 다행히 한국문학 번역과 출판이 늘어나고 연륜이 쌓이면서, 최근 들어 좋은 협업과 오랜 기간의 진지한 작업을 통해 그와 같은 마에스트로의 창조물이 늘어나는 추세다. 해외 독자의 한국문학에 대한 관심의 증가, 한국의 몇몇 기관의 지원 등도 그 추동력을 제공할 듯한데, 출판계의 상업주의나 출판업의 열악한 조건에도 앞으로 그런 추세가 계속되었으면 좋겠다. 그래야 한국문학이 해외에 제대로 소개되고, 한국인뿐 아니라 세계인의 정신적 자양분 역할을 해줄 수 있을 테니까.

국내 번역학 연구의 과제

이상빈

한국외대 영어대학 EICC학과 교수. 고려대 불어불문학과, 서울외국어대학원대학교 통번역대학원 한영과를 졸업하고 한국외대 통번역대학원에서 통번역학 박사 학위를 취득했으며, 동국대 영어통번역학과 조교수를 역임했다. 지금까지 국내외 학술저널에 70편 이상의 논문을 게재했다. 2016년 중앙일보 대학평가에서 최우수 연구자로 선정되었고 2022년에는 한국외국어대학교 동원교육상을 수상했다.

왜 국내 번역학 연구인가? 이유는 크게 세 가지다. 첫째, 한국문학과 관련된 해외 연구에서는 번역 자체에 관한 관심이 적기 때문이다. 한국학 분야의 국제 저명 학술지를 보면, 한국문학 번역에 관한 서평을 어렵지 않게 만날 수 있다. 하지만 이러한 저널에도 번역만을 집중적으로 분석한 아티클(article) 형태의 논문은 많지 않다(고전문학의 경우 그나마 사정이 괜찮다). 번역을 전문적으로 다루는 해외 번역학 저널에서는 한국문학에 대한 짧은 언급조차도 보기가 어렵다. 해외 번역학계에서는 한국에 대한 인식이 미미하고 언어·문화 간 권력 차이가 커서, 한국문학을 논하기가 구조적으로 쉽지 않다. 이를테면 해외 번역학 저널에 〈햄릿〉에 관한 논문을 투고하는 것은 자연스럽지만, 〈춘향전〉 번역에 관한 논문을 투고하는 일은 상상조차 하기 힘들다. 둘째, 아주 단순한 이유이기도 한데, 번역학은 내가 몸담은 분야이기 때문이다. 한국문학 번역에 관한 국내 논문은 크게 두 부류로 나뉜다. 한 부류는 나처럼 번역을 전공한 후 번역학 분야에서 활동하는 사람의 논문이고, 다른 한 부류는 한국문학이나 다른 인문학 분야에 속해 있으면서 번역을 전문적으로 연구하는 사람의 논문이다. 이 글에서는 전자만을 다룰 것이다. 셋째, 한국 학자로서 느끼는 의무감과 소망 때문이다. 우리의 것을 우리가 챙기지 않는다면 누가 할 수 있을까? 국내 학계에 관한 성찰을 해외 학자에게서 기대하기란 어려울 것이다.

이 글에서는 국내 번역학 연구의 문제점을 네 가지로 지적해보고자 한다. 먼저 한국문학의 특정 장르나 텍스트에만 몰두하는 번역학계의 편식 습관을 비판적으로 논할 것이다. 이어 오역 찾기에만 집중하는 연구 방법을 지적하면서 번역 텍스트를 바라보는 새로운 관점을 주장할 것이다. 그다음에는 번역학이 다른 인문학과 진정한 의미에서 교류할 수 있어야 함을 주장하면서 국내 번역학계의 정체성 문제를 논할 것이다. 마지막으로, 번역 연구자에게 작가·번역가·독자의 의미를 살펴보고, 이들을 대상으로 한 연구 확대의 필요성을 주장할 것이다.

편식

국내 번역학 연구의 가장 큰 문제는 '편식'이다. 번역학 연구자들이 우선 다루어야 할 대상을 간과한 채 일부 장르나 텍스트에만 관심을 보인다는 뜻이다. 차별화된 연구 주제 없이 특정 번역본만을 반복적으로 다루고, 문학적·역사적 가치가 큰 작품보다는 언론에 자주 노출되는 작품에 주목한다.

편식 현상은 고전문학과 근대문학 분야를 통해 간접적으로 확인할 수 있다. 〈홍길동전〉은 오래전부터 여러 버전으로 번역되었고, 한국학을 공부하는 외국인 사이에서도 잘 알려진 고전이다. 하지만 이런 작품에 대한 번역학자들의 관심은 이상하리만큼 적다. 〈홍길동전〉 번역을 심도 있게 연구한 국내 논문은 최소 여덟 편이 있는데, 이 중 번역학 연구자가 출판한 논문은 한국학술지인용색인 기준 내가 2020년에 발표한 논문[1]이 유일해 보인다. 내가 분석한 〈홍길동전〉 영역본은 한국학에서 자주 거론되는 호러스 뉴턴 알렌(Horace Newton Allen)이나 제임스 게일의 번역본이 아니라, 마샬 필(Marshall Pihl)이 1968년 출판한 경판 24장본의 영역본이다. 이 번역본은 1981년 피터 리에 의해서, 2020년에는 권영민과 브루스 풀턴에 의해 재출판되었다.[2]

〈홍길동전〉과 관련된 장르는 그나마 익숙하기라도 하다. 설화, 향가, 시조, 판소리 등의 분야에서 국내 번역학 연구의 공백은 상당히 크다. 사실 고전까지 갈 필요도 없다. 20세기 초·중반에 나온 문학 작품만 보더라도 관련 연구는 지극히 제한적이다. 이런 분야는 '문학 전공자나 언어학자들의 몫'이라고 주장하는 사람도 있을 것이다. 물론 번역학자들이 고전문학이나 근대문학 분야에서 할 수 있는 연구가 많지 않다는 것을 알고 있다. 하지만 번역학자들에게는 번역을 볼 수 있는 독특한 '눈'이 있다. 번역학 전공자는 최근작만을 다룰 수밖에 없을까?*

내가 보기에 번역학 전공자들이 일차적으로 관심을 두

는 대상은 최근에 상을 받았고, 대개는 이런 이유로 언론 매체에서 중요하게 거론되는 작품들이다. 대표적인 예가 《채식주의자》의 번역본 《The Vegetarian》이다. 데보라 스미스가 번역한 이 작품은 최근 국내에서 나온 번역 관련 기사에서 가장 많이 언급된 작품이다.

《The Vegetarian》에 관한 번역 연구자들의 관심은 간단한 수치를 통해 확인할 수 있다. 원작은 2007년 10월 단행본으로 출간되었고, 영역본은 2015년 1월 영국에서 처음 출판되었다. 이듬해인 2016년 5월에는 한국 작품 최초로 맨 부커상을 수상했다. 맨 부커상 수상은 각종 보도의 주요 소재가 되었고, 학계에도 큰 영향을 미쳤다. 2008년과 2015년 사이에 출판된 《채식주의자》 관련 논문은 인문학을 통틀어 10편도 안 됐는데, 2016년부터는 비교가 무색할 정도로 급증했다. 번역학 분야도 상황은 비슷했다. 한국학술지인용색인에서 "채식주의자" 또는 "the vegetarian"으로 검색되는 번역학 저널 논문은 2022년 기준, 총 23편에 이른다. 이를 연도별로 정리하면 다음과 같다.

* 국내 번역학 연구의 역사가 짧은 것도 한 요인이다.

발행 연도	2016	2017	2018	2019	2020	2021	2022
논문 수	2	6	8	2	0	2	3

이 표에서 확인할 수 있듯이 《The Vegetarian》과 관련된 논문은 2020년을 제외하면 매년 두 편 이상 출판되었다. 특히 맨 부커상 수상 직후인 2017년과 2018년에 출간된 논문은 전체 수의 절반을 차지한다. 당시 번역학 분야의 등재 학술지가 네 개뿐임을 고려하면 대단한 수치다. 만일 다른 인문학 분야와 복합학 분야의 저널에서 번역학 전공자가 게재한 논문 14편까지 합한다면 전체 수는 훨씬 더 늘어난다.* 국내 번역학계에서 단일 번역본이 이처럼 많은 관심을 받은 적은 내가 기억하기로는 없다.

역사적 가치가 높은 번역도 관련 연구가 턱없이 부족한 상황에서, 번역 연구자의 이 같은 관심은 적절한 걸까? 《The Vegetarian》**은 유독 국내에서 번역 논란이 크게

---

* 이형진은 그의 논문 〈한국문학의 영어 번역, 논란과 논쟁을 번역하다〉(《번역학연구》 제19권 4호)에서, "우수한 작품성을 인정받게 되는 작가들의 작품의 영어 번역에 대해서만 국내 학계의 학문적 관심과 번역 분석이 집중되고, 대부분의 논의와 분석이 오역 논의와 번역자의 자격 논란으로 귀결되는 패턴의 반복은 이들 작품의 영어 번역이 획득하는 헤게모니와 영향력에 대한 한국문학 체계에 내재한 견제와 제어의 방어기제라고 볼 수 있다"라고 주장했다.

일었다. 문학 번역에서 일반적인 '원문중심의 번역' 방식이 지켜지지 않은 경우가 많았고, 무엇보다도 많은 전문가가 부당하다고 판단한 누락, 첨가 등이 본문 곳곳에 있었기 때문이다. 텍스트 대조를 업으로 하는 번역 연구자들이 이러한 번역을 지나치기는 쉽지 않았을 것이다. 그렇다 하더라도 《The Vegetarian》에 관한 학문적 관심이 지나치지는 않았는지 따져볼 필요가 있다. 관련 논문이 모두 단순한 오역 찾기에서 벗어나 생산적인 담론을 이끌어냈을까?

일반적으로, 예전의 한국 소설은 '재미있는' 텍스트가 아니다. 하지만 재미와 가치는 늘 상관관계에 있지 않다. 많은 외국 독자가 과거의 한국 소설은 암울하고 어렵기만 하다고 말한다. 일반 독자라면 이런 관점에 호응할 수도 있겠지만, 문학 텍스트를 연구하는 사람이라면 다른 관점에서도 생각해야 한다. 중·고등학교 때 배웠던 필독 소설들은 비록 재미는 덜해도 한국문학사를 구성하는 핵심이며 오늘의 한국문학을 가능케 한 토대다. 몇 년 전 나는 판소리 〈심청가〉 완판본의 최초 완역본인 〈The Song

---

** 《The Vegetarian》을 '번역'이 아닌, '편역'으로 규정한다면, 오역 논란의 상당 부분을 해결할 수 있다. 스미스의 영어 버전은 한국문학의 가시성과 위상을 높이는 데 이바지했다.

of Shim Ch'ŏng〉(1994)을 연구하면서 관련 논문이 단 한 편도 없다는 사실을 알고 매우 놀란 적이 있다.[3] 진짜 문제는 이러한 연구 공백이 적지 않다는 사실이다. 《The Vegetarian》과 같은 작품을 분석하는 것도 물론 중요하지만, 오래전에 출판된 문학사적 가치가 훨씬 큰 작품을 논하지 않았다면 이야기는 다르다.

국내 번역학계에서 고전문학을 연구하는 것은 외로운 일이기도 하다. 최근 나는 〈케빈 오록*의 시조 번역의 구조적 특징: 윤선도의 "어부사시사"를 기반으로〉라는 논문에서 시조 번역의 구조적 차이를 논한 바 있다.[4] 이 논문은 시조의 기본 구조(초장-중장-종장)와 여음구(후렴구)가 영어로 어떻게 재현될 수 있는지를 시대별·번역자별로 비교한 것이다. 오록은 한국 시가문학 번역에 앞장섰으나 학계의 주목을 받지는 못했다. 그래서 나는 그에 관한 연구를 하면서 '훌륭한 번역가 한 분을 소개했다'는 자부심을 느낄 수 있었다. 하지만 고전문학과 관련된 논문을 쓰다 보면, '이 글을 읽을 사람이 얼마나 될까?'라는 회

---

* 케빈 오로크(Kevin O'Rourke). 조병화 시인이 그에게 오록(吳鹿)이라는 우리말 이름을 지어주었다. 한국문학을 영어로 옮긴 뛰어난 번역가로, 현대문학과 고전문학을 망라하여 모든 장르에서 20여 편의 저서를 출간했다.

의감이 들 때도 많다.

편식의 문제는 2019년에 출간된 《The Routledge Handbook of Literary Translation(라우트리지 문학 번역 핸드북)》을 통해서도 알 수 있다. 이 책에서 가장 먼저 확인할 수 있는 사실은 국내 번역학자들이 문학의 하위 영역, 즉 '장르'라고 부르는 것을 좀 더 폭넓게 바라볼 필요가 있다는 점이다. '문학'이라고 하면 흔히 소설과 시 정도를 떠올리게 된다. 이는 해외 번역학 연구에서도 크게 다르지 않다. 하지만 소설 장르 하나만 해도 내용에 따라 역사·추리·판타지 등으로 구분할 수 있고, 독자층에 따라서도 아동·청소년 소설을 따로 생각할 수 있다. 라우트리지 핸드북은 문학을 총 열세 개 장르, 즉 고전시가, 고전산문, 구전 문학, 동화와 민화, 아동문학, 종교 관련 텍스트, 산문 소설, 추리소설, 코믹스·그래픽 노블·팬픽션, 논픽션, 시, 음악, 극문학[5]으로 나누고, 각 장르의 연구 성과를 소개한다. 이와 비교해보면 국내 번역학 연구는 아동문학, 시, 소설 정도가 주된 분석 대상인 듯싶다.

조금이나마 다행인 것은 최근 일부 연구자가 새로운 장르에도 관심을 두기 시작했다는 점이다. 가령 김자경은 〈그래픽 노블 번역에 나타난 명시화 전략 고찰〉이라는 글에서 김금숙의 《풀》과 재닛 홍이 번역한 《Grass》를 비교했다. 또한 마승혜와 김순영은 〈추리소설 번역에서 결속구조 및 정보성 변화 양상과 그 효과〉라는 논문에서 윤고은의 《밤의 여행자들》과 리지 뷸러가 번역한 《The Disaster Tourist》를 분석했다.[6] 하지만 이러한 논문이 국내 번역학계의 변화를 상징하는 것은 아니다. 이 경우도 국제 무대의 수상 실적이 연구의 주요 동기로 작용했을 가능성이 커 보이기 때문이다. 《풀》은 2020년 10월 '만화계의 오스카상'으로 불리는 하비상을, 《밤의 여행자들》은 2021년 영국 추리작가협회에서 주관하는 대거상을 수상했다.

구체적인 탐구 주제도 생각해봐야 한다. 문학 번역 분야에서 연구할 수 있는 주제는 생각보다 광범위하다. 라우트리지 핸드북에서 다루어진 주제는 문체, 교정과 재번역, 초국가주의적 시학(transnational poetics), 자기 번역(self-translation), 유사 번역(pseudotranslation), 윤리, 협동 번역, 페미니스트 번역, 성소수자 접근법, 검열 등이다. 이러한 주제 가운데 문체, 교정, 재번역 등은 국내 연구에서도 제법 다루어졌다. 일례로 최희경은 《난장이가 쏘아 올린 작은 공》을 포함한 아홉 편의 소설과 그 영어 번역본을 말뭉치로 구축하고, 어휘·통사·가독성 등의 문체 표지를 정량적으로 분석한 바 있다.[7] 하지만 핸드북에서 소개된 다른 주제의 경우 연구가 안 됐거나 논문 한두 편 있는 게 전부다.

오역 지적

두 번째로 지적하고 싶은 문제는 일부 연구자의 과도한 오역 찾기다. 오역 찾기에 집중한 논문들은 연구자가 세운 기준이나 관심사에 비추어 오역이라고 판단한 사례를 길게 나열한다. 또한 오역을 여기저기에서 발굴해 이런저런 항목에 꿰어맞추거나 유사 사례를 장황하게 제시한다.

번역 연구자는 '오역 사냥꾼'(mistranslation chaser)이 되지 않도록 스스로 경계해야 한다. 여기서 'mistranslation chaser'는 내가 만든 말로, 사건 현장의 주변에 있으면서 피해자들에게 소송을 부추기는 변호사를 이르는 말인 '앰뷸런스 체이서'(ambulance chaser)를 흉내 낸 표현이다. 논문 등의 성과를 위해 원문과 번역문의 차이를 집요하게 따지고 원작과 번역의 다름만을 문제 삼는 연구자(번역 평가자)를 뜻한다. 오역 사냥꾼은 자신이 정한 몇 안 되는 '기준'에 따라 번역을 재단하고, 그 결과에 따라 번역 전체를 평가한다. 때로는 논문을 생산하거나 원하는 성과를 얻기 위해, 이 기준이라는 것을 급하게 만들 때도 있다.

우리는 번역 텍스트의 오류를 조금은 관대한 시각에서 볼 필요가 있다. 연구자도 논문을 쓸 때 얼마나 많은 오류를 범하는가? 그중에는 논문이 출판되자마자 깨닫는 오류도 있다. 오류의 종류도 다양해, 오타나 띄어쓰기 문제부터 시작해 사실관계가 잘못된 부분도 있다. 번역도 글쓰기의 한 종류일 뿐이다. 번역자도 자신의 오역이나 실수를 알고 있을 때가 많다. 출판시장의 특성상 고치고 싶어도 고칠 수 없거나 다른 번역본이 출간되어 자기 교정(self-revision)의 필요성이 떨어질 때도 있다. 이런 점을 고려하면 간헐적인 오역을 지적하는 것보다는 작품 수용에 영향을 미치는 반복적 오류나 글쓰기 패턴 등을 논하는 것이 좀 더 나을지도 모른다.

번역학 연구의 중심축을 차지하는 오역 분석이 타당성을 확보하기 위해서는 적어도 두 가지 전제가 필요하다. 첫째, 비판은 건설적이어야 한다. 한국번역학회도 회칙에서 "오역 사례 지적 및 바른 번역 풍토 정착"을 10대 사업 중 하나로 규정하고, 오역 지적의 목표가 "바른 번역 풍토 정착"임을 분명히 했다. 이인규는 〈번역 비평에서의 오역 지적의 문제〉라는 논문[8]에서 '오역 지적'과 '오역 지적질'을 구별해야 한다고 주장한다. 번역 연구의 일차적 목표가 오역 비판이라면 연구자는 오역 사냥꾼이 되고, 연구는 오역 지적질이 된다. 둘째, 비판의 내용은 번역자의 관점에서 볼 때 실천 가능한 것이어야 한다. 오역에 대한 논의가 아무리 타당해도 그 내용을 실제 번역에 반영할 수 없다면 논의의 의미는 퇴색할 수밖에 없다. 연구자는 한두 가지의 기준만을 설정해 번역을 평가하지만, 번역자는 그 기준만을 생각하며 번역할 수 없다. 하나의 기준에 맞추어 번역해도 다른 기준에 안 맞을 수 있다.

오역 비판에서 완전히 자유로운 번역이 이 세상에 있을까? 그런데도 원작의 절대성만을 강조하는 사람들이 있다. 그들의 논지는 번역자에게 숨 쉴 공간도 허용하지 않는 것 같다. 한국은 세계문학에서 여전히 변방에 있다.* 한국문학을 번역하는 일은 '한국'을 세계에 알리는 것과도 같다. 그래서 한국문학 번역을 평가할 때면 애국심이나 민족주의가 발현하기 쉽다. '이 단어는 우리나라의 문화를 담고 있으니 이해가 어려워도 무조건 직역해야 해' 라고 말이다. 한국적인 것을 가시적으로 드러내지 않은 번역은 한국을 지우는 반역 행위로 보일 수 있다. 사실 나는 (어느 정도 길이가 있는 작품이라면) 모든 번역에 오류가 있다고 믿는다. 가벼운 오역(판단 기준이 다르면 오역이 아닐 수도 있는 것)을 따지며 번역 전체를 논하는 것은 어쩌면 시작부터 불공정한 게임일지도 모른다. 노련한 번역자의 번역이라도 작정하고 달려들면 걸려들기 마련이다. "번역은 반역"이라 했다. 번역은 필연적으로 원문과 다르다

* 일부 언론 보도와 달리 한국문학은 세계 무대에서 여전히 미미한 존재다. 미국이나 유럽 출판시장에서 한국문학의 점유율을 확인해보자. 한국 작가 몇 명이 상을 받았다고 해서 한국문학 전체가 세계화되는 것은 아니다. "한국문학의 세계화"라는 표현은 의미상 지나치다.

는 뜻이다. 이 말을 조금 비틀어 생각하면, '오역(誤譯) 없는 번역은 오역(忤逆)이다'라고 말할 수 있다. 오역(忤逆)은 표준국어대사전에도 등재된, '반역'의 유의어다.

번역의 단점과 한계만이 논문의 소재가 되어야 할 이유는 없다. 나쁜 번역만을 논하는 것은 논문이 되는데, 좋은 번역만을 논하는 건 왜 논문이 되지 못하는가? 후자 역시 다른 연구자에게 영감을 줄 수 있고, '바른 번역 풍토 정착'에도 이바지할 수 있다. 이제는 'Lost in Translation'에서 벗어나 'Gained in Translation'의 관점에서도 번역을 심도 있게 논해야 한다.[9] 《The Vegetarian》에 대한 국내 학계의 논의에서도 Gained in Translation의 관점이 좀 더 드러났으면 어땠을까? 앞서 언급한 한국번역학회 10대 사업 중 일곱 번째가 바로 '좋은 번역자와 번역물의 발굴 장려'다.

나도 오역을 찾고 이를 지적하는 연구를 한 적이 있다. 하지만 최근 3~4년 사이에는 어떤 번역이 왜 좋은지를 설명하거나 번역자의 자기 교정을 소개하는 데 치중했다. 이처럼 문학 번역 연구에 대한 기본 관점을 바꾸기 시작한 것은 마샬 필의 번역을 연구하면서부터다. 마샬 필은 1957년에 미군의 신분으로 한국을 처음 찾았다. 한국에 매력을 느낀 그는 대학 전공을 사회 심리학에서 극동 언어학으로 바꿨고, 1962년부터는 한미 풀브라이트 장

학생 1기로 학업을 이어갔다. 1965년에는 서양인 최초로 서울대에서 국문학 석사 학위를 받았고, 1974년에는 미국 최초로 한국문학(판소리)으로 하버드대 박사 학위를 취득했다. 그가 한국을 연구하던 1960~80년대에는 한국의 존재감이 너무나 미약해 미국 내 주요 대학에서 관련 강의 하나를 찾기가 어려웠다. 1995년 갑자기 세상을 뜨기 전까지 그는 학문적 동지가 거의 없는 상태에서 한국문학을 번역하고 연구했다. 한국(어)에 대한 이해가 상대적으로 부족했던 1960~70년대에도 그의 번역은 매우 훌륭했다. 물론 오역도 있었지만, 그는 자신의 번역을 교정해 재출판하면서 번역본의 완성도를 꾸준히 높여갔다. 가령 오영수의 단편소설 〈Nami and the Taffyman(남이와 엿장수)〉, 전광용의 단편소설 〈Kapitan Ri(꺼삐딴 리)〉와 같은 번역은 교정과 재출판을 두세 번 이상 거쳤다.* 내가 마샬 필에게 관심을 두기 시작했을 때는 그에 관한 논문이 거의 없었다. 그래서 나는 지난 4년 동안 그의 번역을 꾸

* 마샬 필은 오영수의 〈갯마을〉, 김승옥의 〈서울, 1964년 겨울〉, 이범선의 〈오발탄〉, 김동리의 〈역마〉, 조정래의 〈유형의 땅〉, 조세희의 〈기계도시〉, 박완서의 〈겨울 나들이〉, 판소리 〈심청가〉 완판본, 〈홍길동전〉 경판본 등을 번역했다. 〈Nami and the Taffyman〉은 1970년 《코리아 타임즈》가 주관한 한국 현대문학 번역상 단편소설 부문 대상작이었다.

준히 연구했고, 지금까지 관련 논문을 열 편 가까이 썼다. 이제 나는 전 세계에서 그에 관한 논문을 가장 많이 쓴 연구자가 되었다. 내가 마샬 필에 관한 연구에 집중했던 이유는 그에 대한 애정과 연민이 있었고, 그가 남긴 훌륭한 번역본과 교정본을 학계에 소개하면서 연구자로서 자부심을 느낄 수 있었기 때문이다. 그의 번역을 통해 배웠던 사실은 다른 연구를 수행할 때도 유용한 기준이 되었다.

학문 간 교류와 번역학의 정체성 문제

번역학과 다른 인문학 사이에는 엄청난 단층이 존재한다. 예를 들면, 번역학과 한국학은 한국문학 번역과 관련해 이렇다 할 교류가 없었다. 여기서 말하는 '교류'란 공동 학술대회와 같은 일회성 만남을 뜻하는 것이 아니라, 두 분야가 상대방의 학문적 성과를 인정하고 실제 연구에 상호 영향을 미치는 선순환적 관계를 의미한다. 사실 이러한 학문적 교류는 번역학계가 조성될 때부터 중요한 요소로 여겨져 왔다. 1999년 10월 창립한 한국번역학회도 '학문 간·언어 간 통합 연구 방향 모색'을 주요 사업 목표로 제시한 바 있다.

번역학 전공자가 학문 간 교류의 중요성을 깨닫는 순간은 원작자나 원작에 관한 정보를 수집할 때다. 번역 연구에서 원작과 관련해 필요한 정보는 대부분 '디테일'하다.

예컨대 '번역에서도 원작의 장문을 그대로 재현한 것 같은데, 원작자는 실제로 장문을 선호한 작가였을까? 그렇다면 관련 내용은 어디서 확인할 수 있을까?' '원작의 화법은 어떤 측면에서 연구할 가치가 있는가?' '원작자의 문장 부호 사용과 관련해 국문학자들은 어떤 논의를 했는가?' 이런 질문에 대한 해답은 국문학 논문에서도 찾기 어려울 때가 많다. 찾았다 하더라도 관련 논의가 타당한지 파악해야 하고, 반대 논점이 있는지도 확인해야 한다. 어쨌든 원작에 관한 이해가 부족한 번역학 전공자라면 국문학 계열의 이런저런 논문을 최대한 수집해 확인하는 수밖에 없다. 그래서 나는 연구를 어려워하는 학생들에게 "고등학교 교과서에 나오는 작품처럼 문학성과 역사성이 있는 작품을 선정하면 전략적으로 유리하다"고 조언한다. 연구 경험이 부족한 학생들이 잘 알려지지 않은 작품이나 관련 논의가 거의 없는 작품을 분석하는 일은 모험에 가깝다. 역사성이 뛰어난 작품을 연구하면 관련 논문을 찾기가 상대적으로 쉽다. 흔히 말해, 기댈 언덕이 있다. 물론 역사적·문학적 가치가 높은 원작이라도 원하는 정보가 없을 수도 있다. 하지만 내 경험에 비추어볼 때 관련 논문이 애초에 없는 경우보다는 연구자의 노력이 부족한 경우가 훨씬 많았다. 이 점을 깨달은 건 이상의 〈날개〉 영어 번역을 연구할 때였다.[10] 〈날개〉는 오랫동안 대입 시험에도 자주 나왔던 작품이니 관련 연구도 많을 것이라 짐작했다. 하지만 내가 원했던 논점은 꽤 독특했던지라 연구와 직접적으로 관련된 논문이 과연 있을까 싶었다. 어쨌든 나는 원하는 정보를 찾기 위해 점심 식사 직후나 글을 쓰기 싫을 때 인터넷을 무작정 뒤졌다. 그러다 보니 관련 정보가 조금씩 나타나기 시작했다.

문학 번역에 관한 논문을 쓰면서도 원작에 관한 기존 연구를 제대로 검토하지 않는다면 분석의 깊이도 그만큼 얕을 수밖에 없다. 번역학 전공자에게 원작에 관한 자료 검토가 쉬운 일은 아니다. 대개는 번역보다 원작에 관한 논문이 많으므로 원작에 관한 논문을 대강이라도 읽으려면 제법 많은 시간과 노력이 필요하다. 게다가 다른 분야의 논문을 읽고 이해하려면 별도의 배경지식이 필요할 때도 많다. 그러다 보니 번역학 저널만으로 선행 연구 검토를 끝내고 싶거나, 국문학이나 한국학 논문은 적당히 때로는 보여주기식으로 인용하고 싶어진다. 그러나 편안함을 좇는 연구 행태가 이어지면 안 그래도 좁은 번역학계는 더욱더 좁아지고, 진정한 의미의 학문적 교류는 멀어질 수밖에 없다.

한국학 저널이나 한국문학 저널에서 번역학 논문이 얼마나 인용되었는지를 확인해보자. 번역학자의 연구 성과가 다른 분야에까지 의미 있는 수준으로 확산되었을까?

한국학술지인용색인에서 "한국문학 번역"으로 검색했을 때 관련 논문 수가 가장 많은 두 저널은 《한국학연구》와 《비교한국학》이다. 이 두 저널이 가장 많이 인용한 학술지 TOP 20에는 번역학 관련 저널이 단 하나도 없다. 다른 인문학 분야의 연구자들이 번역학 논문을 충분히 인용하지 않은 것은 그럴 여지가 애초부터 없었기 때문이다. 앞서 언급했듯이 고전문학이나 근대문학에 관한 번역학계의 연구는 가뭄에 콩 나는 수준이다. 한국번역학회 10대 사업을 확인해보면, '한국 고전의 외국어 번역'이라는 항목이 있다. '한국 고전 번역이 이렇게 중요했어?'라고 생각할지도 모르겠다. 내 주변에 고전을 번역하거나 연구하는 사람은 거의 없다. 사실 '고전'까지 언급할 필요도 없다. 현대문학의 번역을 꾸준히 연구하는 사람도 거의 없으니까.

다른 인문학 분야의 논문을 읽어보면, 번역학 논문과의 차이를 또렷이 느낄 수 있다. 학문 간 '차이'라고 표현했지만, '번역학 연구자의 한계'(물론 태생적 한계는 아니다)라고 보는 것이 좀 더 타당할 듯싶다. 나는 이 점을 마샬 필과 케빈 오록의 번역을 연구하면서 뼈저리게 느꼈다. 내가 분석했던 텍스트는 〈홍길동전〉 〈심청가〉 〈어부사시사〉 등의 고전을 포함해 〈꺼삐딴 리〉 〈유형의 땅〉 〈서울, 1964년 겨울〉 등의 영어 번역본이었다. 이런 작품은 번역학계에서 거의 다루어진 바가 없으나, 한국학이나 다른 인문학 분야에서는 관련 논문을 어렵지 않게 찾을 수 있다. 선행 연구를 분석하는 과정에서 번역학 논문과 다른 분야의 논문을 자연스레 비교할 수 있었다. 내가 느낀 바로는 다른 인문학 분야의 논문은 인문학적 글쓰기의 성격이 강하고 문헌 분석이 좀 더 탄탄했다. 번역학 논문은 주로 번역 품질을 탐구하는 반면, 다른 인문학 분야에서는 번역을 둘러싼 역사적·사회적 조건에 더 큰 관심을 보였다. 학문적 성향이야 달라야 하겠지만, 번역학계의 연구가 번역 실제에만 몰입할 이유는 없다.[11] 그저 학문적 성향의 차이로 치부할 문제는 아니라는 뜻이다.

'번역'은 인문학 전반에 걸쳐 매우 인기 있는 소재다. 한국학술지인용색인(KCI)의 홈페이지를 방문하면 학문 분야별 '인기 키워드 TOP 10'을 한눈에 볼 수 있는데, 이 목록에 따르면 최근 몇 년 동안 인문학 분야에서 가장 인기 있는 키워드는 다름 아닌 '번역'이었다. 이러한 사실은 번역학계가 인문학에서 주도적 역할을 했다는 뜻이 아니라, 번역이 탐구 주제로서 그만큼 확장력이 크다는 뜻이다. 현재 인문학 저널의 수가 613개(2022년 7월 말 기준, KCI 인용지수에 반영된 저널)에 달하고, 이 가운데 번역학 저널은 다섯 개뿐임을 고려할 필요가 있다. 기본적으로 번역은 학제적 성격이 강한 주제다.

'한국문학 번역'에 관심을 두다 보니 이런 생각도 든다. '국내 번역학 연구는 나름의 색이 있는가?' '번역학 연구를 차별화하는 요소는 무엇이며, 국내 번역학자의 정체성은 어디에서 찾을 수 있는가?' 혹자는 번역 이론이야말로 번역학 연구의 정체성이라고 주장할 것이다. 틀린 말은 아니지만, 그렇다고 완전히 맞는 말도 아니다. 일단 문학 번역 연구에 적용할 수 있는 순수 번역학 이론이 무엇인지부터 의문이다. 문학 텍스트를 분석할 때 번역학 연구자가 사용하는 분석 도구는 대부분 언어학에서 온 것이기 때문이다. 연구자들이 종종 거론하는 번역 방법의 분류 체계는 너무 기초적이고 진부하다.

작가, 번역가, 독자에 관한 연구 필요

마지막으로 언급하고 싶은 점은 인간 주체에 관한 것이다. 지금까지의 번역학 논문은 연구자가 독립적으로 수행할 수 있는 연구, 특히 텍스트 분석이나 번역 현황을 소개하는 에세이 형식의 논문이 대부분이었다. 이와 비교해 문학 번역을 둘러싼 행위자 집단, 특히 '작가' '번역가' '독자'에 초점을 맞춘 연구는 상대적으로 부족하다. 작가, 번역가, 독자가 접근 불가능한 대상도 아닌데, 번역학 연구자들은 유독 텍스트에만 매달렸다. 번역 텍스트를 분석하면서도 번역자를 연구할 수 있다.[12] 문학 번역 연구도 결국 인(人)문학이다.

번역 행위자 네트워크에서 번역학자들에게 일차적으로 중요한 집단은 당연히 번역가다. 연구자는 번역가와의 교감을 통해 텍스트 분석만으로는 파악할 수 없는 정보를 얻을 수 있다. 예를 들어, 인터뷰를 통해 '번역가 아비투스'* '번역 절차 및 과정' '번역가 이데올로기' '번역 규범' 등을 파악할 수 있고, 이렇게 얻은 정보로 텍스트 분석의 타당성과 신뢰도를 높일 수 있다. 물론 '역자 후기'와 같은 파라텍스트(paratext)**를 들여다봐도 번역가나 번역 과정에 관한 정보를 얻을 수 있다. 하지만 내 경험에 비추어 볼 때 연구자가 찾는, 번역과 관련된 상세한 정보는 파라텍스트에 없는 경우가 훨씬 더 많았다.

번역자에게 연구 자료나 정보를 요청하는 일이 어려울 때도 많다. 연락처를 구하는 일부터 쉽지 않고, 겨우 연락

---

* 아비투스(habitus)는 프랑스 사회학자 피에르 부르디외(Pierre Bourdieu)가 만든 용어로, 특정 사회문화적 조건에서 한 개인이 습득한 사고방식, 성향, 행동 체계 등을 이른다.

** 제라르 주네트(Gérard Genette)에 따르면, 파라텍스트는 텍스트로 들어가는 관문에 해당한다. 파라텍스트는 텍스트 주변에 존재하는 페리텍스트(peritext)와 텍스트 밖에 존재하는 에피텍스트(epitext)로 구분된다. 역서의 본문을 텍스트라 하면, 텍스트를 둘러싸고 있는 표지, 목차, 역자 후기 등은 페리텍스트에, 번역서에 관한 신문 기사나 서평 등은 에피텍스트에 해당한다.

이 닿아 인터뷰 요청을 하더라도 거절당할 수 있다. 번역가가 나서지 않는 것은 순전히 개인 성향 때문일 수도 있지만, 대개는 번역에 대한 불필요한 논쟁이나 불편한 상황을 만들고 싶지 않기 때문이다. 이유가 뭐든 간에 연구자는 번역가의 입장과 처지를 공감할 수 있어야 한다. 번역가 관점에서 보면, 번역에 대한 작은 논의도 번역에 대한 평가로 이어질 수 있기 때문이다. 번역가가 좀 더 적극적으로 나설 수 있게 하려면 번역 연구자의 연구 풍토와 접근 방식을 바꿔야 한다. 앞서 언급한 것처럼 오역 사냥이나 오역 지적질이 지배적이면 번역가와 연구자는 함께 하는 사이가 될 수 없다.

마샬 필의 번역을 연구하면서 '그와 이메일이라도 주고받을 수 있었다면 어땠을까?'라는 상상을 해봤다. 그가 사망한 시점은 인터넷이 보급되기 시작할 무렵이다. 나는 고등학교를 막 졸업했고, 번역은커녕 영어에도 관심이 없던 때였다. 그러니 그와 나는 완전히 다른 세계에 살고 있었다. 신기하게도 그의 번역을 오래 들여다보니, 그를 본 적이 없는데도 마치 오랫동안 알고 지낸 사이처럼 느껴졌다. 내가 마샬 필이라는 번역가를 연구의 중심에 두었기 때문이다. 다른 한편으로 생각하면, 그에 관한 나의 연구는 반쪽짜리에 불과하다. 그가 어떤 사람일까 간혹 상상해봤지만, 실제 그에게서 어떤 조언이나 정보를 얻은 것은 아니기 때문이다. 나는 마샬 필의 번역을 통해 연구자와 번역가와의 만남을 진지하게 고민하기 시작했다.

최근 나는 브루스 풀턴과 주찬 풀턴의 번역을 연구하면서 그들에게 많은 도움을 받았다. 여러 차례 이메일을 주고받으면서 한국문학과 번역에 관한 다양한 관점을 배울 수 있었고, 번역서 출판에 영향을 미치는 각종 요인도 파악할 수 있었다. 심지어는 가벼운 이야기를 전해 들을 때도 문학 번역에 대해 깨닫는 바가 많았다. 풀턴 부부는 한국 현대소설 번역에서 살아 있는 역사와도 같다. 잘 모르는 사람들은 그들을 '미국인-한국인 공동 번역가' 정도로 쉽게 정의할지 모르지만, 번역가로서 그들의 본질은 두 번역가의 협력 관계라기보다는 개별 번역가로서 보여준 한국문학에 대한 열정 그리고 번역을 바라보는 눈과 필력에 있다. 이처럼 번역가에 대한 기본 사실조차도 번역 텍스트만을 봐서는 알기 어려울 때가 많다.

번역가와 달리 원작자는 번역학자의 주요 관심 대상이 아니다. 대개 번역학 연구는 번역 텍스트에 관한 것이고, 그러한 연구의 핵심은 원문의 특정 요소가 번역에서 어떻게 재현되었는지를 논하는 것이기 때문이다. 하지만 번역 텍스트를 분석할 때도 원작자의 경험과 생각이 결정적일 수 있다. 최근 나는 '위안부' 증언 소설인 김숨의 《한 명》과 브루스·주찬 풀턴이 영어로 번역한 《One Left》를 분석하면서 두 페이지에 가까운 분량이 번역에서 삭제되었음을 알게 되었다. 혹자의 눈에는 엄청난 누락으로 보일 만큼 원서와 역서의 차이는 매우 컸다. 나는 특별한 이유가 있겠거니 생각하고 번역가와 원작자에게 연락을 취했다. 확인 결과, 이 삭제는 번역가가 자의적으로 행한 것이 아니라 원작자가 번역가에게 요청한 것이었다. 작가 김숨에 따르면, 이 삭제는 단순한 내용 축소가 아니라 '위안부' 피해자에게 또 다른 폭력을 가하지 않으려는 윤리적 성찰의 결과였다.[13]

원작자가 사망한 상태에서는 원작자 혹은 원작과 관련된 정보를 구하기가 어려울 수 있다. 일반적으로 원작자와 관련된 정보는 국문학이나 비교문학 논문에서 찾을 수 있지만, 어떤 경우에는 번역가의 글이 연구에 결정적인 역할을 할 때가 있다. 특히 번역가가 원작자와 오랫동안 유대 관계를 맺고 다수의 작품을 번역했다면, 번역가가 쓴 파라텍스트는 번역을 이해하는 데 매우 중요하다. 나는 마샬 필이 번역한 김승옥의 〈Seoul: 1964, Winter(서울, 1964년 겨울)〉를 분석하면서 원작자와 번역자의 문체를 비교한 적이 있다. 당시 고민이 됐던 부분은 원작 초반에 등장하는 과도하게 긴 문장이었다. 번역가는 1966년 초역본에서 이 문장을 세 개의 문장으로 잘라 번역했는데, 1993년 교정본에서는 복잡하게 얽힌 한 문장으로 바꾸었다. 즉 자연스러운 영어를 덜 자연스러운 영어로 교정한 것이다. 내가 이 교정의 근거를 찾은 곳은 국문학 논문이 아니었다. 마샬 필은 〈The Nation, the People, and a Small Ball〉(1990)이라는 논문에서 김승옥과 조세희의 문체 차이를 비교했는데, 그 내용을 보면 왜 그가 문장을 복잡하게 만들었는지를 추정할 수 있다.[14]

> While Kim tends toward long and complex sentence structures, Cho is terse and unadorned: in the original Korean of the excerpts given above [the openings of Kim's "Seoul: 1964, Winter" and Cho's "City of Machines"], Kim's five sentences average 111 syllables each and Cho's 16 sentences average 23 syllables apiece; all five of Kim's sentences are compound or compound-complex, incorporating lengthy attributive and conjunctive structures; while more than half of Cho's are only simple, subject-object-predicate sentences. _p. 23
>
> 김승옥은 길고 복잡한 문장을 선호하는 반면, 조세희는 간결하고 꾸밈없는 문장을 선호한다. 앞서 제시한 〈서울, 1964년 겨울〉과 〈기계 도시〉의 전반부를 살펴

보면, 김승옥의 문장 다섯 개의 평균 길이는 111음절이지만, 조세희의 문장 열여섯 개의 평균 길이는 23음절이다. 김승옥의 문장은 긴 수식어구와 접속사를 포함한 복문 또는 혼합 복문이다. 이와 비교해 조세희의 문장 중 절반 이상은 간결한 '주어-목적어-서술부'로 구성되어 있다.

독자 집단도 번역학 연구자가 더욱 관심을 두어야 할 대상이다. 독자를 다룬 연구는 대개 특정 번역서에 관한 리뷰를 코딩한 것이다. 예를 들면, 강경이는 〈한국번역문학에 대한 중국 현지 독자들의 반응 연구〉라는 논문에서 공지영의 《熔炉(도가니)》와 《我们的幸福时光(우리들의 행복한 시간)》의 온라인 독자 서평을 소개한 바 있다.[15] 그는 중국 독자의 반응을 "한국문학에 대한 인식 변화 표명" "작가와 작품 주제에 대한 공감 표시" "영화와의 비교" "도착어 텍스트의 가독성 평가"로 구분한 후, 중국 시장을 겨냥한 한국문학의 홍보 전략을 제시했다. 전문가의 서평을 분석한 연구도 있다. 이형진은 2011년 논문에서 신경숙의 《Please Look After Mom(엄마를 부탁해)》의 영어 서평에 나타난 문학 번역 평가의 관점을 상세하게 분석했다.[16] 특히 그는 번역서에 관한 다양한 서평 목록을 제시하면서, 서평 속에 나타난 번역가의 가시성(visibility)과 작품평을 논했다.

독자 수용과 관련한 연구도 주제와 방법적 측면에서 좀 더 확장할 필요가 있다. 예를 들면, 기존 연구의 틀을 활용해 번역서 수용에서 전문가 집단(평론가)과 비전문가 집단(일반 독자)의 차이를 논할 수 있을 것이다. 또한 일반 독자를 대상으로 '재번역'이 어떻게 수용되는지를 확인하거나 번역과 재번역이 독자 수용 측면에서 어떤 차이가 있는지도 탐구할 수 있다. 수용과 관련된 연구에서 가장 어려운 부분은 신뢰도를 확보할 만큼의 실증 자료를 수집하는 일이다. 일부 연구에서처럼 수십 개의 온라인 리뷰만을 코딩하면 믿을 만한 결론을 내리기가 쉽지 않다. 게다가 온라인 리뷰에 참여하는 독자는 적극적 부류의 표본에 해당하므로 독자 수용의 스펙트럼을 온전히 보여줄 수 없다. 독자 반응 이론을 전문적으로 연구하는 분야에서는 대규모 표본(최소 수백 명)을 대상으로 실제 읽기와 수용을 분석하기도 하는데, 이러한 연구가 번역학에서도 가능할지는 좀 더 지켜봐야 할 것 같다.

독자 수용과 관련해 연구가 절실한 주제 중에는 '검열'(censorship)도 있다. 검열이라는 용어는 번역학에서 매우 폭넓게 정의해 사용한다. 쉽게 예상할 수 있듯이, 일차적으로 이 용어는 단체, 기관, 사회 등이 번역 시스템(번역과 관련된 구성원 및 제도)에 가하는 '제도적 검열'을 의미한다. 예컨대 종교, 정치 이념, 섹슈얼리티 등과 관련해 한국문학이 특정 언어·문화권에서 어떻게 번역·출판·수용되는지를 살펴본다면, 이는 제도적 검열을 연구하는 것이다. 제도적 검열은 대개 가시적 형태의 검열이므로 관련 연구도 상대적으로 많다. 반면 번역가가 독자 수용도를 높이기 위해 번역 방법과 과정을 스스로 통제하는 '자기검열'이나 번역서가 상업적으로 성공할 수 있도록 번역 장르, 작가, 번역가, 번역 전략 등을 사전에 관리·통제하는 '시장 검열' 등은 쉽게 드러나지 않는 영역이다. "출판사나 독자들이 싫어할 테니 A와 같은 방식으로 번역하면 안 된다"는 자기검열에 해당하고, "B 시장에서 C 번역이 호평을 얻었으니, C와 비슷한 번역으로 공략해야 한다"는 시장 검열에 해당한다. 이러한 검열의 본질을 파악하는 일은 매우 중요하다. 연구 결과가 문학 작품의 수출 전략에도 긍정적인 영향을 미치기 때문이다.

지금까지 한국문학 번역에 관한 국내 번역학 연구를 네 가지로 나누어 살펴보았다. 각 내용을 간단하게 정리하면 다음과 같다. 첫째, 언론에서 보도하는 최근 작품만을 탐구할 것이 아니라 다양한 장르와 작품에 관심을 두어야 한다. 특히 역사성과 문학성이 뛰어난 고전 작품은 번역학 연구자가 우선하여 살펴봐야 할 대상이다. 둘째, 오역 지적질을 경계하며 번역을 대하는 태도를 바꿔야 한다. 번역을 논할 때는 번역의 장점도 진지하게 살펴야 하고, 오역을 논할 때는 건설적인 비판이 될 수 있도록 노력해야 한다. 셋째, 번역학의 연구 성과가 다른 분야에까지 확산할 수 있도록 연구에 대한 접근 방식을 바꿔야 한다. 특히 원작과 관련된 국문학 분야의 연구를 좀 더 세심하게 살펴봄으로써 분석 결과가 단순한 품질 평가에 머물지 않도록 노력해야 한다. 넷째, 텍스트 분석뿐만 아니라 행위자 네트워크에도 관심을 기울여야 한다. 작가·번역가·독자는 번역 연구를 색다른 차원으로 이끌고 텍스트 분석의 타당성을 높일 수 있다.

한국문학에 대한 해외 시장의 관심이 점차 커지는 상황에서 번역의 중요성은 더욱 커질 것이다. 한국문학이 해외에서 좋은 평가를 받기 위해서는 일차적으로 번역이 좋아야겠지만, 번역과 관련된 우리의 담론도 질적인 측면에서 개선될 필요가 있다. 번역과 관련된 앞으로의 논의는 세계 문학상 수상과만 연계되어서는 안 될 것이고, 오역 지적으로만 귀결되어서도 안 될 것이다. 근본적으로 필요한 점은 번역에 관한 과거 담론이 어떤 부분에서 부족했는지를 냉철하게 반성하고, 한국문학과 번역의 본질을 진지하게 논하는 것이다. 바로 이 점에서 번역학 연구자들도 조금이나마 이바지할 부분이 있을 것이다.

4. 한국문학과 K 문학

K 콘텐츠 노동자로서의 K 번역가

제이크 레빈

시인, 번역가, 계명대 문예창작학과 조교수. 수년간 스포크 출판사에서 시를 편집했고,《Sonoran Review》의 편집장을 역임했으며, 현재 블랙 오션 출판사에서 "Moon Country Korean Poetry Series"를 선별 및 편집하고 있다. 김이듬 시인의《히스테리아》를 공동 번역해 전미번역상과 루시엔 스트릭 번역상을 수상한 바 있으며, 그 외에도 12권 이상의 책을 쓰거나 번역(혹은 공동 번역)했다. 또한 다양한 문화 콘텐츠를 번역했다.

1

어느 날 뒤숭숭한 꿈자리에서 깨어나 보니, 나는 K 콘텐츠 노동자가 되어 있었다.[1]

2

한국에서 K 팝은 일상에서 떼어놓을 수 없는 부분이다. 길을 걸을 때나 지하철이나 편의점에서나 K 팝 노래가 울려 퍼진다. 식당에 켜진 TV 방송에서는 청중의 표를 얻기 위해 경쟁하는 아이돌 가수들의 '생방송' 콘서트가 진행된다. 체육관에도, 버스에도, 기차에도 K 팝이 있다. 어디에서도 아이돌을 피해 갈 수 없다.

나는 K 팝을 굳이 찾아서 듣지 않는다. 하지만 놀랍게도 몇몇 K 팝은 퍽 듣기가 좋다. 예를 들어, 나는 2013년에 히트한 크레용 팝의 〈빠빠빠〉를 좋아하는 것 같다. '좋아한다'가 아니라 '좋아하는 것 같다'고 말하는 이유는 K 팝이 우리 눈과 귀를 공략하려는 목적으로 뮤지션, 프로듀서, 안무가, 뮤직비디오 감독, 기타 각 부문 전문가와 경영자들이 팀을 이루어 만든 결과물이기 때문이다. 마치 도리토스 같은 과자가 식품 전문가들의 손을 거쳐 거부할 수 없는 중독성을 갖게 되는 것처럼 말이다. 식품 전문가들은 화학적 구성, 향과 질감(입 안 느낌)을 최적화한다. 맹공을 퍼부어대는 K 팝 음악과 이미지는 우리 두뇌에 맞춰진 '입 안 느낌'과 같다. '일단 먹으면 멈출 수 없어'(Once you pop, you can't stop)라는 프링글스 광고가 그렇듯, 나는 크레용 팝의 〈빠빠빠〉에 노출되면서 중독되었다. 도리토스나 트윙키에, 슈퍼 히어로 영화에, 담배나 아편에 중독되는 것처럼, 한국에서는 자기가 좋아한다고 생각하지 않는 노래의 한 구절을 어느새 흥얼거리게 된다. 그저 살면서 거기 노출되었다는 이유만으로. 좋아한다고 생각하지 않는 무언가를 좋아하게 되는 것, 이것이 K 콘텐츠 노동자가 되는 첫 번째 단계라 해야 할지도 모르겠다.

3

아이돌은 신(G-d)*의 이미지, 진짜를 대체하는 존재다. 신을 직접 만날 수 없는 신자들은 아이돌에게 기도드린다. K 팝 아이돌을 숭배하는 팬들은 어떤 신에게 기도드리는 것일까?

4

시는 형태를 갖기 전부터 존재한다. 시어는 시인의 숨결

---

* 유대인들의 관행에 따라 저자는 God 대신 G-d라고 표기하고 있다. _역주

에 실려 찾아온다.

5

번역가는 이중적 인식을 갖는 것이 중요하다. 번역가는 사고 팔리는 시장 재화를 만드는 중개인이다. 이렇게 보면 번역가는 임금 노동자가 되고 텍스트와의 관계도 재화 관계로 축소된다. 하지만 예술가로서 작업에 깊이 빠져들기 위해 번역가는 그런 압박에서 자유로운 양 작업해야 한다.

나는 번역가가 되기 전에 오랫동안 시인, 편집자, 저작권 관리자로 일했으므로, 문학계에서 일반화된 무급 노동에 (불행하게도) 익숙한 상태였다. 나는 처음부터 그 어떤 구체적인 경제 목표도 세워두지 않은 시인이었다. 돈 생각을 했다면 아마 오래전에 시 쓰기를 그만두었을 것이다. 시 쓰기보다 경제적으로 더 열악한 일, 예를 들어 카드 게임 같은 것도 있겠지만, 시 쓰기보다 수입이 좋은 일이 훨씬 더 많다고 생각한다. 심지어 카드 게임도 돈벌이가 더 나을 수 있다. 시를 쓰고 있을 때는 그 작업이 쓸 만한 수입으로 연결될지 아니면 전혀 수입이 없게 될지 알기 어렵다. 설사 수입이 생긴다 해도 액수가 너무 형편없어 작업의 대가라고 볼 만한 가능성은 거의 없다. 그러니 시인이 되고 싶다면 돈이나 사회적 자본에 대한 생각은 아예 접는 것이 좋다. 시 작업 대부분 혹은 상당 부분이 실험과 실패이기 때문이다.

번역 또한 실험과 실패에 오랜 시간을 바쳐야 하는 일이다. 실험과 실패 작업으로 번역 프로젝트를 시작하면서 쓸 만한 결과물이 나올지 아니면 결과물이 아예 없을지 알 수 없는 경우도 많다. 실험과 실패에 상당한 시간을 써야 하는 번역 작업은 시 쓰기 작업과 형태는 다르다고 해도 꽤 비슷하게 느껴진다. 경제적 혹은 시장지향적 목표에서 자유로운 노동은 창의성에 대한, 예술 창작에 대한 자유로운 상상을 이끈다. 그저 이끌려서 번역하고 있노라 말하는 번역가들이 바로 그런 경우다. 이상주의자의 유토피아적 사고일지 모르나, 나는 "예술이 추악한 진리 때문에 파멸하지 않도록 해준다"[2]라고 생각한다.

번역가도 예술가로서 이 느낌을 이해하는 것이 중요하다고 본다. 발터 베냐민조차도 번역이 "원문의 의미 방식에 다정하고도 세세하게 협력해야 한다"[3]라고 말하지 않았나. 열정이나 사랑 혹은 누군가와의 약속으로 프로젝트가 시작된다면, 깊은 애정에서 출발한 일이라면, 계약으로 하게 된 일에 비해 자기 노동을 달리 느끼면서 시간을 쏟기가 훨씬 쉬울 것이다. 경제적 압박이나 제약 없이 일하는 그 느낌을 일단 경험하고, 그 상태에 이르는 법과 시도하고 실패하는 법을 이해한다면, 어떤 프로젝트든 그렇게 할 수 있다. 하지만 계약과 대가에 묶인 프로젝트를 시작한다면, 실험에 쓰는 시간을 제한하는 것이 경제적으로 이익이 된다. 작업이 길어지면 시간당 임금이 낮아지는 것을 계산하지 않을 수 없다. 지불 약속이나 계획이 없는 프로젝트를 시작할 때는 자발적으로 시간을 쓰면서 순수하게 매달리게 된다. 나중에 계약이 이루어지고 보수가 주어지는 상황이 되었다 해도 늦게까지 실험실에 남아 있기가 훨씬 더 쉬울 것이다. 결과물에 대해 깊은 애정을 가지게 되었기 때문이다.

6

나에게 시 쓰기와 시 번역 사이의 차이점은 시 번역에 대해서는 보수를 기대한다는 것이다. 시 번역과 K 팝 번역 사이의 차이점은 K 팝 번역에 대해서는 좋은 보수를 기대한다는 것이다.

7

미학적으로 볼 때 시와 K 팝은 정반대다. 내가 아는 한 시는 메시지를 직접적으로 드러내서든, 비유를 통해 은근히 드러내서든 억압적인 헤게모니 이데올로기에 도전한다. 시는 가능한 한 많은 의미를 담기 위해 언어를 압축하고 소리와 뜻의 균형을 맞추기 위해 언어를 낯설게 만든다. 시는 역설이라는 통화로 거래하고, 클리셰를 피하려 하며, 김행

숙 시인이 표현한 대로 "정확한 모호성"[4]의 언어로 작업한다. 언어가 존재의 집이라면, 시는 리모델링의 도구 혹은 자기 집 안에서 이방인처럼 느끼도록 만드는 방식이다.

반면 K 팝은 청중에게 클리셰, 상징, 암시 세례를 퍼붓는다. 익숙한 것들이 재맥락화, 재조정되어 쏟아진다. 내러티브 흐름이나 전체적인 구조는 분석을 시작하자마자 부서져 내린다. K 팝은 익숙하면서 동시에 아득한 어딘가를 가리키고, 한꺼번에 너무 많은 것과 장소를 나타내 결국 어디에도 위치하지 못한다. 나는 이를 '괴물 키치'(Monster Kitsch)라 부른다.

요약해보자. 시는 어려운 불협화음이지만, 그 보상으로 세상을 바라보는 새로운 길로 연결된 비밀의 낯선 문을 열어준다. 이는 도전과 동요의 도구, 세상을 더 깊이 느끼게 하는 도구가 될 수 있다. K 팝은 쉽고 재미있다. 관련성 있고 쉽게 소화되는 내용 속에 우리를 빠뜨려 세상을 부드럽게 만들고 그 안에서 더 편안하게 살도록 한다. 긍정적 브랜딩과 손쉬운 소비를 통해 청중의 힘을 북돋는다. BTS의 '러브 유어셀프' 캠페인이 그렇듯, K 팝은 긍정성과 사회적 결속을 가져온다. 그 무엇도 말하지 않음으로써 당신이 자기 목소리를 발견하도록 한다. 당신도 다른 모두와 마찬가지로 자기를 찾는 여정에 있는 것이다.

K 팝을 '괴물 키치'라 부를 때의 괴물은 끔찍하다는 의

미다. 음악과 뮤직비디오의 비하인드 영상, 소셜미디어 업데이트, 열혈 팬을 위한 백스테이지 서비스에 이르기까지 생산되는 콘텐츠의 양과 종류 모두 어찌나 많은지 음악 자체는 아무것도 소통하지 못할 지경이고, 쏟아지는 콘텐츠 속에서 그 어떤 노래, 춤, 뮤직비디오도 지속적인 가치를 갖지 못한다. 내가 말하는 괴물은 헤르만 브로흐(Hermann Broch)가 "예술의 가치 체계 내 악의 요소"라고 부른 키치, 테오도어 아도르노(Theodor Adorno)가 독약이라 생각했던 키치라는 측면[5]이기도 하다. 과도한 상징, 깊이 없는 내러티브, 종교적·정치적·사회적·상업적 키치가 뒤죽박죽 섞인, 형태가 끝없이 변화하고 확대되는 플랫폼을 통해 마구 생산된다.

미국의 음악역사가 테드 지오이아(Ted Gioia)는 《Music: A Subversive History(음악: 전복의 역사)》에서 "음악 생태계의 모든 압박 요소는 노래를 그저 오락물로 만들려는 듯 보인다. … 이는 음반 회사와 디지털 플랫폼 운영 기술자들이 유일하게 동의하는 내용일 것이다. … 또한 이 두 적수는 모든 일을 가능한 한 매끄럽게 해내려 한다. 자기 입장을 옹호하는 학술 논문까지도 얼마든지 만들어낼 수 있다. 노래를 대중오락의 콘텐츠로 본다고 할 때, 이는 하버드대 심리학자 스티븐 핑커(Steven Pinker)의 환원주의 주장과 전혀 다를 바 없게 된다. 핑커는 음악이 두뇌를 위한 '청각 치즈케이크'에 불과하다면서, 약물이나 버드와이저 여섯 개들이 팩과 비슷하다고 했다. 콘텐츠라는 용어 자체도 음악이 공급자에게 이익을 창출한다는 점을 빼면 아무런 사회적 의미나 거시적 목적도 없는 한낱 상업적 재화일 뿐이고, 핑커의 표현을 빌리면 '생존 가치'를 지니지 않는다는 것을 보여준다"[6]라고 했다.

생산품에서뿐 아니라 생산 및 유통 방식에서도 K 팝은 그 무엇보다도 '콘텐츠'인 음악 유형이다. 경제적 이익을 창출하는 데 더해 K 팝은 한국 정부가 국가의 국제적 위상을 높이는 방법이다. 실제 자본과 사회적 자본을 모두 창조하는 것이다. K 팝은 다른 K 문화와 마찬가지로 국가 브랜드 홍보 대사로서 큰 역할을 담당한다. 영화나 문학 등 문화계 사람들은 자기들이 다른 사회적 역할과 기능을 수행하며 그 작업은 질적으로 다르다고 주장할지 모르지만, 콘텐츠로 수렴해봤을 때 이런 구분이 의미를 지니긴 어렵지 않을까?

최근 한국문학은 K 문학으로 브랜드화되곤 한다. 문학과 번역 학술대회의 발표 논문 대부분이 수상작이나 베스트셀러를 주제로 잡으며 성취와 지위에 치중하는 모습이다. 심지어 저작권 에이전트가 기조 발표를 하기도 한다. 국가 지위를 홍보하고 높이는 역할에서, 재정 지원을 얻는 방식 면에서 K 영화나 K 문학이 K 팝과 다른 점은 무엇인가? K 문학이라는 문화 콘텐츠의 한 형태가 K 팝, K 드라마, K 영화, K 음식과 어떻게 달라질 수 있는가? 이 모든 문화적 형태가 합쳐져 "치즈케이크" 콘텐츠가 되는 것은 아닌가? 무언가가 다른 무언가와 어떻게 달라질 수 있는가? 이런 문화 지평에서 번역가의 역할은 무엇인가?

8

최근 영어로 번역된 한병철의 책 《Hyperculture: Culture and Globalization(하이퍼컬처: 문화와 세계화)》[7]은 문화가 진실성이나 순수성을 잃었다고 진단한다. "경계가 아닌 링크와 네트워크"로 조직된 탓에, 이제 문화는 더 이상 고급과 저급의 위계를 나눌 수 없다는 것이다. 국가 문학이라는 것도, 장르도, 심지어는 형태조차도 이제는 의미를 잃었다. 전통은 더 이상 존재하지 않는다. 우리는 모두 여행자이고 문화(culture) 역시 여행한다(cul-tour).*

9

2020년 제92회 오스카 시상식은 한국에게 역사적 순간

---

* 여기서 저자는 문화를 뜻하는 영어 단어 culture의 뒷부분을 여행을 뜻하는 영어 단어 tour로 바꿔놓는 언어유희 cul-tour를 사용하고 있다. _역주

이 되었다. 봉준호 감독의 〈기생충〉이 비영어권 영화로는 최초로 작품상을 수상하는 등 아카데미 4관왕에 오른 것이다. 당시 이미경 CJ 그룹 부회장이 책임 프로듀서 자격으로 "언제나 우리가 꿈을 꿀 수 있도록 해준 남동생(이재현 CJ 그룹 회장)에게 감사한다"[8]라는 수상 소감을 밝혔다.

이재현 CJ 그룹 회장은 2014년에 횡령과 탈세로 유죄판결을 받았다가 박근혜 전 대통령 사면으로 조기 석방되었다. 아이러니하게도 박근혜 전 대통령 또한 이후 횡령과 탈세로 기소되고 재판을 거쳐 유죄판결을 받았다. 그 횡령한 자금 중 많은 부분이 문화체육관광부로 흘러갔는데, 이 부처는 정부 재정 지원에서 배제되는 예술가 비밀 명단인 블랙리스트를 만들었고, 그 명단에 봉준호 감독이 포함되었다는 점은 더욱 아이러니하다.

〈기생충〉이 작품상을 받기 5년 전, 이채욱 CJ 그룹 부회장은 "할리우드와 미국 문화가 미국 안팎의 시장을 독점하는 비결은 문화를 예술로 보존하는 대신 상업화·산업화하는 것이다. CJ 그룹은 한국 대중문화의 전 세계 확산에 이바지해 한국 및 한국 제품에 대한 대중적 인지도와 호감도를 높였다. 하지만 한국에서 우리는 시장을 독식하는 존재로 인식되고 기업 활동에 제약을 받고 있다. (이재현) 회장님은 전 세계인이 매년 한국 영화 한두 편을 보고, 매달 한국 음식 한두 가지를 먹고, 매주 한국 드라마 한두 회를 즐기며, 매일 한국 대중가요 한두 곡을 듣게끔 만들고 싶어 하셨다"[9]라고 말한 바 있다.

물론 이재현 회장은 전 세계인이 한국의 것을 보고 먹고 듣기를 바랐을 수 있다. 그중에서도 특히 CJ 엔터테인먼트에서 만든 영화를 CJ CGV 극장에서 감상하기를, CJ 스톤뮤직 엔터테인먼트나 CJ 하이라이트 레코드에서 제작한 뮤직비디오를 CJ Mnet이나 CJ tvN을 통해 시청하기를, CJ 아이돌이 광고한 화장품을 CJ 올리브영 매장에서 구입하기를, 그 후에는 백설, 비비고, CJ 햇김치 등 CJ 제일제당 브랜드에서 나온 한국 음식을 먹기를, CJ One 카드를 사용해 CJ 그룹 상점을 이용하면서 CJ 포인트를 쌓아 할인받기를 바랐을 것이다. 한국에서는 CJ 생태계 안에서 불편 없이 모든 생활이 가능하다. CJ 그룹을 위해 일하고 CJ 음식을 먹고 CJ 채널이나 CJ 영화관에서 CJ 엔터테인먼트의 콘텐츠를 보고 들을 수 있다. CJ가 펼치는 단일 통합 경제는 한국 바깥에서도 확장되는 중이다.

2012년부터 CJ는 K 팝과 문화 페스티벌인 KCON을 주관하고 있다. 일본, 로스앤젤레스, 뉴욕, 아부다비, 프랑스, 멕시코, 호주, 태국 등지에서 열리는 이 KCON은 음악을 통해 참석자와 잠재적 평생 고객을 K 문화 상품 세계에 노출한다.

10

2020년, CJ 엔터테인먼트와 하이브(당시에는 빅히트 엔터테인먼트)의 합작 벤처인 빌리프랩(BELIFT LAB)이 내게 연락을 해왔다. 당시 데뷔 전이었던 그룹 '엔하이픈'(ENHYPEN)의 앨범 《Border: Day One》(2020) 〈Intro: Walk the Line〉에 들어갈 내레이션을 번역해달라고 했다. 시적인 번역이어야 한다고 했다. 내가 시 번역가였기 때문에 받게 된 요청이었다.

11

어느 날 뒤숭숭한 꿈자리에서 깨어나 보니 나는 K 콘텐츠 노동자가 되어 있었다.

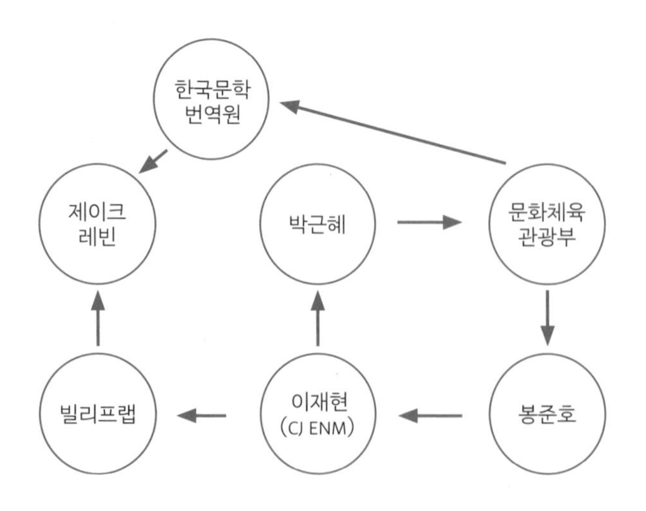

12

1990년대 초 삼성전자와 현대자동차가 글로벌 시장 진출을 확대했다. 1993년 영화 〈쥬라기 공원(Jurassic Park)〉이 개봉했다. 1994년 5월 17일, 국가과학기술자문회의가 김영삼 대통령에게 특별 보고를 했다. 경제부총리, 재정기획부 장관, 정보통신부 장관, 산업통상부 장관, 문화체육부 장관, 과학기술부 장관, 환경부 장관 등 거의 모든 사람이 그 자리에 참석했다. 제작비 6천 5백만 달러를 들여 만든 영화 〈쥬라기 공원〉이 8억 5천만 달러를 벌어들였다. 단 1년 동안에 말이다. 자동차 150만 대 수출액과 맞먹는 액수였다. 당시 한국이 연간 수출하는 자동차는 70만 대에 못 미쳤다.[10] 이 회의가 계기가 되어 대통령은 세계화라는 국제 정책을 출범시켰다. 한국적인 것을 세계에 알린다는 세계화의 목적은 한국을 '일등 국가'로 만드는 것이었다.

제니 왕 메디나(Jenny Wang Medina) 교수는 "세계화는 외부에 인식되고자 하는 지역 문화의 열망, 그리고 사회적·문화적 발전에 대한 지속적 갈망이라는 양면성을 표현한다. 국가 정책, 기업 전략, 문화 상품을 통해 한국 문화를 세계에 알리려는 움직임은 세계 각국 문화의 위계를 더욱 확고히 했고, 국가 문화의 상품화를 부추겼다"[11]라고 했다.

페기 레빗(Peggy Levitt)과 심보선은 한국이 군소 언어로 쓰인 자국 문학을 국제 무대에서 '격상'시키는 일을 훌륭하게 해냈으며, 이는 문학 생산과 배포 인프라에 대한 대규모 투자 덕분이라고 분석한다. 세계화 정책의 일부로 1996년에 한국문학번역기금(현재의 한국문학번역원)이 "한국 문학과 문화를 해외에 알려 세계 문화에 이바지한다"[12]는 목적하에 만들어졌다. 레빗과 심보선은 한국 정부가 "국가의 정치적·경제적 지위 향상을 위해 문화를 활용"하고자 하면서, "한국 내에 국한되었던 출판 산업과 시장을 국제 규모로 전환"[13]시켰다고 했다. 규모, 사명, 범위, 성공 사례 모두에서 한국문학번역원은 다른 어느 곳과도 비교 불가다. 불과 20년 만에 한국문학번역원이 번역·출판·홍보비를 지원한 연간 건수는 2001년 14건에서 2019년 151건으로 열 배 이상 늘었다. 번역 지원 언어의 수도 2001년의 8개 언어에서 2019년에는 27개 언어로 많아졌다.[14] 번역, 출판, 홍보를 지원하는 것 외에 한국문학번역원은 2008년부터 번역가 양성 아카데미를 운영하고 있다. 아카데미의 많은 졸업생이 번역가로 성장했고, 이들의 번역 작품이 세계 주요 문학상을 수상하거나 후보에 오르고 있다. 한국문학번역원은 한국문학 번역물 생산을 지원함으로써 자금 지원받기가 갈수록 어려워지는 세계 시장에서 한국문학이 성장할 수 있는 환경을 만들었을 뿐 아니라 인력을 양성·공급하는 역할까지 담당한 것이다.

14

최근 한국문학번역원은 미래 목표를 담은 홍보 비디오를 내놓았다. 유튜브에 올라간 동영상 '세계문학으로서의 한국문학, 그 첫 장을 열다'를 보면 한국문학번역원이 어떤 기관이고 어떤 성과를 거두었는지 간단히 소개한 후, "이제 새로 도약할 때입니다. 세계문학으로서의 한국문학, 그 첫 장을 열겠습니다"라는 단호한 선언이 등장한다.

유튜브 영상

대체 이 '세계문학'은 무엇을 뜻할까? 이를 기관 설립 당시의 목표였던 '세계 문화'에 이바지하는 것과 비교해 보자. 이제 한국문학은 세계문학에 완전히 통합되었다는 것일까? 그렇다면 이는 현재 한국문학이 여러 언어로 번역되고 있기 때문일까? 혹은 이제 마침내 한국문학이 세계에 번역·소개할 만하게 되었다는 의미일까?

"세계문학으로서의 한국문학"이라는 사고의 전환이 혹시라도 문학을 소설, 시, 비문학 등 전통적인 장르로 정의하는 대신, 여타 모든 한국 문화 콘텐츠 형태와 공존하는 콘텐츠로 축소하지는 않을까 우려가 된다. 동영상에서도 한국문학번역원이 "창조적 시너지를 이루기 위해 웹툰,

영화, TV 등 다른 장르로 진출"한다고 나온다. 이는 문학과 다른 문화 콘텐츠를 갈라놓았던 장벽을 무너뜨렸다기보다, 예술이 '콘텐츠'로 축소되어 그 무엇도 다른 것과 구분되지 않는 상태가 된다는 뜻으로 들린다. 콘텐츠로서의 문학은 또 다른 국가 상품이고, 번역은 해외 수출을 위한 포장 방식인 것이다. 동영상의 대사는 "문학의 지평을 확대하면 뛰어난 콘텐츠가 만들어질 것이다"라고 이어진다.

15

이어 동영상에서는 "이 모든 일을 누가 어떻게 할 수 있냐고요?"라고 질문을 던진다. 그리고 얼굴 없는 푸른색과 분홍색 인물 형체가 둥근 공 주위에서 춤추는 장면이 등장한다. 저 인물들은 누굴까 궁금했다. 음악 공연팀 Blue Man Group 멤버가 길을 잃고 헤매기라도 하는 건가? 다음 순간에야 깨달았다. 푸른색과 분홍색 인물이 바로 나라는 걸, 내가 저렇게 춤을 추고 있다는 걸. 나는 얼굴도 성별도 없는 저 사람 중 한 명이었다. 동영상의 대사는 이어진다. "항상 고객과 소통하며 문화의 다양성을 존중하는 사람들, 누구보다 문학을 사랑하고 국제 교류 분야에 전문성을 확보한 사람들, 인류의 문화 자산을 더욱 풍부히 하는 공적 책임에 헌신하는 사람들입니다." 나는 시를 번역하는 푸른색 인물이자 K 팝을 번역하는 분홍색 인물이다. 나는 하나가 아닌 여러 인물로 K 콘텐츠 춤을 추고 있다.

16

K 팝 팬들이 기도드리는 아이돌 뒤에는 어떤 신(G-d)이 있는 것일까? 한병철은 "여러 색채가 혼합된 소위 조각보 종교(patchwork religion)는 단일한 의미 지평이 몰락했을 때 나타난다. 지평의 몰락은 서로 다른 종교들을 나란히 놓는 하이퍼컬처를 이끌고, 그 바탕에서 개인이 나름의 종교를 구축한다. … 하이퍼컬처 예술은 더 이상 진리를 추구하지 않으며 아무것도 드러내지 않는다. 조각보 종교와 마찬가지로 하이퍼컬처 예술 또한 여러 색채, 여러 형태를 지닌다. … 하이퍼컬처는 흑백의 동질적 단일 문화를 낳지 않는다. 그보다는 개인화 경향이 강해진다. 개인은 하이퍼컬처 내 여러 삶의 모습과 실천 중에서 취향에 맞는 것을 골라내어 각자의 정체성을 만든다"라고 했다.

나르키소스가 수면에 반사된 자기 모습에 마음을 빼앗겼듯, 팬들이 기도드리는 K 팝 아이돌 뒤에는 어떤 신(G-d)도 없다. 그저 반사된 모습뿐이다. 그들이 보는 것은 자기 자신이다.

17

K 콘텐츠 노동자는 춤을 춘다. 행복해서가 아니다. 생존하기 위해 춤춘다. 하지만 너무 많이 춤추는 경우 죽음에 이를 수 있다. 음악은 계속 흘러나온다. DJ는 누구일까? 때로는 음이 높고 때로는 낮다. 때로는 그 춤이 드러나 보이지 않는다. 때로는 중앙 무대에 나타나기도 한다. 노동자는 눈을 감고 믿어야 한다. 자기 춤이 의미를 지닌다고, 자신이 하는 일이 세상을 바꾼다고, 자신이 하는 일이 아름답다고.

K-translator as K-contents Worker

- Jake Levine -

1

When I woke one one morning from troubled dreams, I found myself transformed into a K-contents worker.

2

K-pop in Korea is an unavoidable part of daily life. Walking down the street, in the subway, in a convenience store, K-pop songs blast at inappropriate volumes. At restaurants in the evening TVs play "live" concerts of idol musicians competing to get the most audience votes. At the gym K-pop. On the bus K-pop. On the train K-pop. Idols everywhere, you can't escape them.

I don't listen to K-pop by choice. However, and surprisingly, I find certain K-pop songs to be enjoyable. For instance, I think I like the 2013 hit song 빠빠빠 by Crayon Pop.

The reason I say "I think I like it" as opposed to "I like it," is that K-pop is engineered for our ears and eyes by teams of musicians, producers, choreographers, music video directors, and groups of executives and administrators in a similar way that Doritos and other snack foods are engineered by food scientists to be irresistible and addictive. Food scientists do this by manipulating the chemical composition of foods, the flavor and texture, or what they call mouthfeel. The onslaught of music and imagery of K-pop is like engineered mouthfeel for your brain. As in the slogan for Pringles, "Once you pop, you can't stop," maybe just getting exposed to the Crayon Pop song 빠빠빠 got me addicted. Like one becomes addicted to Doritos or Twinkies or super hero movies or cigarettes or opioids, in South Korea you might find yourself singing a melody of a song you know you don't like because just by living, you get exposed to it.

Liking things you know you don't like: one could say this is the first step in becoming a K-contents worker.

3

An idol is an image of G-d, a stand-in for the real thing. Unable to meet their G-d's face-to-face, worshippers of religions pray to their idols.

What G-ds do fans pray to when they worship K-pop idols?

4

Poems exist before they find their form. A poem's language arrives in the poet's breath.

5

It's important for a translator to adopt something of a double-consciousness.

A translator is an agent whose work either is or results into a market commodity to be sold or bought. In that way, they are reduced into a wage laborer, and their relationship with the text is also reduced to a commodity relationship. But in order to act as an artist deeply engaged in their work, a translator has to work as if they are free of these pressures.

Because I came to translation after being a poet, editor, and literary organizer for many years, I had (most unfortunately) grown accustomed to unpaid labor as the sort of defacto mode of literary culture. As a poet I never have some kind of concrete economic goal or objective in mind when I begin writing a poem. If I did think about money when I wrote poems, I would have probably stopped writing them a long time ago. While there are probably less economically profitable activities than writing poetry, like playing cards, there are quite a few things I can think of that are more economically profitable, like even playing cards. This is because when you are writing a poem, it is hard to know whether the work you do will result in a usable outcome, or any outcome at all. And even if there is an outcome, there is a very small to almost non-existent possibility that you will be remunerated for your work. So it is best not to think about money or social capital if you want to be a poet. That's because much, if not most of the labor of poetry is experimenting and failing.

Translation also requires a lot of time you have to dedicate to experimenting and failing. And sometimes a translation project will begin with the work of experimenting and failing without knowing whether there will be a usable outcome or any outcome at all. The kind of translation work where you are spending a considerable amount of time experimenting and failing feels a lot like the work of writing poetry, albeit in a different mode. When you labor free from economic or market oriented objectives, your labor frees you to imagine things otherwise, which is what it means to be creative, which is making art. Work like this is what translators talk about when they say that something called out for them to translate it. This might be some idealist, utopian thinking on my part, but I think we "posess art lest we perish of the truth."

So I think it is important for translators as artists to understand this feeling. Even Walter Benjamin says that a translation should "lovingly and in detail incorporate the original's way of meaning." If a project begins out of passion or love or a promise to a person, if something begins with a deep engagement, then it is much easier to dedicate the time to bring the feeling to your labor than it is when you are contracted to do something. Once you experience the feeling of what it feels to labor without economic pressure or constraints, understand how to get to the lab, how to experiment and fail, you can bring that to any project. However, when you begin a project with a contract and payment, it is in your economic interest to limit the time you spend experimenting in the lab, and it is hard not to calculate your diminishing hourly rate as you work. When you begin a project with no promise or prospect of payment, when you begin purely with engagement, with time spent voluntarily, then even if you are later contracted and are getting paid, it is much easier to stay in the lab late because you have a deep commitment to the outcome.

6

The difference between writing poems and translating and translating poems is that I hope I get paid for translating poems. The difference between translating poetry and translating K-pop is that when I translate K-pop, I expect to be paid well.

7

Aesthetically, poetry and K-pop are complete opposites. Poetry, as far as I've known it, is about challenging oppressive and hegemonic ideologies, either overtly in its message or covertly through its use of language. Poetry is also about compressing language to carry as much meaning as possible, is about defamiliarizing language, balancing sound and sense. Poetry often trades in the currency of paradox, aims to avoid clichés, works in a type of language that the poet Kim Haengsook calls "precise ambiguity." If language is the house of being, poetry can be a tool for remodeling, or it can make us feel like a stranger in our own home.

K-pop is about overloading the audience with a barrage of cliches, symbols, and allusions, a bombardment of things familiar, yet recontextualized, reappropriated, hinting at a narrative thread or overarching structure that often crumbles as soon as it is investigated. It points to somewhere familiar and at the same time distant, referencing so many things and places at once that it's located nowhere at all. It's what I call Monster Kitsch.

In short, poetry is dissonant and difficult, but rewarding because it provides the reader with secret, unfamiliar doors to unlocking new ways of seeing the world, which can be used as tools to challenge and destabilize, or to feel the world more deeply. K-pop is easy and fun because it bathes you in relatable and easily digestible content that smooths out the world so that you can live in it more comfortably. It empowers the audience through positive branding and easy consumption. Like BTS's "Love Myself" campaign, K-pop is about positivity and social cohesion. By not saying anything, it allows you to find your voice. You, on that journey of finding yourself, finding yourself just like everyone else.

When I say K-pop is Monster Kitsch, I mean monstrous in a kind of terrifying way. In terms of both the type and the amount of content produced, the actual music, music videos, and also the supplementary content of behind-the-scenes videos, social media updates, backstage content for super-fans, etc.; so much is being said that the music doesn't actually communicate anything at all, and so much content gets produced, that no one song, dance, or music video has any lasting value. I also mean monstrous in the sense of Hermann Broch who called kitsch "the element of evil in the value system of art" or Theodor Adorno who thought of kitsch as poison. There is an overflow of loaded symbols, depthless narratives, a hodge-podge of religious, political, social, and commercial kitsch, coming from an everchanging and widening variety of platforms.

Music historian Ted Gioia in his book *Music: A*

Subversive History writes "it seems as if every pressure point in the music ecosystem wants to turn songs into mere entertainment··· This may be the only issue on which record labels and the technocrats running the digital platforms agree ··· Both those adversaries also want everything as smooth as possible. And they can even summon up academic research to back up their position. When they treat songs as 'content' for mass entertainment, they aren't really all that different from Harvard psychologist Stephen Pinker and his reductionist claim that music us just "auditory cheesecake" for the brain, akin to a recreational drug or a six-pack of Budweiser. The very term *content* implies that music is something generic, a fungible commodity without social significance or larger purpose — with "no survival value," in Pinker's terms — except (of course!) to generate a profit for its purveyors."

Based not only on the product, but in the mode in which it is circulated and produced, one has to think that K-pop is a type of music treated as "content" par excellence. In addition to creating economic profit, K-pop is produced for the Korean government to use as a way to improve its global status as a nation. It creates both real and social capital. K-pop like all K-culture, serves a larger purpose in its role as a national brand ambassador. While practitioners of other forms of culture such as film and literature would argue that what they do has a different role and function in society, that their work is qualitatively different, when it is reduced to content, do these distinctions still matter?

Recently Korean literature has often been branded as K-lit. The topics of many literature and translation conference papers are dominated by award-winning and best-selling books, focus is put on metrics of achievement and status, and even literary agents are invited as guest and keynote speakers. In terms of its role in promoting and elevating the status of the nation, in terms of the ways in which it gets funded, how are K-film and K-lit any different from other forms of K-content? That is, how is one form of cultural content such as K-lit any different than K-pop, K-drama, K-film, or K-food? Do all these cultural forms just get blended into some "cheesecake" content? How is anything different form anything else? And what is the role of the translator in this cultural landscape?

8

In the recent English translation (wonderfully done by Daniel Steuer) of the book *Hyperculture: Culture and Globalization*, Han Byung-Chul argues that culture has become unmoored from any sense of authenticity or genuineness. Because it is organized not by "borders but by links and network connections," culture can no longer be viewed in terms that are hierarchal like "low" and "high." Additionally, the distinctions between national literatures are no longer relevant, genre is no longer relevant, and even form is no longer relevant in the sense that tradition is no longer relevant. We are all tourists and culture has become a cul-tour.

9

The 92nd Oscars in 2020 was a huge moment for South Korea. Not only did it win 4 Oscars, Bong Joon-ho's *Parasite* was the first non-English language film to win in the category of Best Picture. Accepting the award, executive producer and current vice chairwoman of CJ group Lee Mi-Kyung said in English, "I'd like to thank my brother (Lee Jae-hyun) who has been always supporting building our dreams."

The Chairman of CJ group Lee Jae-hyun was convicted of embezzlement and tax evasion in 2014. He was released early on a presidential pardon by then president Park Geun-hye, who later, in an ironic turn of events was impeached, tried, and convicted for, amongst other things, being implicated in embezzlement and tax evasion. Even more ironically, many of those embezzled funds were run through the Ministry of Culture, Sports, and Tourism, which during the Park Geun-hye administration created a secret blacklist of artists that were barred from receiving government funding. Bong Joon-ho, the director of *Parasite* was also blacklisted.

Five years before *Parasite* won best picture, CJ vice chairman Lee Chae-wook said, "The secrets to Hollywood and the U.S. culture's dominance in the markets at home and abroad is the commercialization and industrialization of culture, instead of just preserving it as an art. CJ has contributed to the global proliferation of Korean pop culture, which led to the enhancement of public awareness and likability for Korea and its products. However, back at home, we have been framed as a predator of the market, and restrained from actively carrying out our business activities. The (CJ) chairman (Lee Jae-hyun) wanted people around the world to watch one to two Korean films a year, eat one to two Korean dishes a month, enjoy one to two episodes of Korean dramas a week and listen to one to two Korean pop songs everyday."

Of course, Lee Jae-hyun would want people around the world to watch, eat, and listen to all things Korean. Especially if they were watching movies made by CJ entertainment in a CJ CGV cinema, watched music videos produced through CJ Stone Music Entertainment or CJ Hi-Lite Records on CJ Mnet or CJ tvN stations, buy makeup and beauty items sponsored by any of the CJ idols at any CJ Olive Young Health and Beauty stores and then eat Korean food made by any of the CJ Cheil Jedang brands, including Beksul, Bibigo, CJ Hat Kimchi, and he especially would like it if you use your CJ One card to get CJ points to use to get discounts and pay for things at any of the CJ group stores. In Korea one could live their entire lives inside a CJ ecosystem. You could work for CJ group, eat CJ food, and watch and listen to only CJ entertainment on CJ group channels or at CJ group theatres. That vision of a homogenous and monolithic economy run entirely by CJ is expanding outside of Korea as well.

Since 2012 CJ has been hosting KCON, the K-pop concert and culture convention. Appearing in places like Japan, Los Angeles, New York, Abu Dhabi, France, Mexico, Australia, and Thailand, the festival uses music as a draw to expose attendees and potential lifelong consumers to the K-culture product universe.

10

In 2020 I was approached by BELIFT LAB, a joint venture of CJ Entertainment and Hybe (then Big Hit Entertainment) to translate the poetic narration tracks for a band that had yet to debut, ENHYPEN. They asked for me to make the translations poetic. They asked me because I translate poetry.

11

When I woke one morning from troubled dreams, I found myself transformed into a K-contents worker.

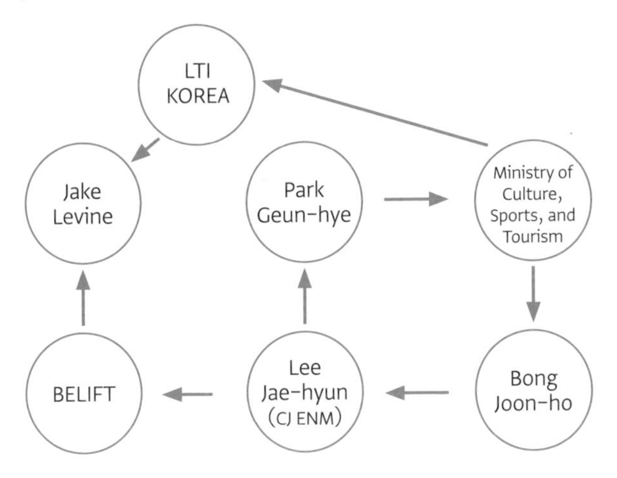

12

In the early 1990s Samsung Electronics and Hyundai Motor Company expanded into global markets. In 1993, *Jurassic Park* came out. On May 17th 1994 the Presidential Advisory Council on Science and Technology gave the South Korean president Kim Young Sam a special presentation. Everyone came to this meeting. The deputy prime minister for economic affairs, the finance minister, the minister of communications, the minister of trade and industry, the minister of culture and sports, the minister of science and technology, the minister of environment···. Although it cost 65 million American dollars to make, *Jurassic Park* took in $850 million dollars. In one year. That was the equivalent to the export sales of 1.5 million cars. Korea was exporting less than 700,000 cars per year.

Partly because of this meeting, the president started an internationalization policy called Segyehwa. Segyehwa, globalization with Korean characteristics, was meant to advance Korea into a "first rate nation."

The scholar Jenny Wang Medina writes "*Segyehwa* has expresses the ambivalence of a local culture's desire for external recognition and its continued anxiety over social and cultural development. The move to globalize Korean culture in policy, corporate strategies, and through cultural production effectively reaffirmed the hierarchy of world cultures by seeking to attain world culture status, but also plainly aired the shift towards national culture as commodity."

13

Although written in a minor world language, Peggy Levitt and Shim Bo-Seon argue that Korea has done an excellent job "scaling up" its literature on the world stage because of its massive investment in the infrastructure of literary production and dissemination. As part of the Segyehwa drive, in 1996 the Korean Literature Translation Fund (currently the Literature Translation Institute of Korea) was founded by the Korean government with the "aim of promoting Korean literature and culture overseas in order to contribute to the global culture." Levitt and Shim argue that the Korean government, in their pursuit to "use culture to enhance the nation's political and economic position" have "transformed what had been a nationally oriented publishing industry and market into an international one." In both its size, mission, scope, and successes, LTI Korea is perhaps unparalleled anywhere in the world. In just the last 20 years, LTI Korea has had more than a 10-fold increase in the number of yearly titles it supports with translation, publication, and promotion grants, up from 14 in 2001 to 151 in 2019. Additionally, it has grown from supporting translated works into 8 languages in 2001 to 27 in 2019. Apart from its role as a support institution for translation, publication, and promotion, since 2008 LTI has run an academy to train translators. Since its founding, many of the graduates of the academy have gone on to become established translators whose works have won or been nominated by some of the world's most famous literary prizes. In this way, not only has LTI Korea bankrolled the production of Korean literature in translation, setting favorable conditions for Korean literature to thrive in a global market where funding is increasingly harder to come by, but it has also trained and mobilized the workforce.

14

Recently LTI Korea came out with a promotion video expressing its goals and aims for the future. The animated video, uploaded on YouTube called "[LTI Korea] Opening a New Chapter of Korean Literature as World Literature" opens with a brief overview of what LTI Korea is and some of its accomplishments. Then, the narrator exclaims, "Now it's time to make a new leap forward. We open a new chapter of Korean Literature as World Literature."

YouTube Video

But what does "World Literature" mean? Compare this to the original founding intention of LTI Korea as contributing "to the global culture." Is this the moment when Korean literature has fully integrated as a world literature? Is it because it is being translated into many languages? Or is it because it has finally become translatable to the world?

I fear that this turn of thinking about translated "Korean Literature as World Literature" means that literature is no longer defined by the traditional genres of fiction, poetry, non-fiction etc., but has been reduced into a content that exists side-by-side with all other forms of Korean cultural content. The video states that LTI will, as "a way to achieve creative synergy" "venture into other genres such as webtoon, film, and TV." This reveals not so much that the borders that separated literature from other forms of cultural content are being torn down, but rather that when art is reduced to "content" that nothing is indistinguishable from anything else. Literature as content is just another national product and translation is how it is packaged for global export. The video goes on: "Expanding the realm of literature will no doubt result in excellent content in translation."

15

"You must be wondering who's going to do all this and how?" the LTI Korea promotional video asks.

In the video there appears blue and pink featureless avatars dancing around a yellow ball.

I wonder, who are these dancing blue and pink figures? Are they members of the blue man group who got lost? Then I realize, the dancing blue and pink people are me, and I am dancing the dance. I was one of these faceless, sexless people, the video says, "amongst those who respect cultural diversity and interact with various people. Those with a real passion for literature. And expertise in international exchange. Those who contribute to the common good by enriching cultural heritage of humanity." I am the blue person translating poems and the pink person translating pop. I am not one, but many figures, doing the K-contents dance.

16

What G-ds live behind the idols that K-pop fans pray to?

Han Byung-Chul writes, "A so-called patchwork religion — one could also call it a multicoloured religion — presupposes the decay of a unified horizon of meaning. The decay of the horizon leads to a hypercultural side by side of different forms of faith, on the basis of which individuals can construct their own religion … Hypercultural art no longer pursues the truth in the strong sense; it has nothing to *reveal*. Like patchwork religion, it presents itself as multicoloured and multiform … Hyperculture does not produce a homogenous, monochrome, uniform culture. Rather, it triggers increasing individualization. Individuals follow their own inclinations, cobbling together their identities from what they find in the hypercultural pool of practices and forms of life."

Like Narcissus mesmerized by the person that appears in his reflection, there are no G-ds behind the K-pop idols that fans pray to. Just a reflection. And what they see is themselves.

17

The K-contents worker is dancing. But not because they are happy. They dance to survive. But also, if they dance too much they might dance themselves to death. The music plays on. Who is the DJ? Sometimes the tune is high and sometimes it is low. Sometimes their dance is invisible. Sometimes they are center stage. When the worker closes their eyes, they have to believe their performance has meaning. That what they are doing is changing the world. That what they do is beautiful.

한류를 통해 바라본 한국문학 번역의 미래

이형진

숙명여대 영문학부 번역학 교수. 미국 뉴욕주립대와 펜실베이니아주립대에서 비교문학 석·박사 학위를 취득했고, 한국비교문학회 회장과 한국번역학회 부회장, 국제펜클럽 한국본부 번역원 영어권위원장을 역임했다. 고형렬의 시선집 《Grasshoppers' Eyes》, 김승희의 시선집 《Walking on a Washing Line》, 이강백의 희곡집 《Allegory of Survival》 등을 공동 번역했고, 《다문화주의 시대의 비교문학》《문학번역의 세계》 등을 번역했다.

문학 번역은 본질적으로 이기적이면서 이타적이다. 여기서 '이기적'이라 함은 번역을 통해 독자에게 원작과 원작자를 있는 그대로 보여주고 싶은 욕망에서, 원작에서 느낀 모든 미학적 감정을 도착어권 독자에게 온전히 전달하기를 바라는 마음이다. 또한 '이타적'이라 함은 독자들에게 원작과 원작자에 대한 관심을 불러일으키고 싶은 욕망에서, 읽기 편하고 이해하기 쉬우며 독자들의 감각에도 부합하는 번역으로 최대한 독자를 배려하려는 마음이다.[1] 그런데 이러한 문학 번역의 이중성은 동시적으로 작동할 수밖에 없다는 점에서 문학 번역 전략을 규범화하거나 체계화하기는 쉽지 않다. 더구나 출발어권과 도착어권 문화 간 힘의 불균형으로 인해 문화적 헤게모니나 위계관계가 설정되는 상황에서 문학 번역은 결코 단면적이거나 직선적인 형태일 수 없다. 심지어 해외 독자들의 관심을 끄는 데 성공한 번역을 무조건 좋은 번역으로 간주하는 현상과 이에 대한 비판도, 결국 번역이 원본 문화권과 번역본 문화권 사이의 위계관계를 극복하면서 살아남는 과정에서 생겨나는 논란이기도 하다.

한국문학의 세계화에 대한 논의는 그동안 다양한 층위에서 발전해왔는데, 전통적인 번역 담론부터 파라텍스트 연구, 문화 번역 특성에 관한 연구, 번역자 연구로까지 확장되었다. 그러나 한국문학 번역에 대한 의미 있는 연구

대부분은 여전히 문학이라는 범주 안에서 번역의 고유성과 정체성을 탐구하는 데 그치고 있다. 그래서 나는 오늘날 시점에서 고려할 수 있는 소비적 관점에서 그 관계성을 생각해보고자 한다.

경제적 맥락에서 '소비'는 욕망을 충족하기 위해 재화나 용역을 소모하는 일이다. 우리가 문학을 일종의 소비 대상으로 접근할 수 있다면, 문학 역시 특정한 '욕망'을 충족시키기 위한 예술 활동이자 목표지향적 행위가 될 수 있다. 물론 여기서 필요한 전제 조건은 문학에 적용할 수 있는 '욕망'의 특성 규명이라고 할 수 있다.

우리 삶의 보편적·초월적 가치를 작가는 언어를 통해 미학적으로 구현한다. 그러나 이 같은 가치를 구현하는 문학 텍스트가 소비되는 과정은 그리 미학적이지 않다. 독자의 작품 선택과 소비 행위는 베스트셀러와 같은 문화 자본의 메커니즘과 수상작이나 고전으로 채워진 필독서 목록과 같은 문화 헤게모니에 의해 결정되는 경우가 많다. 따라서 문학 텍스트가 가진 보편적·초월적 가치는 결코 번역에만 의존해서 독자에게 전달되는 것이 아니라는 점과 독자가 번역에 대한 중립적이고 객관적인 평가자가 아니라는 점을 기억할 필요가 있다.

문학 작품의 보편성·초월성만 확보되면 번역을 통해 세계 독자의 관심과 주목을 받을 수 있다는 고전적이고 단순한 생각이 현장에서 제대로 작동하지 않는 이유는, 번역 텍스트가 '생산되는' 메커니즘과 '소비되는' 메커니즘 사이에는 큰 간극이 존재하기 때문이다. 이 같은 관계성의 불일치를 살펴보기 위해 문학이라는 범주를 살짝 벗어나 문화자본의 생산/소비 메커니즘으로 층위를 확장해 보고자 한다. 이 글에서는 K 팝과 이를 소비하는 한류 팬 사이의 관계성이, 과연 번역된 한국문학과 이를 소비하는 현지 독자 사이의 관계성과 어떤 유사점과 차이점을 가지는지 살펴볼 것이다.

한국문학의 번역과 해외 수용과 특징

외국 문학 최초의 한국어 번역은 선교사 제임스 게일 부부가 존 버니언의 《Pilgrim's Progress》(1678)를 한국어로 번역한 《천로역정》(1895)이며, 한국문학 최초의 영어 번역은 게일이 김만중의 《구운몽》(1895)을 영어로 번역한 《The Cloud Dream of the Nine》(1922)이다. 게일의 《구운몽》 번역을 한국문학과 세계와의 첫 만남으로 삼는다면, 100년을 넘긴 한국문학의 영어 번역 역사도 절대 짧지 않은 시간이라 할 수 있다. 그러나 대부분의 시간 동안 한국문학은 세계문학의 변방에 있었다. 이를 감안하면 지난 10여 년 사이 세계문학계에서 한국문학이 이루어낸 성과와 한국문학에 쏟아진 세계적인 관심은 가히 격세지

감이라 할 수 있다.

한국문학이 세계와 소통하는 방식은 다양하므로, 이에 대한 평가도 한두 가지 기준에서 접근하는 것은 적절치 않다. 한 가지 명확한 것은, 한국 독자는 한국 전통 문학이나 대표적인 작가의 작품에 익숙해져 있기 때문에, 한국문학의 우수성을 전제로 하는 국수적인 시선에서 자유롭지 않다는 것이다. 그러다 보니 한국 작품의 번역본이 해외에서 출판되었다는 사실만으로도, 번역의 완성도나 해외 독자의 반응과는 무관하게 대단한 성과로 자평하는 경우가 적지 않았다.

하지만 해외 독자에겐 이 같은 관점이 공유되지 않는다. 해당 작품이 한국에서 어떠한 위상을 갖는지 전혀 알지 못할 뿐만 아니라, 번역을 통해 원작을 처음 접하는 경우라면 번역 텍스트 자체가 원본처럼 다가올 수 있다. 한국에서 아무리 유명한 작가의 작품이라 할지라도 해외 독자들에겐 신인 작가의 작품일 수밖에 없는 것이다. 그런데 익숙지 않은 문화권 작품에 담긴 낯선 주제나 소재, 심지어 표현까지도 이해심과 포용력을 갖고 수용하는 독자들도 있지만, 그러한 것들을 불편해하면서 중간에 책을 덮어버리는 독자들도 있다. 여기서 우리가 주목해야 할 독자는 후자다. 해외 출판시장의 현실은 한국문학의 번역본 중에서 한 권을 선택해야 하는 상황이 아니라 다양한 문화권의 수많은 책과 경쟁하는 상황이기 때문이다. 잘 읽히지 않는 한국문학의 번역본을 해외 독자들이 인내심을 가지고 끝까지 읽어주기를 기대하는 것은 지극히 이기적이고 어리석은 생각이다.

치열한 경쟁을 뚫고 독자의 선택을 받기 위해서는, 마치 쓰디쓴 약을 환자가 잘 먹을 수 있도록 달콤한 당으로 코팅하는 전략처럼, 치밀한 준비와 조율이 필요하다. 기본적으로 번역 텍스트는 독자와의 소통 역량에 기반을 두어야 한다. 대상 독자를 무시한 채, 원본중심주의를 외치며 '직역'이나 '낯설게 하기'만 고집하는 전략은 지양해야 한다. 동시에 한국문학에 대한 상당한 이해와 포용력을 갖춘 해외 독자층을 확보하는 것도 중요하다. 독자에게 선택받지 못했다고 번역가에게 모든 책임을 전가할 수 없지만, 독자들의 마음을 사로잡지 못한 결과라는 점은 되짚어볼 필요가 있다. 번역은 결국 독자와의 소통이라는 점에서, 번역하는 근본적인 이유를 고민하고 초심으로 돌아갈 수 있는 용기는 번역가에게 강조되는 직업윤리이기도 하다.

지난 10여 년간의 주목할 만한 영어권 번역·출판의 성과 일부를 해외 문학상과 주요 매체의 추천작 중심으로 정리하면 다음과 같다. 지금 이 순간에도 목록은 계속해서 쌓이고 있다는 점이 매우 고무적이다.

2011~2023년 한국문학 영어 번역의 주목할 만한 해외 성과

번역연도	작가	작품	번역가	성과
2011	신경숙	《Please Look After Mom (엄마를 부탁해)》	김지영	맨 아시아 문학상
2011	김혜순	《All the Garbage of the World, Unite! (전 세계 쓰레기여 단결하라)》	최돈미	루시엔 스트릭 번역상
2013	황선미	《The Hen Who Dreamed She Could Fly (마당을 나온 암탉)》	김지영	국제 안데르센상 후보
2015	한강	《The Vegetarian (채식주의자)》	데보라 스미스	맨 부커상
2015	배수아	《Nowhere to Be Found (철수)》	소라 김 러셀	펜 번역상 최종 후보
2016	한강	《Human Acts (소년이 온다)》	데보라 스미스	《월드 리터러쳐 투데이》 2017년 여름 추천 소설
2016	배수아	《Recitation (서울의 낮은 언덕들)》	데보라 스미스	《월드 리터러쳐 투데이》 2017년 여름 추천 소설
2018	편혜영	《The Hole (홀)》	소라 김 러셀	셜리 잭슨상
2018	황석영	《At Dusk (해질 무렵)》	소라 김 러셀	맨 부커상 후보
2018	한강	《The White Book (흰)》	데보라 스미스	맨 부커상 최종 후보
2018	정유정	《The Good Son (종의 기원)》	김지영	NBC 투나잇쇼 '올해 여름 읽을 책'
2018	김혜순	《Autobiography of Death (죽음의 자서전)》	최돈미	그리핀 시 문학상
2019	배수아	《Untold Night and Day (알려지지 않은 밤과 하루)》	데보라 스미스	《가디언》 '2019년 번역소설 Top 10'
2019	김혜순	《A Drink of Red Mirror (한 잔의 붉은 거울)》	신지원, 로렌 알빈, 배수현	스리퍼센트 최우수 번역상 후보

2019	김금숙	《Grass (풀)》	재닛 홍	하비상
2020	김이듬	《Hysteria (히스테리아)》	제이크 레빈, 서소은, 최혜지	전미번역상·루시엔 스트릭 번역상
2020	하성란	《Bluebeard's First Wife (푸른 수염의 첫 번째 아내)》	재닛 홍	《퍼블리셔스 위클리》 '올해의 책 Top 10'
2020	윤고은	《The Disaster Tourist (밤의 여행자들)》	리지 뷸러	대거상 (번역 추리소설 부문)· 더블린 문학상 후보
2020	이상	《Yi Sang: Selected Works (이상 작품선)》	정새벽, 사와코 나카야스, 최돈미, 조엘 맥스위니	알도 앤 잔 스칼리오네상
2020	마영신	《Moms (엄마들)》	재닛 홍	하비상
2020	김숨	《One Left (한 명)》	브루스·주찬 풀턴	더블린 문학상 후보
2020	조남주	《Kim Jiyoung, Born 1982 (82년생 김지영)》	제이미 장	전미도서상 후보
2020	손원평	《Almond (아몬드)》	샌디 주선 리	아마존 '2020년 5월 소설 Top 10'
2021	김보영	《On the Origin of Species and Other Stories (김보영 선집: 종의 기원)》	소라 김 러셀	전미도서상 후보
2021	박상영	《Love in the Big City (대도시의 사랑법)》	안톤 허	부커상 후보· 더블린 문학상 후보
2021	정보라	《Cursed Bunny (저주 토끼)》	안톤 허	부커상 최종 후보
2022	신경숙	《Violets (바이올렛)》	안톤 허	《파이낸셜타임스》 '올해 여름 최고의 번역 소설'·전미도서비평가협회상 번역 문학 후보
2022	이영주	《Cold Candies (차가운 사탕들)》	김재균	루시엔 스트릭 번역상
2022	김금숙	《The Waiting (기다림)》	재닛 홍	하비상 후보
2023	천명관	《Whale (고래)》	김지영	부커상 최종 후보

표에서 언급된 한국문학 작품들을 살펴보면 몇 가지 특징을 찾을 수 있다. 우선 작가 대부분이 국내 문학계에서 상대적으로 젊은 세대 작가군에 속한 여성이다(번역가도 대부분 여성이다). 심지어 정보라 작가처럼 국내에서 문학상 수상 경력이나 문예지 등단 과정 없이 작품 활동을 시작한 파격적인 경우도 있다. 또한 역사적·전통적 소재나 주제를 주로 다루던 기존 한국문학의 성격에서 벗어나 작가의 개성적인 서술 방식이나 주제를 강조한 탈한국적·장르 문학적 작품이 많았다. 이를 통해 해외 독자는 한국의 역사나 문화에 대한 이해나 지식이 없더라도 쉽게 접근할 수 있고 흥미를 유발할 수 있는, 좀 더 개인적이고 실험적인 장르 서사를 선호한다는 것을 알 수 있다. 마지막으로, 번역가 대부분이 한국어를 모국어로 하는 한국인이 아니라 해외 국적을 가진 원어민이거나 해외에서 활동하는 원어민에 가까운 교포라는 점이다. 번역 문학의 수용 주체가 한국적 맥락과는 무관한 방식으로 번역가와 소통하는 현지 독자라는 점에서, 한국문학이 한국 독자들에게 다가서는 방식과는 다른 메커니즘이 작동한다는 점을 확인할 수 있다. 이와 같은 K 문학에 대한 전략적 분석은 한국문학 번역의 현실과 문제점을 직시하고 경쟁력과 발전 방향을 모색하는 데 실질적인 도움을 주며, 시장을 선도하는 역할로 도약하는 지지대가 되어준다.

지금까지 한국문학 번역에 관한 논의가 지나치게 학술적 담론에 묶여 있던 이면에는, 문학 번역을 현실적인 이해관계나 가치와 연관시키는 것을 마치 문학이 지닌 순수성을 훼손하는 것으로 여기는 계급주의적 우월성이 존재한다. 문학 번역에서 독자들의 수용성에 집중하는 현실적 접근 자체를 상업적이고 속물적이라고 폄하하기는 쉽지만, 독자와의 원활한 소통은 번역가의 사명 중 하나이자, 계속 번역 작업을 수행해나갈 수 있도록 하는 유일한 기반이다. 그런데 번역 경험이 없는, 그리고 어쩌면 번역 역량 자체가 부족한 국내 학자들이 번역을 평가하고 재단하는 상황은 한국문학 번역의 발전에 걸림돌이자 기득권 문화의 폐해라고도 할 수 있다. 학자들은 발표나 논문, 칼럼, 인터뷰, 심사 등 다양한 방법으로 번역을 평가하고 영향력을 행사할 수 있지만, 번역가들은 자신의 번역에 대해 의견을 개진하거나 오역 논란에 대응할 수 있는 현실적인 통로는 사실상 거의 없다. 이러한 현실은 학자와 번역가 사이의 엄연한 위계관계를 보여준다고 할 수 있다.

K 팝의 탈한국화 전략과 K 문학

오늘날 해외에서 주목받는 한국문학이 거둔 결실이 반드시 한국문학 번역의 방향성을 제시하는 것은 아니다. 그러나 지금의 결과를 또 다른 도약의 계기로 연결하기 위해 이러한 결실이 우연인지, 일정한 패턴과 메커니즘 작동의 축적인지에 대한 분석은 필요하다.

'한류'와 '한국 문화'라는 용어에는 본질적인 차이가 있다. '한국 문화'는 한국에서 한국인들에 의해 생산되고 소비되는 한국의 문화 형태를, '한류'는 해외의 비한국인에 의해 소비되는 한국의 문화 형태를 지칭한다.[2] 이러한 소비 주체의 차이는 문화 번역의 전략적 특징으로 연결되는데, K 콘텐츠가 본질적으로 국내 소비자를 대상으로 하는 문화 장르가 아니라 해외 소비자에 대한 맞춤형 문화 상품으로 기획된다는 점에 주목할 필요가 있다.

K 팝이 생산되는 과정은 탈한국적이다. BTS의 빌보드 HOT 100 1위 곡인 〈Dynamite〉와 〈Butter〉 〈Permission to Dance〉에는 수많은 해외 뮤지션이 작곡가로 참여했다. 세계적인 걸 그룹 블랙핑크의 〈Boombaya〉 〈DDU-DU DDU-DU〉 〈Kill This Love〉 등 또한 마찬가지다. 이 같은 탈한국적 현상은 K 팝 그룹 멤버 구성에도 보인다. 사실 K 팝 그룹의 외국인 참여는 예전부터 있었다. 2005년 데뷔한 슈퍼주니어에는 13명 멤버 중 1명은 중국인이었고, 2012년 데뷔한 EXO는 아예 기획 단계부터 한국인 중심의 'EXO-K'와 중국인 중심의 'EXO-M'으로 팀을 나누었다. 2008년에 데뷔한 2PM은 기존의 중국인이나 일본인 대신 태국인을 영입했다. 일정 비율로 해외 국

적 출신의 멤버를 영입하는 현상은 이젠 매우 일반적이다.

이처럼 K 팝의 탈한국화는 K 팝 제작 및 행위 주체의 민족이나 국적 같은 국수적이고 고정된 경계를 탈피하는 데서 출발한다. K 팝이 반드시 한국적 정서와 가치를 반영하면서 한국 사람이 만들고 부르는 노래여야 한다는 관념에서 벗어나, 글로벌 팬들과의 친밀감을 높이고 소통을 우선하는 전략을 구사한다고 할 수 있다.

이러한 전략은 해외 팬들의 자발적인 활동으로 이어지기도 한다. 그중 하나가 가사 번역이다. K 팝 음원이 발매되면 전 세계 각지의 팬들은 직접 한국어 가사를 자국어로 옮기고 자막을 얹힌 '팬 번역'(fan sub) 영상을 유튜브에 공유한다. 이때 번역의 정확도와 완성도는 높지 않은 경우가 대부분이고 심지어 오역도 존재하지만, 이는 큰 문제가 되지 않는다. 현지 팬들이 주도하는 '팬 번역'의 다양한 오역 사례는 문학 번역에서처럼 신랄한 지적과 비판의 대상이 되는 것이 아니라, 오히려 이들의 열정과 노력을 높이 평가하고 이들의 활동을 응원하는 계기로 작동한다. 또한 팬 번역 활동은 팬덤 구성원들 간의 상호 소통을 북돋우고, K 팝 커뮤니티에 대한 정서적인 유대감과 결속력을 더욱 강화하는 요인으로 작용한다.

궁극적으로 K 문화를 생산하는 주도권을 해외 수용자와 공유하는 전략은, K 문화의 'K'가 상징하는 한국성을 희석하면서 현지인들이 적극 수용하고 그들과 함께 만들어나가는 문화가 되도록 유도한다. 이는 해외 팬들이 K 팝을 통해 한국 문화에 대한 이해가 확대되고 그들의 한국어 구사 능력을 강화하는 결과로 이어지기도 한다. 이 같은 선순환 과정은 한국 내의 새로운 아이돌 그룹과 새로운 노래를 탐색하고 발굴하는 장치로 작동할 뿐만 아니라, 그들의 관심이 지금의 K 팝에만 국한되지 않고, 한국의 8090 가요로 확장되는 계기가 되고 있다.

이 같은 K 팝의 성공 전략이, 한국문학이 K 문학으로 나아가는 방향에서 참고할 만한 충분한 가치가 있을까? 물론 K 팝과 한국문학의 번역 사이에는 본질적인 차이가 존재한다. 무엇보다도 텍스트의 비중을 간과할 수 없다. 문학 작품 번역의 경우, 텍스트에서 시작해서 텍스트로 끝날 만큼 텍스트가 번역의 전부라고 할 수 있지만, K 팝에서는 텍스트 비중이 가사에만 국한된다. 해외 팬들이 K 팝에 환호하는 이유는 K 팝 특유의 바이브나 리듬, 멜로디, 안무, 뮤직비디오, 가수가 가진 매력이나 예능감 등 다양한 요소가 복합적으로 작용한 결과로, 여기서 가사가 차지하는 비중은 문학 작품의 텍스트에 비하면 지극히 작다. 그리고 독자가 번역서를 만나려면 직접 서점이나 도서관과 같은 특정 공간을 찾아가야 하지만, K 팝은 유튜브와 같은 온라인 플랫폼을 통해 시간과 장소에 구애

받지 않고 실시간으로 즐길 수 있는 보편적 접근성을 가지고 있다. 이 같은 온라인 플랫폼 공간은 실시간 채팅이나 댓글을 통해 자신들의 경험과 감정을 공유하면서 팬덤을 구축하는 힘이 되어준다.

이 같은 차이점과 한계점이 있지만, 한국문학 번역에도 K 팝의 탈국가성 전략을 시도해볼 만한 가치가 있다. K 팝이 생산 주체를 글로벌화한 것처럼, 현지 독자들과 적극적으로 소통해갈 수 있는 현지 번역가를 체계적으로 양성하는 프로그램과, 현지 출판사에 한국문학을 홍보하고 연결해주는 통합 온라인 플랫폼(2022년 11월 14일 한국문학번역원은 한국문학 번역 관련 정보를 한곳에 모으고 기업 간 번역·출판을 직접 논의할 수 있도록 한 KLWAVE 서비스를 시작했다)이 필요하다. 또한 주도적으로 한국문학을 소비하는 독자들을 중심으로, 한국문학에 대한 팬덤 문화를 주체적으로 만들어갈 수 있는 다양한 형태의 장도 마련되어야 한다. 비록 현지 독자들이 한국 독자와는 다른 방식으로 한국문학의 전통과 역사를 이해하더라도, 자신이 좋아하는 몇몇 한국 작가의 범주를 넘어서 다양한 한국 작가와 작품으로 관심을 확장할 수 있다면, 과연 우리는 무엇을 문제 삼을 수 있을까? 한국문학을 번역하는 목적에 이타적 배려가 조금이라도 포함되어 있다면 이 정도의 전략적 접근과 기다림, 그리고 배려는 충분한 가치가 있지 않을까?

한국에서 만든 찜기가 최근 미국에서 이동식 화로로 큰 관심을 받고 있다고 한다. 찜 요리 문화가 드문 미국인에게 찜기로만 사용하도록 요구했다면 있을 수 없는 일이다. 제품의 판매 전략에서 소비자를 제외하고 논할 수 없듯이, 문학 번역 역시 독자를 배제하고는 접근할 수 없다. 독자에 대한 고려 없이 일방적으로 원본의 가치나 한국적 특성, 원본에 대한 충실성만을 중시하는 전략으로는 번역 독자와의 활발한 소통을 기대하기는 어렵다. 어쩌면 한국문학은 우리 것이고 우리가 제일 잘 안다는 생각을 내려놓을 때, 현지 독자들이 좀 더 적극적이고 창의적으로 한국문학을 공유하고 즐길 수 있게 될지도 모른다.

우리의 것을 있는 그대로 알리고 싶은 이기적인 목적도 결국 이타적인 번역을 통해서만 가능하다. 독자를 배려하는 번역은 궁극적으로는 원본을 훼손하거나 배신하는 행위가 아니다. 분명 문학 번역은 K 팝과는 그 맥락이 다르지만, 어쩌면 이 두 영역 사이의 명확한 차이점을 거듭 강조하는 배타적 시도보다는 이 두 영역 사이의 공통점을 발견하려는 노력을 통해 한국문학 번역이 한 단계 더 발전할 수 있다면, 우리의 고민도 나름대로 가치가 있을 것이다.

한국문학번역원의 20년을 돌아보며

신지선

이화여대 통번역대학원 번역학과 부교수, 이화여대 통번역연구소 소장. 한국외대 통번역대학원과 몬테레이 통번역대학원에서 석사 학위를, 세종대에서 번역학 박사 학위를 취득했다. 공저서로는《통번역학 연구 현황과 향후 전망》《번역학, 무엇을 연구하는가》《국가 번역시스템 구축을 위한 기초 연구》등이 있고, 공역서《Understanding Contemporary Korean Culture》는 2011년 문화체육관광부 우수학술도서로 선정되었다.

한국 문화의 인기가 심상치 않다. 해외에서의 한국 드라마 열풍을 '한류'라고 부르며 놀라워하던 때가 불과 얼마 전의 일 같은데, 이제는 어떤 분야든 앞에 'K'가 붙으면 굉장히 '핫'해 보이는 시대를 맞이했다. K 팝, K 뷰티, K 푸드, K 무비에 이르기까지 가히 K 붐이라고 부를 만하다. 이러한 K 콘텐츠의 일환으로 K 문학도 빠른 속도로 여러 나라에서 존재감을 드러내고 있다. 한국문학 작품이 세계적으로 이름 있는 문학상을 연이어 수상하기도 하고, 저명한 해외 문학잡지에서 한국문학을 특집으로 소개하기도 하며, 한국 작가를 심층 취재한 기사가 게재되기도 한다. 현재 우리는 해외로 뻗어나가는 한국문학의 자랑스러운 행보를 설레는 마음으로 지켜보고 있다.

BTS와 블랙핑크, 〈기생충〉과 〈오징어게임〉이 전 세계에 한국을 각인시키기 훨씬 오래전부터, 한국문학을 통해 한국을 알리고자 고군분투해온 기관이 있다. 바로 한국문학번역원이다. 이 기관은 2001년 3월 출범한 이래, "한국문학의 세계화"라는 슬로건 아래 한국문학을 해외에 적극적으로 소개해왔다. 2001년 설립 당시만 해도, 한국문학 작품이 번역되어 해외에서 출판되는 경우는 거의 없었고, 독자도 극소수에 불과했다. 그러나 20년 후인 현재는 상황이 완전히 달라졌다. 2001년부터 2021년까지의 통계를 보면, 지난 20년간 한국문학번역원에서는 총 39개 언어권에서 2,000건 이상의 번역을 지원했고, 출판 지원 건수는 총 42개 언어권에서 약 1,700건에 달한다. 번역 지원의 경우, 한국문학번역원 출범 초기에는 번역 지원 대상 언어가 세계의 주요 언어로 한정되어 있었지만, 이제는 리투아니아어, 세르비아어, 우즈베크어 등 소수 언어도 지원하고 있다.

오늘날 한국문학이 세계 각국에 뻗어나가고 해외에서 한국 작가들의 인지도가 높아진 데는 한국문학번역원이 크게 역할을 했다고 생각하는 바, 이 글에서는 이 기관이 한국문학을 해외에 널리 알리기 위해 구체적으로 어떠한 노력을 기울여왔는지를 돌아보고자 한다. 한국문학번역원에서 그동안 기획하고 수행해온 각종 사업과 프로그램을 파악하기 위해 2001년부터 2021년까지의 사업 연감을 꼼꼼히 읽고 주요 사항을 정리해보았다.

심사 시스템의 변화

2001년에 한국문학번역원이 설립되기 전에는 한국문학의 해외 소개 업무를 '한국문학번역금고'와 '문예진흥원'이 담당했다. 한국문학번역원이 출범하며 번역 사업을 한곳에서 전담하게 되면서 중복되는 사업이 줄고 사업의 효율성이 높아졌다. 제1대 박환덕 원장은 취임사에서 한국문학번역원의 목표는 "한국문학을 세계화"하는 데 견인

차 역할을 하는 것이라 밝히고, 핵심 사업으로 한국문학의 번역과 해외 출판을 강조했다.

사실 한국문학번역원은 설립 이후 처음 몇 년간 번역되는 언어의 수와 출간되는 작품의 종수를 늘리는 데 주력했다. 해외에 소개된 한국 작품의 수가 절대적으로 부족했던 당시 상황을 고려하면, 양적으로 많이 소개하는 것이 급선무였을 것이다. 더욱이 2005년에는 한국이 프랑크푸르트 도서전의 주빈국으로 초청되어, 도서전에서 선보일 대량의 번역서가 필요하기도 했다. 프랑크푸르트 도서전은 성황리에 끝났고, 한국문학번역원이 기획한 '한국의 책 100종' 가운데 대다수가 해외 출판에 성공했다.

이와 같은 국제 행사를 치르며 양적으로 번역·출판이 눈에 띄게 증가하면서, 번역의 질도 철저히 관리해야 한다는 목소리가 점차 높아졌다. 이에 한국문학번역원은 2007년부터 번역의 질적 향상을 사업 목표로 제시하고, 번역의 완성도에 주목했다. 심사 시스템을 개선하고, 전문 번역가를 지원하고 양성하는 사업을 본격적으로 추진하기 시작했다.

심사 시스템을 바꾼 이유는 해외 독자를 적극적으로 고려하기 위해서였다. 한국문학번역원은 번역 지원 대상을 선별하기 위한 심사 시스템을 여러 차례 개선해왔다. 보통 심사는 3단계, 즉 서류 심사, 번역의 완성도와 해외 수용 가능성을 보는 1차 심사, 원작의 문학성과 해당 언어권에서의 시장성을 고려하는 2차 심사로 이루어진다. 2011년 심사 시스템에 큰 변화가 일어나는데, 기존에는 내국인과 외국인 전문가가 동시에 심사했으나, 바뀐 시스템에서는 해외 에이전시 및 전문 출판 편집자로 구성된 외국인들이 1차 심사를 진행했고, 외국인 심사를 통과한 작품에 한해서만 내국인의 2차 심사가 이어졌다. 작품의 가독성과 현지 수용성을 우선으로 고려한 것이다. 2009년에는 '한국문학번역원 지정 번역가' 제도도 마련했다. 문학 번역 능력이 검증된 전문 번역가들을 지원해 수준 높은 번역 작품을 안정적으로 배출하기 위한 장치였다.

이런 노력의 결과로, 한국문학이 세계로 퍼져나갔고 해외 주요 언론에서 한국문학을 조명하기 시작했다. 일례로 2016년의 상황을 살펴보자. 미국 《Chicago Review of Books》에서 오세영의 《Night-Sky Checkerboard(밤하늘의 바둑판)》를 '올해의 시집'으로 선정했고, 프랑스 《Le Monde》에서는 황석영의 《L'Étoile du chien qui attend son repas(개밥바라기 별)》 등을 소개하며 작가 인터뷰를 게재했으며, 폴란드 문학 커뮤니티 《Granice》에서는 편혜영의 《Marzena Stefańska-Adams(재와 빨강)》를 '2016 올해의 책'으로 선정했다. 한국문학번역원이 출범한 15년 전과 비교해 깜짝 놀랄 만한 성과를 낸 것이다.

그로부터 5년 후인 2021년의 상황은 또 어떠한가? 2021년 해외 문학상을 수상했거나 입후보한 작품을 살펴보면, 영국에서는 윤고은의 《The Disaster Tourist(밤의 여행자들)》가 대거상(번역 추리소설 부문)을, 미국에서는 마영신의 그래픽 노블 《Moms(엄마들)》가 하비상(최우수 국제도서 부문)을 수상했다. 이상의 《Yi Sang: Selected Works(이상 작품선)》은 미국 알도 앤 잔 스칼리오네상(번역 문학 부문)을, 김혜순은 《Autobiography of Death(죽음의 자서전)》으로 한국인 최초이자 아시아 여성 최초로 캐나다 그리핀 시 문학상을 수상했다. SF 작가 김보영의 《On the Origin of Species and Other Stories(종의 기원)》는 미국에서 전미도서상 번역 문학 부문 1차 후보로 선정되었다. 한국문학 번역서가 해외에서 서서히 주목받는 시기를 거쳐, 여러 나라에서 문학상을 수상하는 단계에 접어든 것이다.

지원 도서 선정 방식의 변화

한국문학이 해외 독자의 관심을 끌기 위해서는 근본적으로 어떤 책을 소개하는지가 성공의 열쇠가 된다. 한국문학번역원은 지난 20년간 전문가 워크숍, 세미나, 설문조사, 연구 사업 등을 시행해 지원 대상 도서를 선정하는 방식을 꾸준히 개선해왔다. 초기 시스템은 번역가 본인이 원하는 작품을 골라 번역하고 지원을 신청하는 자유공모제였다. 그런데 이 시스템에서는 번역가들이 상대적으로 번역하기 쉬운 작품이나 번역할 분량이 적은 시를 고르는 경우가 많았다. 그러다 보니 문학성이 뛰어난 작품이 번역될 기회를 얻지 못하거나 인기 있는 작가의 작품이나 특정 장르에 편중되는 문제가 발생했다.

특히 번역하는 데 엄청난 시간과 노력이 들어가는 고전 작품을 기피하는 현상이 문제였다. 그래서 한국문학번역원에서는 2003년 번역을 권장하는 고전 작품 목록을 작성하고, 난이도와 분량에 따라 번역 기간 및 지원금에 차등을 두었으며, 자문비를 지급하는 등 보다 현실적인 정책을 시행했다. 또한 고전 작품을 이해하는 데 도움이 되는 관련 학술 도서의 번역도 지원했다. 그 결과, 지원을 신청하는 작품들에서 고전 번역의 비율이 늘어나기 시작했다.

그리고 자유공모제 외에 지원 작품을 선정해 뛰어난 작품이 번역될 수 있도록 지정공모제를 추가로 신설했다. 자유공모제와 지정공모제를 동시에 시행한 결과, 문학성과 상품성을 두루 갖춘 작품이 균형 있게 선정될 수 있었다. 또한 번역 지원 사업의 대상을 한국문학 작품에 국한하지 않고 기초 예술 분야로 확대해, 영상 자막, 공연 대본 등의 번역도 활발히 이루어질 수 있도록 힘을 보탰다.

2010년의 경우, 신규 번역 지원 작품에 포함된 한강의 《채식주의자》와 영상 자막 번역 지원을 받은 번역가 달시 파켓(Darcy Paquet)이 눈에 띈다. 달시 파켓은 영화 〈기생충〉의 대사를 영어로 옮긴 번역가로, 칸 영화제에서 황금종려상을 수상하는 데 큰 역할을 했다는 평가를 받는다. 한국문학번역원이 해외에서도 주목할 만한 한국 작품과 뛰어난 번역 능력을 갖춘 번역가를 발굴해 번역 지원을 진행해왔음을 확인할 수 있는 대목이다.

한국문학번역원은 개별적인 단행본을 집중 지원하던 그동안의 관행을 깨고, 한국문학을 보다 체계적이고 통합적으로 소개하기 위해 기획 번역, 총서 제작 등의 사업도 순차적으로 진행해 나갔다. 2007년에는 한국 현대문학을 대표하는 소설, 시, 희곡 등을 고루 수록한 영문판 한국 현대문학 앤솔로지 발간 사업에 착수했다. 한국 현대문학을 대표하는 만큼 엄격한 심사 과정을 거쳐 시대별·장르별·작가별로 작품을 선정했고, 앤솔로지에 상세한 해설 및 주석도 제공해 한국문학을 연구하기 위한 기본 교재로도 사용할 수 있도록 했다.

또한 한국문학 작품의 해외 인지도를 높이기 위해서 무엇보다 해외에서 출판이 이루어지는 것이 매우 중요함을 인식하고 해외 출판을 적극적으로 추진하기 시작했다. 우선 한국문학번역원에서 해외 출판을 장려하기 위해 시행한 혁신적인 변화는, 2006년부터 해외 출판사가 직접 번역 지원을 신청할 수 있게 한 것이다. 기존에는 번역가가 번역 지원을 신청하고 번역이 완료된 이후에 한국문학번역원에서 출판을 모색하는 시스템이었는데, 이제는 한국문학 작품을 해외 출판사에서 직접 번역하고 출간하는 방안을 추가한 것이다. 한국문학의 저작권 및 번역 계약을 체결한 해외 출판사를 대상으로 번역과 출판 비용을 지원하거나, 해외 문학 전문 출판사와 업무 협약을 체결해 안정적으로 한국문학 작품을 소개할 수 있는 길이 열렸다.

이 외에 한국문학번역원은 해외 출판을 활성화하기 위해 간접적으로도 다양한 지원을 했다. 해외에서 관심을 가질 만한 국내 도서가 있다고 하더라도, 그 도서를 국내 출판사가 자체적으로 해외에 알리기는 쉽지 않다. 우선 수익이 확실히 보장되지 않는 상태에서 발생하는 갖가지 비용이 부담스럽고, 경험 부족으로 해외시장을 뚫고 들어갈 노하우가 없기 때문이다. 그러한 국내 출판사들의 어려운 상황을 감안해서, 출판사들을 지원하기 시작했다. 국내 신간 도서의 초록을 제작해 배포하고, 저작권 협상을 도와주며, 해외 저작권 수출시장과 출판계의 동향에 관한 정보를 공유하고, 번역 전문 인력을 관리해주는 등 다양한 서비스와 재정적 지원을 제공한 것이다. 국내 출판사에 저작권 수출의 길을 열어주기 위해, 출판사의 구체적인 요구를 파악해 맞춤형으로 지원했고, 2012년부터는 해외 출판사와 에이전시에 도서의 샘플을 다양한 언어로 번역해 제공했으며, 작가 및 작품에 대한 이해를 높이고자 소개 자료도 제작해주었다. 이후 해외 출판사에서 출간이 이루어지면 도서 홍보와 출판기념회도 지원했다.

한국문학번역원이 이와 같은 노력을 기울임으로써 해외시장으로의 진출이 활발해졌음은 출판 지원 통계를 보면 확인할 수 있다. 출판 지원 건수는 매해 40~60건 정도였는데, 2014년에 110건으로 그 이전에 비해 2배 가까이 증가했고, 2021년에는 190건 가까이 지원되었다. 해외 출판의 활로를 개척하기 위해 적극적으로 도입한 출판 지원책들이 가시적인 성과로 이어지고 있는 것이다.

전문 번역가 육성 사업

지난 20년간 한국문학번역원이 추진한 사업들 가운데 전문 번역가 육성 사업은 특히 눈여겨볼 필요가 있다. 한국문학이 해외 출판시장에서 경쟁력을 갖추기 위해서는, 무엇보다 뛰어난 실력을 갖춘 전문 번역가가 많아야 한다. 문학 전문 번역가는 양 언어에 능통해야 할 뿐만 아니라 그 나라의 고유한 문화에 대해서도 잘 알고 있어야 한다. 그런데 이러한 조건과 역량을 골고루 갖춘 번역가를 찾기란 쉬운 일이 아니다.

이러한 상황은 '문학 번역은 누가 하는 것이 좋은가'를 논의할 때마다 항상 직면하게 되는 문제다. 여기에 부분적으로나마 해결책을 제시하기 위해 한국문학번역원은 번역가 양성 사업을 시작했다. 자연스러운 도착어로 번역할 수 있는 해당 언어의 모국어 사용자를 번역가로 육성하기 위해 장학 사업과 교육 사업을 병행했다. 장학 사업은 한국문학 번역에 관심 있는 외국인 및 재외동포를 대상으로, 국내 대학원이나 해외 대학원 한국학과에서 한국문학 전공 과정을 연수할 수 있도록 지원하는 것이다. 교육 사업은 다양한 교육 프로그램을 마련해 번역에 관심 있는 예비 번역가들이 한국문학을 감상하고, 한국 문화를 체험하며, 번역 연습을 할 수 있도록 힘을 보태는 것이다. 2003년에 단기 연수 프로그램을 시작으로, 2008년에는 번역아카데미를 개설하며 장기간에 걸쳐 번역가를 체계적으로 양성하는 시스템을 갖추었다.

특히 번역아카데미 정규 과정에서는 선발된 원어민들이 한국문학을 잘 이해하고 번역할 수 있도록 체계적인 커리큘럼을 마련하는 한편, 다양한 체험 프로그램을 기획했다. 번역 역량을 높이기 위해 전문 강사진의 번역 이론 및 실습 수업, 한국 문화 강의를 제공했으며, 번역 대상 작품을 더욱 잘 파악할 수 있도록 작가와의 만남, 문학기행 등을 진행했다. 한국의 정서와 문화를 익힐 수 있는 현장 교육도 신경 썼다. 또한 정규 과정뿐만 아니라 주중에 시간 내기 어려운 직장인과 대학원생을 위한 특별 과정과 번역아카데미 우수 졸업생 및 신진 우수 번역 인력을 대상으로 한 심화 과정도 개설했다.

한국문학번역원에는 해외 대학과 연계해 진행하는 번역 실습 워크숍과 언어권별 세미나, 번역 아틀리에, 번역가 레지던스 프로그램 등 단기간의 맞춤형 교육 프로그램도 다양하게 갖추고 있다. 간단히 소개하자면, 번역 실습 워크숍과 언어권별 세미나는 해외 대학과 협력해 현지의 예비 원어민 번역가를 지원하는 프로그램이다. 나중에 현지에서 한국문학을 번역해 소개할 수 있는 잠재적인 인력에 대한 투자라고 볼 수 있다. 한국문학번역원과 협력 관계를 맺은 해외 대학에서 현지 학생을 대상으로 한 학기 동안 번역 실습을 가르치고, 이후에 작가가 직접 참여하는 워크숍에서 번역을 검토하고 완성해 나가는 방식으로 진행한다.

이 프로그램을 효율적으로 진행하려면 해외 관련 기관과의 협력이 매우 중요하기 때문에, 한국문학번역원은 번역가 육성을 위해 다른 국가들과 꾸준히 관계를 맺어 나갔다. 해가 갈수록 번역 실습 워크숍을 개최하는 국가의 수가 늘어나, 2014년 3개국에서 2021년에는 12개 언어권의 16개 대학에서 개최하기에 이르렀다. 특히 2015년의 경우, 영국문학 번역센터가 주관해오던 번역 워크숍에 최초로 한국어 그룹이 개설되었는데, 한강의 《채식주의자》를 번역한 데보라 스미스와 영국 작가협회 회장인 다니엘 한(Daniel Hahn)이 이 그룹의 워크숍을 이끌었다. 한강은 이 워크숍의 번역 실습 세션에 직접 참가해 본인의 작품을 설명하고 참가자들과 대화를 나누는 등 작품 번역 과정에 큰 도움을 주었다.

한편, 번역 아틀리에는 역량이 뛰어난 번역가를 안정적으로 지원하기 위한 프로그램이다. 번역아카데미를 우수한 성적으로 수료한 졸업생들 가운데 지원 대상자를 선발해 번역 실무를 경험할 수 있도록 약 1년 동안 번역가들을 한국문학번역원의 다양한 번역 지원 사업에 참여시키는 것이다. 이를 통해 수료생들은 다양한 실무 번역을 경험하며 실력을 갈고닦을 기회를 누릴 수 있다.

마지막으로, 2007년부터 시작한 번역가 레지던스는 해외에 거주하는 우수한 한국문학 번역가를 초청해 국내 체류를 지원하고 다양한 체험 활동을 제공하는 프로그램이다. 2009년의 경우를 예로 들자면, 총 11개 언어권의 22명의 번역가가 최대 4개월간 한국에 머물며 다양한 번역 관련 활동을 했다. 이 프로그램의 초청자들은 한국에 체류하는 동안 열 번 이상 작가들과 만나 토론했고, 번역 세미나 및 워크숍에 참여해 의견을 나누었다.

이상에서 살펴본 바와 같이 한국문학번역원은 지난 20년간 역량이 뛰어난 한국문학 전문 번역가를 양성하기 위해 여러 방면에서 노력을 기울여왔다. 기본적으로 외국인 번역가 육성에 힘을 쏟는 한편, 국내와 해외에서 예비 번역가와 전문 번역가를 위한 맞춤형 프로그램을 지원하고, 장단기 프로그램을 개발해 정규 과정과 특별 과정을 진행해왔다.

한국문학번역원이 지난 20여 년간 '한국문학의 세계화'를 강조하며 헤쳐온 길을 짧게나마 살펴보았다. 한국문학번역원은 '한국문학의 해외 진출'이라는 목표 아래, 한국문학 작품의 번역과 해외 출판을 지원하고 전문 번역가를 육성해왔다. 한국문학을 효과적으로 알리기 위해 다양한 국제 교류 사업을 추진하고, 디지털 시대로 접어들어서는 각종 관련 자료를 통합 데이터베이스로 구축하며 출판 환경의 변화에도 적극적으로 대처해왔다.

그동안 한국문학번역원이 기울인 노력이 점차 결실을 거두기 시작해 세계에서 손꼽는 도서전에서 한국이 주빈국으로 활약하고 있고, 한국 작가들이 해외에서 크고 작은 문학상을 수상하고 있으며, 한국문학에 대한 인지도도 높아져 세계에서 한국문학 작품에 대한 수요가 빠르게 증가하고 있다. 또한 한국의 근현대문학, 고전문학 시리즈

들도 번역되어 발간되고 있다.

오늘날 한국의 문학 작품과 작가들이 세계에서 존재감을 드러내며 주목받기 시작하는 상황에 적지 않은 감동과 흥분을 느끼며 그동안 묵묵히 한국문학의 번역과 출판 사업을 추진해온 한국문학번역원을 조명해보았다. 여러 시행착오도 있었지만, 해외에서 한국문학의 입지와 한국 작가의 위상을 높이는 데 한국문학번역원이 기여한 바가 크다고 생각한다. 향후 한층 그 인기가 가속화될 K 문학의 앞날에 한국문학번역원이 계속해서 중추적인 역할을 해줄 것을 기대한다.

에필로그

이상빈

이 책을 위한 나의 여정은 2021년 7월 말 조의연 교수의 제안으로 시작되었다. 그는 달라진 한국문학의 위상을 언급하며 한국문학 번역에 관한 새로운 책이 있었으면 한다고 말했다. 좀 더 상세한 출판 계획을 들으니 기대만큼이나 고민도 커졌다. 가장 큰 고민은 어떤 주제를 다룰지 결정하고 능력 있는 집필진을 구성하는 일이었다. 나는 조의연 교수와 다양한 의견을 나눈 뒤 뜻을 함께하기로 했다. 나 역시 책의 필요성에 크게 공감했고, 한국문학 번역을 연구하는 사람으로서 사명감도 있었기 때문이다. 2년이 지난 지금, 그때의 판단과 결심이 옳았음을 확인하게 되어 무척 기쁘다.

책의 세부 사항을 하나둘씩 결정하면서 독자를 누구로 설정할지도 고민이었다. 처음에 우리는 전문가만을 대상으로 논문집 형태의 책을 출간할까도 생각했다. 하지만 한국문학 번역에 관한 일반인의 관심이 높아지고 있던 터라 우리에게 익숙한 방식으로는 아쉬움이 클 것 같았다. 한국문학이나 문학 번역에 관심 있는 사람이라면 누구나 읽을 수 있고 보다 많은 사람이 번역 문제를 자유롭게 사유할 수 있는 기회를 주고 싶었다. 그래서 우리는 전문 번역가의 경험을 엿볼 수 있는 새로운 담화 공간을 만들기로 하였다. 특히 일반 독자에게도 익숙한 문학 작품을 기반으로 번역가의 고뇌와 번역의 사회문화적 요소 등을 소개한다면 한국문학 담론에서도 중요한 이정표를 만들 수 있을 것으로 판단했다.

내가 생각했던 이 책의 독자는 버지니아 울프가 강조했던 "일반 독자"와도 비슷하다. 울프는 그 당시의 남성 지식층을 거부하고, 그야말로 보통 사람들을 대상으로 글을 썼다. 울프가 생각했던 일반 독자는 주변에서 어렵지 않게 만날 수 있고, 새로운 지식 세계에 열려 있으며, 작가의 관점을 비판적으로 해석하고 실천할 수 있는 사람이다. 이 책의 독자도 그런 독자이기를 바란다. 한국문학의 정체성과 확장성에 관심 있고 문학 번역과 관련한 다양한 현상과 주장을 새로운 관점에서 해석할 수 있는 독자 말이다.

독자에게 강조하고 싶은 이 책의 특징은 크게 세 가지다. 첫째, 필자 대부분은 연구하는 번역가들이다. 프로필을 통해 짐작했겠지만, 브루스 풀턴, 전승희, 전 미세리 등은 학문의 길을 걸어오면서 한국문학을 오랫동안 사랑해온 전문 번역가다. 한편, 제이크 레빈, 제이미 장, 리지 뷸러 등은 번역과 비교문학을 공부하면서 활발한 실무 활동을 이어가는 젊은 세대다. 한마디로 집필진은 신구 조화를 이루며, 번역 실무와 이론을 균형 있게 다루어온 전문가들이다. 둘째, 이 책은 독자 접근성을 높이기 위해 국내외 독자들이 잘 알고 있는 작품을 핵심 소재로 삼았다. 예를 들어 《82년생 김지영》과 《채식주의자》는 언론에도 자주 보도된 만큼, 이 책을 읽는 독자라면 어렵지 않게 접근할 수 있는 작품이다. 다만 이 책은 위 작품에 대한 진부한 이야기를 꺼내 들지 않고, 새로운 관점에서 작품과 재회할 기회를 제공한다. 셋째, 이 책은 번역에 관한 거시적 통찰과 미시적 분석을 함께 제시한다. 어떤 필자는 구체적인 작품을 선정하여 번역의 특징과 함의를 논하는가 하면, 어떤 필자는 한국문학 번역의 역사와 다양성을 사례 중심으로 기술한다. 또한 최근 화두인 '기계 번역' '한류' 'K 콘텐츠' 등을 바탕으로 문학 번역에 대한 지평을 넓혀주는 필자도 있다. 결국 이 책은 문학 번역에 관한 담론이 텍스트 차원을 넘어 어디까지 확장할 수 있는지를 다양한 시각으로 보여준다.

이런 책이 세상에 나올 수 있었던 건 누구보다도 필자들 덕분이다. 다시 한번 한 분 한 분에게 감사를 표한다. 사실 이 책을 기획하기 전만 해도 필자의 상당수와 나는 연락을 주고받는 사이가 아니었다. 나는 여러 경로를 통해 이메일 주소부터 구해야 했고, 처음 연락할 때는 자기소개부터 하고 출판 의도를 설명해야만 했다. 모두 유명한 분이라 집필 여력이 있을지부터 의문이었다. 게다가 모르는 사람이 글을 써달라고 하니, 쉽게 나서기도 어려울 것 같았다. 감사하게도 그들은 이 책의 출판 취지에 크게 공감하고 조의연 교수와 나의 제안을 흔쾌히 수락했다.

필자 외에도 고마움을 전하고 싶은 분들이 있다. 먼저, 영어 원고를 번역한 서울대 이상원 교수에게 감사의 마음을 전한다. 조의연 교수와 나는 영어 원고를 번역해줄 사람을 고민하면서 이상원 교수를 최고의 적임자로 꼽았다. 그는 문학과 번역학을 공부하고 출판·번역 시장에서도 오랫동안 활동해온, 몇 안 되는 번역가이기 때문이다. 출판을 흔쾌히 수락해준 고세규 대표와 편집·교정을 맡은 태호 차장에게도 감사의 뜻을 표한다. 태호 차장은 이 책의 준비 과정에서 마련된 심포지엄에도 참석할 만큼, 책에 대한 애정을 보였다. 또한 책이 좀 더 많은 독자에게

다가갈 수 있도록 여러 방면에서 힘써주었다. 그와 함께 일했던 모든 과정은 출판 경험이 부족한 나에게도 큰 도움이 되었다.

출처 및 참고 자료

1. 역작의 탄생

우리 나름의 김혜순

1 Hyesoon Kim, 〈There Is One myth in Which Women Do Not Disappear〉. https://www.documenta14.de/en/south/25320_there_is_one_myth_in_which_women_do_not_disappear

2 Hyesoon Kim, 《Princess Abandoned》(Hawaii: Tinfish, 2011).

3 Hyesoon Kim, 〈There Is One Myth in Which Women Do Not Disappear〉.

4 Matt Reeck, 〈Matt Reeck Reviews 《A Drink of Red Mirror》 by Kim Hyesoon〉, 《Asymptote》, 2019, 6.

5 Sue Hyon Bae, 〈How Should We Review Translations? Part II〉, 《Asymptote》, 2019, 9.

6 Hyesoon Kim, Trans. by Sue Hyon Bae and Lauren Albin, 〈You Gray Thing: Kim Hyesoon and the Philosophy of Between〉, 《The Southeast Review》, 2017, Vol. 36, 1: pp. 150~151.

7 Waqas Khwaja, 〈Stirring Up a Vespiary〉, 《Modern Poetry of Pakistan》, Dalkey Archive, 2010: pp. xx.

모든 번역은 중요하다

1 2004년 3월 26일 컬럼비아대학교에서 열린 학술대회였다. 당시 내 발표의 바탕이 된 것은 〈Translating Cultural Subtext in Modern Korean Fiction〉, 《Translation East and West: A Cross-Cultural Approach》, ed. Cornelia N. Moore and Lucy Lower (Honolulu: College of Language, Linguistics and Literature, University of Hawaii, 1992) pp. 129~135였다. 이 글을 이후 수정해 다시 출판했는데, 그 출처는 《Creation and Re-Creation: Modern Korean Fiction and Its Translation》, Eds. Young-Key Kim-Renaud and R. Richard Grinker, Sigur Center Asia Papers No. 8 (Washington: Elliott School of International Affairs, George Washington University, 2000), pp. 9~18이다.

2 지수 김의 〈K literature: ready, set, go〉 (《Korea Times》, February

24, 2016), 그리고 한국문학번역원이 발행하는 뉴스레터 《Korean Literature Now》의 최근 호를 참고할 수 있다.

3 조정래, 《오 하느님》(문학동네, 2007), Trans. Bruce and Ju-Chan Fulton, 《How in Heaven's Name》(Portland, ME: MerwinAsia, 2012).

4 복도훈, 〈노르망디의 실종자〉, 《오 하느님》, 223쪽.

5 고려인들이 실려 갔던 가축 운반 열차는 김숨의 소설 《떠도는 땅》(현대문학, 2020)에서 배경을 이룬다. 이 작품의 영문 번역은 나와 주찬 풀턴이 작업하고 있다.

6 김사과, 《미나》(창작과비평, 2008), Trans. Bruce and Ju-Chan Fulton, 《Mina》(San Francisco: Two Lines Press, 2018).

7 천운영, 《생강》(창작과비평, 2011), Trans. Bruce and Ju-Chan Fulton, 《The Catcher in the Loft》(New Paltz, NY: Codhill Press, 2019).

8 Bruce Cumings, 《The Red Room: Stories of Trauma in Contemporary Korea(붉은 방: 현대 한국의 트라우마 소설)》의 서문, (Honolulu: University of Hawaii Press, 2009), p. ix. 그리고 Bruce Fulton, 〈Trauma in Contemporary Korean Fiction〉, 《The Red Room》의 후기, pp. 191~195도 참조할 수 있다.

9 《The Catcher in the Loft》, pp. 156~161.

10 박완서, 〈부처님 근처〉, 《현대문학》, 1973년 7월. Trans. Bruce and Ju-Chan Fulton, 〈In the Realm of the Buddha〉, 《The Red Room》, pp. 1~24. 인용된 부분은 pp. 16~17.

11 김숨, 《한 명》, (현대문학, 2016), Trans. Bruce and Ju-Chan Fulton, 《One Left》(Seattle: University of Washington Press, 2020).

12 공지영, 《도가니》(창작과비평, 2009) Trans. Bruce and Ju-Chan Fulton, 《Togani》(Honolulu: University of Hawaii Press, 2023).

13 정용준, 《프롬 토니오》(문학동네, 2018), Translation in progress, Bruce and Ju-Chan Fulton 《From Tonnio》.

14 홍석중, 《황진이》(문학예술출판사, 2002), Translation in progress, Bruce and Ju-Chan Fulton 《Hwang Chini》.

15 황진이에 대한 문학 작품, 영화, TV 프로그램과 관련해서는 다음을 참고하라. Bruce Fulton, 〈Serendipity, Uyŏn, and Inyŏn〉, 《Peace Corps Volunteers and the Making of Korean Studies in the United States》, Eds. Seung-Kyung Kim and Michael Robinson (Seattle: Center for Korea Studies, 2020), p. 106.

16 Bruce and Ju-Chan Fulton, 〈Can You Hear the Voices of the Girls? 《One Left》 and the Korean "Comfort Women"〉, University of Washington

Press Blog, 2022년 2월 9일.

2. 번역은 반역이다

시 번역과 창조성

1 김소월, 《김소월 시전집》, 권영민 엮음, 문학사상, 2007 참조.

2 Peter Robinson, 《Poetry & Translation: The Art of the Impossible》, Liverpool UP, 2010.

3 심선향, 〈김이듬 시 《히스테리아》 영어 번역본의 감정 번역 연구: 레이코프(Lakoff)와 쾨페세스(Kövecses)의 '인지모형'과 '원형적 화 시나리오'에 바탕하여〉, 《통번역학연구》 25. 4 (2021): 125~147쪽을 참조하라.

4 Jean Boase-Beier, 〈Introduction〉 to R. Dove. Trans. Ludwig Steinherr, 《Before the Invention of Paradise》, Todmorden: Arc Publications, pp. 28~32.

5 Wookdong Kim, 〈Lost in Translation: (Mis)translations of Foreign Film Titles in South Korea〉, 《Babel》 63. 5 (2018): pp. 729~745.

6 Jean Boase-Beier, 《A Critical Introduction to Translation Studies》 (New York: Continuum, 2022), p. 53.

7 Walter Benjamin, 〈The Task of Translator〉, 《The Translation Studies》, Ed. Lawrence Venuti (New York: Routledge, 2000), pp. 75~82.

8 윤성우, 《번역철학》 HUINE, 2022. 5장 〈번역윤리와 그 패러다임〉을 참조할 것.

재활용 행위로서의 번역

1 Walter Benjamin, 〈The Task of Translator〉, 《Walter Benjamin: Selected Writings, Volume 1, 1913-1926》, Eds. Marcus Bullock and Michael W. Jennings (Cambridge: Harvard University Press, 2002), p. 260; Dennis Kratz, 〈An Interview with Norman Shapiro〉, 《Translation Review》 19 (1986): p. 27.

2 Walter Benjamin, 〈The Task of Translator〉, 《Walter Benjamin: Selected Writings, Volume 1, 1913-1926》, p. 254.

3 획득(gain)으로서의 번역에 대해서는 이 책에 실린 이상빈의 글을 참고하라.

기계 번역이 인간 번역을 대신하게 될까?

1 Zsófia Lelner, 〈The Future of Machine Translation: Where Are We Headed?〉, 《Memoq Blog》(2022. 2. 15).
2 James Hadley, 〈Literary Machine Translation: Are the Computers Coming for Our Jobs?〉, Special Feature: Machine Translation and Literature, 《Counterpoint》 No. 4, 2020.
3 2020 가을 카오스 강연, 'Ai X' 7강.

3. 한국문학 번역의 역사와 과제

번역 속의 한국문학

1 영어로 번역·출판된 작품들의 가장 완전한 목록은 내 홈페이지 (anthony.sogang.ac.kr)에 있는 자료일 것이다.
2 Minsoo Kang, 《Invincible and Righteous Outlaw: The Korean Hero Hong Gildong in Literature, History, and Culture》(Hawaii: University of Hawaii Press, 2018).
3 《The Story of Hong Gildong》, Trans. Minsoo Kang, Penguin Classics, 2016.
4 《The Nine Cloud Dream》, Trans. Heinz Insu Fenkl, Penguin Classics, 2019.
5 《James Scarth Gale and His History of the Korean People》, Ed. an extensive biographical Introduction and Bibliography by Richard Rutt, Seoul: Royal Asiatic Society Korea Branch, 1982.
6 Namho Yi, Ch'anje U, Kwangho Yi, Mihyŏ Kim, 《Twentieth-Century Korean Literature》, Trans. Youngju Ryu, Eastbridge Books, 2005.
7 Trans. Youngnan Yu, Archipelago Books, 2006.
8 《Between Liberation Space and Time of Need, 1945-1950》: An Exhibition of Rare Literary Works from the Korean Collection of the University of Washington Libraries》, East Asia Library, University of Washington Libraries, 2006.

한국문학 번역가의 책무

1 데보라 스미스의 번역에 대한 궁극적 평가에는 약간씩 차이가 있지만 다음의 사례들을 들 수 있다: 조재룡, 〈번역은 무엇으로 승리하

는가?〉, 《문학동네》, 2017년 봄호, 1~21쪽; 김번, 〈채식주의자와 《The Vegetarian》: 원작과 번역의 경계〉, 《영미문학연구》, 32 (2017), 5~34쪽; Charse Yun, 〈You Say Melon, I Say Lemon: Deborah Smith's Flawed Yet Remarkable Translation of "The Vegetarian"〉, 《Korea Expose》 (2017. 7. 2.); Wookdong Kim, 〈The 'Creative' English Translation of 《the Vegetarian》 by Han Kang〉, 《Translation Review》, 100:1 (2018), pp. 65~80.

2 〈한강, 《채식주의자》 오역 60개 수정 … 결정적 장애물 아냐〉, 《연합뉴스》, 2018년 1월 29일; 〈데버러 스미스 《채식주의자》 오역? 창조적인 번역일 뿐〉, 《연합뉴스》, 2018년 1월 15일.

3 Tim Parks, 〈Raw and Cooked〉, 《The New York Review of Books》, 2016. 6. 20.

4 대표적인 예로, 윤지관, 〈번역의 정치학: 외국문학 번역과 근대성〉, 《안과밖》, 10 (2001), 26~48쪽; 이형진, 〈한국문학 번역의 문화 번역〉, 《번역학연구》, 17:3 (2006), 139~164쪽; Douglas Robinson, 《Translation and Empire》 (London, Routledge, 2014). 더글러스 로빈슨의 저서는 나라 간, 언어 간 세력 차이가 번역에 반영되는 여러 양상을 자세히 보여준다.

5 Dominic Stewart, 〈Poor Relations and Black Sheep in Translation Studies〉, 《Target》, 12:2 (2000), p. 219.

6 김자경, 〈한국문학 번역에서 문학 번역가의 역할: 브루스 풀턴, 주찬 풀턴의 《한 명》 번역 결정부터 《One Left》 출판까지의 과정을 중심으로〉, 《번역학연구》, 22:2 (2021), 68쪽.

7 Fiona Bell, 〈The Diva Mode of Translation〉, 《Asymptote》 (2022).

국내 번역학 연구의 과제

1 이상빈, 〈마샬 필의 《홍길동전》 경판본 번역 분석〉, 《통번역학연구》 24, no. 4 (2020): pp. 97~124.

2 Peter H. Lee, 《Anthology of Korean Literature》, Honolulu: The University Press of Hawaii, 1981, pp. 119~47; Youngmin Kwon and Bruce Fulton, 《What Is Korean Literature?》 Berkeley: Institute of East Asian Studies, University of California, Berkeley, 2020, pp. 33~59. 필은 《홍길동전》을 이해하는 데 필요한 배경 정보를 제법 긴 역주로 제시했다. 피터 리의 편역서에는 이 역주가 빠져 있다.

3 Sangbin Lee, 〈Marshall R. Pihl's Translation of *Ch'ang* (Song) in 《Sim Chŏng ka》〉", 《Acta Koreana》 24, no. 2 (2021): pp. 31~54.

4 이상빈, 〈케빈 오록의 시조 번역의 구조적 특징: 윤선도의 〈어부사시사〉를 기반으로〉, 《통번역학연구》 26, no. 2 (2022): 109~32쪽.

5 희곡 번역도 국내 번역학계에서 홀대받고 있다. 이형진의 논문 〈한국 현대희곡 영어 번역의 현황 분석과 발전 방향〉(《비교문학》 제59권, 2013)을 참고할 수 있다.

6 김자경, 〈그래픽 노블 번역에 나타난 명시화 전략 고찰: 《풀》 영역본을 중심으로〉, 《통번역학연구》 25, no. 3 (2021): 1~23쪽; 마승혜와 김순영, 〈추리소설 번역에서 결속구조 및 정보성 변화 양상과 그 효과: 윤고은의 《밤의 여행자들》 영어 번역 분석을 중심으로〉, 《T&I Review》 12, no. 1 (2022): 29~52쪽.

7 최희경, 〈한국문학 번역에서 고찰하는 번역자 문체: 세 번역자에 대한 코퍼스 주도적 분석〉, 《인문사회 21》 11, no. 6 (2020): 1325~1340쪽.

8 이인규, 〈번역 비평에서 오역 지적의 문제〉, 《번역학연구》 16, no. 5 (2015): 89~112쪽.

9 Sangbin Lee, 〈In Honor of Marshall R. Pihl: A Comprehensive Review of His Translations of Korean Literature〉, 《Translation Review》 108 (2020): pp. 64~77.

10 Sangbin Lee, 〈Shifts in Characterization in Literary Translation: Representation of the "I"-Protagonist of Yi Sang's 《Wings》〉, 《Acta Koreana》 21, no. 1 (2018): pp. 283~307.

11 〈한국문학 작품의 프랑스어 재번역 현상 연구〉(최미경, 《번역학연구》 제19권 4호), 〈아랍문학의 한국어 번역 및 한국문학의 아랍어 번역 현황에 대한 고찰과 과제〉(곽순례, 《번역학연구》 제19권 4호), 〈문학 한류와 한-서 문학 번역의 새로운 전환: K-소설의 스페인어 번역출판을 중심으로〉(김희진, 《통번역학연구》 제26권 1호)처럼 번역 현황을 정리한 논문이 있다.

12 한국문학과 관련된 사례는 아니나 문학 번역 연구에서 텍스트 분석과 역자 인터뷰를 함께 제시한 논문도 있다. 이상빈·이선우, 〈인물형상화와 페미니즘 번역: 제임스 팁트리 주니어의 SF 소설 《휴스턴, 휴스턴, 들리는가?》를 중심으로〉, 《번역학연구》 19, no. 1 (2018): 147~76쪽.

13 이상빈, 〈번역에서의 '위안부' 재현: 《One Left》를 기반으로〉, 《세계한국어한마당 온라인 발표논문집》(2022): 1~27쪽.

14 Marshall R. Pihl, 〈The Nation, the People, and a Small Ball: Literary Nationalism and Literary Populism in Contemporary Korea〉, 《Korea Journal》 30, no. 3 (1990): pp. 16~25; Sangbin Lee, 〈Marshall R. Pihl and His Views on How to Enrich Korean Literature in Translation〉,

《Sungkyun Journal of East Asian Studies》 19, no. 2 (2019) : pp. 147~165.

15 강경이, 〈한국번역문학에 대한 중국 현지 독자들의 반응 연구: 공지영 《우리들의 행복한 시간》《도가니》의 온라인 독자 서평을 중심으로〉, 《번역학연구》 17, no. 5 (2016) : 7~31쪽.

16 이형진, 〈신경숙의 《Please Look After Mom》의 영어 서평에 나타난 문학 번역 평가의 관점〉, 《세계문학비교연구》 37 (2011) : 303~328쪽.

4. 한국문학과 K 문학

K 콘텐츠 노동자로서의 K 번역가

1 Franz Kafka and Susan Bernofsky, 《The Metamorphosis》 (New York: W. W. Norton & Company, Inc, 2014), chap 1, kindle.

2 Friedrich Nietzsche and Walter Kaufman, 《The Will To Power》 (London: Weidenfeld and Nicolson, 1968), p. 435.

3 Walter Benjamin and Marcus Bullock and Michael W. Jennings, 《Translator's Task, Selected Writings Volume 1: 1913-1916》 (Cambridge, Mass: Harvard University Press, 1996), p. 260.

4 Haengsook Kim, 〈[A Conversation with Kim Haengsook] 'Precise Ambiguity' and the Poetic Power of the In-Between〉, interview by Jake Levine, 《Korea Literature Now》, 2018. 3. 23.

5 Gillo Dorfles and John. McHale, 《Kitsch: The World of Bad Taste/ Gillo Dorfles; with Contributions by John McHale … [Et Al.] and Essays by Hermann Broch and Clement Greenberg》 (New York, NY: Universe Books, 1969), p. 63.

6 Ted Gioia, 《Music: A Subversive History》 (New York, NY: Basic Books. 2019), chapter 28.

7 Han Byung-Chul and Daniel Steuer, 《Hyperculture: Culture and Globalization》 (Medford, MA: Polity Press, 2022).

8 〈〈Parasite〉 Rewrites Korea Film History & Oscars History by Winning Four Academy Awards: Best Picture, Best Director, Best Original Screenplay, and Best International Feature Film〉, CJENM, Newsroom, accessed 2022. 7. 29.

9 Jisook Bae, 〈CJ Group Calls for Support in Spreading K-culture〉, 《Korea Herald》, 2015. 9. 13.

10 Sarah Leung, 《Catching the K-Pop Wave: Globality in the Production,

Distribution, and Consumption of South Korean Popular Music》(Senior Capstones Project, 2012), p. 149.

11 Jenny Wang Medina, 〈At the Gates of Babel: The Globalization of Korean Literature as World Literature〉, 《Acta Koreana》, vol. 21 no. 2, (2018): p. 397.

12 "Literature Translation Institute of Korea", Wikipedia, accessed 2022. 5. 15.

13 Peggy Levitt and Boseon Shim, 〈Producing Korean literature (KLit) For Export〉, 《The Journal of Chinese Sociology》(2022), pp. 9~10.

14 《한국문학번역원 지원 해외출간도서 1527》(한국문학번역원, 2021).

한류를 통해 바라본 한국문학 번역의 미래

1 이형진, 〈문학번역가의 과제: 한국 문학 영어번역가를 중심으로〉, 《통역과 번역》 23(3) (2021): 251~252쪽.

2 JungBong Choi, 〈Hallyu versus Hallyu-hwa Cultural Phenomenon versus Institutional Campaign〉, 《Hallyu 2.0: The Korean Wave in the Age of Social Media》, Eds. Sangjoon Lee and Abé Markus (Ann Arbor: University of Michigan Press, 2015), pp. 31~52.